天窗外的畫室

大時代的大城小事

1982-2020

馬文海
Wenhai Ma 著

In memory of Fred Youens, my mentor and friend who's ideology impacted my understanding of humanities and approach to arts. His re-assuring voice still seems to linger.

謹以此書紀念我的導師和朋友弗雷德・尤恩斯，他的思想影響了我對人及藝術的認知，他令人安心的聲音彷彿仍在耳邊縈繞。

——馬文海

你的文字帶我回到了八十年代的P城及與爸爸共處的時光。爸爸的理想主義、理念和腳踏實地的務實態度，當然地影響了我對繪畫的認知。我晚近重讀了弗雷德寫在泛黃打字紙上的書信。在我二十歲的時代，那些充滿個性的句子曾給過我如此的慰藉。他那令人安心的聲音令人懷念。

——瑞琪爾・P・尤恩斯（Rachel P. Youens）

藝術家、藝術評論人、教授（紐約）

常常當你覺得你走到盡頭時，你其實是在另一旅程的起點。

——弗雷德・羅傑斯（Fred McFeely Rogers, 1928-2003）

美國電視名人、演員、音樂人、編劇、作家、製片人、學前電視節目《羅傑斯先生的街坊四鄰》的創作者和主持人。

目次

序曲：遲到的春天 A Belated Spring

公元二〇二〇年春

棉花胡同39號中央戲劇學院的校園漸漸遠去，北教學樓的歌聲彷彿仍在耳邊迴盪，那是羅大佑的〈明天會更好〉：

抬頭尋找天空的翅膀
候鳥出現它的影跡
帶來遠處的饑荒
無情的戰火依然存在的消息
……

那是表演系的學生們在為一個活動練習的大合唱。

舞臺美術系77級三個班的同學們剛剛走出校園。

老同學重逢，免不了要聚餐。其中布景設計一班的九位同學步行到地安門的「馬凱」，當年他們可望不可及的奢華湖南餐廳。剛剛圍著餐桌坐定，就從「微信」群裡傳出一個不盡人意的消息：「基於新型冠狀病毒的爆發，原訂於本月底開幕的《我們的1977——中央戲劇學院舞臺美術系77級回顧紀念展》已決定無限期推延，直至舉辦方另行通知。」

這一天是公元二〇二〇年二月十日。

四十二年前的同一天，公元一九七八年二月十日，班主任秦學惠秦老師帶領他們一共十人來到東教學樓，上二樓走過長廊，滑開畫室的拉門，拉開天窗下的黑色遮光布幔，窗外的陽光「嘩」地一下照射進來，彷佛是給他們四年的大學生活拉開了帷幕。

和他們同時走進各自畫室的，還有布景設計二班的十二位同學和燈光設計班的十二位同學。他們的畫室都有天窗。

轉眼間四十二年過去……

這些昔日的同學，除了英年早逝的袁明、王猛、黃巨年和失聯多年的四位外國留學生古阿姆・讓、阿姆巴・艾曼紐、恩臺比・恩臺比、于爾格・甫倫德，計三十四名，在畢業離校三十八年後重返校園，聚集在當年的畫室籌備展覽，驚奇地發現當年的一切都原封不動地保留了下來。重見他們的畫架、調色板、課堂作業、風景寫生，甚至六喇叭雙卡收錄音機「夏普」、滿地的擦筆紙和遍布的塵埃，彷彿穿過時間的隧道，回到了自己的青春歲月，不禁興奮、激動、感慨、唏噓起來……

展覽海報的設計出自湖南同學「小袁兒」袁慶一之手。

「瞧這設計，瞧這手筆！」大家都誇讚道。

袁慶一在日本及法國從事平面設計多年，這次的海報透出一股日本式的簡約和法國式的浪漫，還有湖南式的「乾辣」：大片的白底上，黑色仿宋體打出「我們的」三字，一道枯筆劃過的鈷藍色，突顯出白色阿拉伯數字「１９７７」，彷佛是鐵鎚擊打在金屬上留下的印痕。下面的小字註明：中央戲劇學院舞臺美術系１９７７級回顧紀念展。

然而，天有不測風雲，LED顯示屏上播放的海報，很快被攔腰加了一條紅色粗體字：「由於疫情原因，展覽延期至另行通知日。不便之處，敬請諒解。」

央視「春晚」的歡歌未落，燈會遊船小年夜團年宴萬家宴的笑語猶存，一群駭人聽聞的「冠狀病毒」，正像一群隱形的「黑天鵝」，悄然無聲地在中原飛起，隨之，又成倍地向四面八方飛去……

有著一千餘萬人口的中原大城武漢封城了。不久，北京也開始了封閉式管理。馬路上不見了往日的車水馬龍，餐館裡沒有了往日的嘈雜喧嚷，天空中散去了往日的濛濛霧霾。即便回顧紀念展如期開幕，也只不過是他們一廂情願的自我欣賞和自我陶醉，而絕無觀眾問津罷了。

「Coronavirus」、「Quarantine」，這一陣子，微信群裡會英文的老同學們倒是學會了這兩個單詞：「冠狀病毒」和「隔離」。

雖然聽到的媒體消息都是「沒有人傳人」、「可防可控可治」，大多數同學卻都嗅到了事態的弔詭和反常。

果然，廣東的鍾南山院士說出了疫情的真相，肯定了是「人傳人」。

歌舞歡聲沒有了，萬人盛宴沒有了，歲月靜好沒有了。「冠狀病毒」這四個字成了談虎色變的世紀咒語。又據說這病毒之邪惡，令你防不勝防：不管你是耄耋老翁，還是荳蔻風華，不管你是高官顯貴，還是平民百姓，那帶毒者的一個噴嚏、一陣咳嗽、一聲嘆息、一次觸碰，都會把那狡猾隱密的綠色物體送到你的身體，旋即將你打翻在地，再踏上一隻腳，最後把你生生秒殺。

這不禁令77級的同學們出了一身冷汗，連說：罷了罷了，我們還是打道回府、自我隔離，好自為之吧。

於是，三十四人，來自美國的、加拿大的、英國的、法國的、日本的、北京的、宋莊的、威海的、新疆的、廣州的、香港的，都拋下畫室裡的一切，遠走高飛。

全國各地紛紛進入史無前例的「封閉式管理」狀態之中……

分布在各地的老同學們被「隔離」在各自的家中百無聊賴，遂在微信群裡格外地活躍起來。

「眼下，就只能在畫冊裡回顧和紀念『我們的１９７７』了。」大家說。所謂「說」，就是在微信裡打出的字。

他們的微信群叫「我們的１９７７」。

「曾幾何時，成龍大哥還在春晚高歌『問我國家哪像染病』呢。」

「是啊，曾幾何時，還相信萬家宴的歡歌笑語要跨越元旦、春節、元宵、三八、五一、六一、七一、八一、十一、平安夜、聖誕節乃至經年不息呢。」

「人算不如天算，俺看一切就順其自然吧。」唯有「老司」司子傑留下語音，是真正地在「說」。他雖然終於學會了在手機上打字，卻仍不熟練。隨之，又一連按出七個「哈哈大笑」的表情符號，說「在畫冊裡辦回顧紀念展也不錯呀！」

「嘟——」微信裡飛出的表情符號是「四頭牛」，這無疑是當年的「老班長」馬大文，他近來不時以按「牛」代替按「讚」。

馬大文的微信頭像從來就沒有換過：他身穿T恤，右手伸出，擺出V字，表示「勝利」和「調侃」。

「嘟——」微信裡出現了一份ＰＤＦ電子版畫冊，是原燈光班的于海勃發出的。畫冊，指的是他們自費出版的大部頭《我們的１９７７》，副標題叫「中央戲劇學院舞臺美術系

1977級入學40週年紀念專輯」，由現群主于海勃和前群主張冬彧主編，袁慶一的封面設計，在兩年前出版，還購買了書號：ISBN 978-7-5104-61-02。畫冊是精裝本，淺灰色的粗布封面，全彩色印刷，圖文並茂，囊括了每人提供的作品：繪畫、設計、繪景和老照片，長三百頁，重一點八公斤。

「嘟——」微信裡傳出一段視頻，畫面是盧浮宮的鎮館之寶，達・芬奇的〈蒙娜・麗莎〉。按下箭頭，見到這段視頻名為〈蒙娜・麗莎的投訴〉：

視頻裡，在盧浮宮獨處一室的蒙娜・麗莎微笑了五百多年，終於耐不住寂寞，趁清館後無人之際，穿越了時空……

她抽搐一下嘴角，抬起交叉在胸前的雙臂，打了個呵欠，抱怨道：「真是受夠了！」又揉了揉麻木的雙頰，順手抄起手機，按了一通電話號碼。

那邊傳出一個法國女人的聲音：「Bonjour，這裡是藝媒人才事務所。」

「喂，布麗吉特，我是麗莎。」

「麗莎？哪個麗莎？」

「蒙娜・麗莎！佐貢達夫人，妳認識別的嗎？」

「不好意思，沒聽出妳來。妳好嗎？」

……麗莎要求把她轉到別的畫兒裡，這樣就不至於每天都強作微笑，忍受永遠的寂寞。她建議轉到〈最後的晚餐〉裡，說反正都是達・芬奇的畫兒。

麗莎說，餐桌上有十三個人吃飯，這樣十四個人可以一邊吃一邊聊天，大家都高興。雖然，那些人都是男的，或許會對她垂涎三尺……至少她不再孤單。而且，她不願意每天都像傻子一樣地微笑，並威脅經紀人要遵循法國的傳統：罷工。

可惜，麗莎還是被勸退了。她身在法國巴黎，〈最後的晚餐〉卻在義大利米蘭。而且，最重要的是，那邊的疫情已經「到了最危險的時候」，還是待在盧浮宮的單人房間隔離著的好。再說了，這層厚厚的防彈玻璃，諒什麼樣的病毒都能抵擋過去。

沒辦法，麗莎一聲嘆息，只好恢復擺了五百年的姿勢和佯裝了五百年的微笑。

群中即刻出現一片按讚聲。

「其實我覺得我們應該琢磨琢磨，也把我們的畫冊做成這樣的虛擬實境體驗版，比如電腦合成加動畫、3D立體畫面、3D浮懸全息投射影像，把那些老照片活動起來，點擊一下，即可穿越時空，遨遊於過去和未來之間……」有人大膽地提出了這樣的「回顧紀念」方案。

「再來個院牆內外自由行，國際衛星全球無線互聯網……」

他們戲稱網絡防火牆為「院牆」，典故來自學生時代的一個爛劇本，叫《院牆內外》，大致講的是院牆內外、公私分明一類的老套說教，詳細內容如今已經記不得了。

「這個主意好，一切皆有可能。」有人熱烈地響應。

馬上，群裡就飛出李寧的體育用品標識：一個酷似NIKE的紅色彎鉤，配了中英文廣告「一切皆有可能，Anything is Possible」。

「嘟——」還沒等大家來得及按讚，又傳來「思雲」吳平的「頭像」——天上的雲。「思雲」本叫「東海隱士」，無奈微信帳號無端被封，只好重起爐灶。

圖像是達・芬奇的〈最後的晚餐〉。畫面中，耶穌和十二門徒共進晚餐的背景籠罩在神祕而寧靜的光影中。長條餐桌一字形面對觀眾，潔白的桌布上，熨燙過的痕跡清晰可辨。餐桌上的麵包和紅酒紋絲未動，唯畫面上空無一人，耶穌和他的十二個門徒已經不知所終。長條桌的前方打出一行白色英文字：

CANCELED，取消了。

「連最後的晚餐都取消了，看來義大利的疫情實在嚴峻！」

「我想那些玩兒擁抱、玩兒『我是武漢人請擁抱我』的，是不是也該自我隔離了？」

「看來，老司倡導的安徽寫生之旅也要無限期地推延了。」

去年十一月，旅居美國的「老街」揭湘沅帶著一幫老美老中去安徽西遞宏村寫生，與司子傑碰頭，畫出了一大批「盧村水巷」和「小橋流水人家」，使用了不少「高級灰」，爾後發表了數份「美篇」，還配了音樂，令群裡熱衷寫生的同學們羨慕不已。有人提議在二〇二〇年舉辦一次「相約徽州」的風景寫生，也算是一場老同學的聚會。那時，還沒聽說過冠狀病毒這回事，那時的世界，還是一個歲月靜好的世界。

去安徽西遞宏村寫生後沒幾天，揭湘沅就在微信群裡向大家做了分享。

「各位同學，發幾張小風景，請大家指正。」說著，飛出幾張徽州風景寫生。

「最近和幾個美國來的朋友去湖南參展，承蒙老司領隊，去徽州畫了幾天寫生。遺憾的是時間太短，基本上沒找到感覺。但老司這幾張畫得很好。」揭湘沅說。

接著，又飛出幾張司子傑的寫生。

風景寫生是大家熱衷的話題，群裡馬上活躍了起來。

「有味道！」

「味兒正！」

有人嫌打字太慢，就乾脆留起了語音：

「老街這張好啊，我最喜歡第一張！」

「都是大師的手筆！老司畫得有點像俄羅斯南方風景，很舒服。」

揭湘沅和司子傑的徽州風景，畫得生動、輕鬆、樸素、明快、和諧，充滿了陽光感。

「看來，今年明年都是寫生年。都出來吧！跟著老司老街一塊兒去寫生，邊走邊畫，最後辦個展覽，起個名兒，算是老同學們的一次聚會？」二班的「劉Good」劉楓華說。

「好主意！」司子傑說：「這次是因為老街跟他的幾個朋友從美國過來辦展覽，中間有幾天空閒，臨時決定出去寫生，本來想邀楓華一塊兒去，結果他剛好在臺灣，就錯過了。這個提議很可行！」

「算我一個！」這個提議，令多年未碰寫生的馬大文也怦然心動而躍躍欲試了，「老司老街有經驗，給大家說說具體方案？」

那邊的司子傑馬上語音回答：「我在徽州有個朋友胡萬春胡老闆，熱衷於組織這類活動，方法也簡單：只要你來到中國，不管你在哪兒，高鐵或動車的車費，都由胡老闆負責。到了宏村，就住胡老闆的飯店，叫『萬春飯店』。飯店很大，最多能接待幾百名上千名學生。每天去景點回飯店，胡老闆都會派車接送，全部免費。至於繪畫工具，油畫或水彩都不成問題。油畫箱、顏料也不需要帶，由胡老闆提供。你帶上一把順手的筆就行了。走前，在胡老闆的畫廊辦個畫展，最後每人留下一幅畫，就算送給胡老闆了。」

「好啊好啊，相約在明年春天三、四月份，油菜花盛開的季節最好。」

「這事兒靠譜！那小展覽一辦，每人掛上三、四幅畫兒，肯定不錯！」

「嗯，是這麼個計劃。等咱們過些日子找個機會，一塊兒坐坐，聊聊這事兒，看看大家的反應。」司子傑說。又轉向兩個女同學，現在美國的張冬彧和現在法國的孫路：「妳們也一定要趕回來！」

兩個女同學馬上飛來了回覆：

「期待！」

「爭取！」

「早上一看，群裡開了一晝夜的電話會議哈，真牛，重走學生年代，我去！」孫路說。

「還有吳教授，吳同學，可能的話，期待你也過來！」

吳教授吳平大概出去遛狗，沒有回應。

「老張能回來嗎？還有老滕、小岡、小袁？還有另外兩班的各位？」

老張張翔、老滕滕沛然和小岡朱小岡在美國，小袁袁慶一在法國和上海之間兩邊跑。還有另外兩班的同學也紛紛響應。

「老班長也回來吧，離開你香港那個多事之都，一塊兒畫幾天畫兒。同時，再用你的文字，把故事記錄下來，寫到你的小說裡。」

「嗯，我這兒先練練手。至於書，肯定是要寫的，就叫《天窗外的畫室》！」

「有天窗的畫室和天窗外的畫室，同樣迷人！」

飛出幾個「大拇指」、「笑臉」和「握手」。

「我許多年前去過徽州，好地方，只是人太多。」張冬彧說。

「不幸的是，現在的人更多。過去見到的只是大學生，各大學學設計的、學畫畫的。現在高中畫畫的學生也都去湊熱鬧。只要是個好角度，就有大群的學生支起畫架畫布，把視線完全屏蔽，是名副其實的人滿為患。不過我們可以避開那些旅遊景點，到比較偏僻的小村莊，沒有大紅燈籠和商業味兒，反倒更好。」

這時，在北京宋莊的吳平剛剛遛狗回來，發現大家已經開了大半天會，就發了一連串語音：「老司、老街、老馬，幾位：看到群裡發出的寫生，我的第一感覺是非常親切，從老街老司的畫上，彷彿看到大家當年寫生時的勁頭，很受感動。當然大家現在閱歷都已經很豐富了，對畫面的節奏掌握也更有意思了……最主要的是，從老街老司的畫兒中和老司的語音中，又找回了當年的感覺！」

「面對大自然寫生，是一種享受。」

「和面對照片閉門造車不可同日而語。」

「對了，現在回應大家的邀請，徽州寫生算我老吳一個！不過我到時候得帶上我的京威！」吳平說。「京威」是他的黑狗，因為跟著主人奔跑於北京和威海之間而得名。

「帶上幾個學生也行！」馬大文說。

吳平那邊大概猜想出「學生」指的是「女生」，遂飛出幾張「笑臉」、「不好意思」和「茶」。

「別忘了帶上幾瓶格蘭菲迪和幾袋麥乳精！」馬大文又說。

格蘭菲迪是蘇格蘭威士忌，吳平在「朋友圈」中偶爾曬幾張空酒瓶的攝影，光感很強。麥乳精則是八十年代的營養沖泡飲品。那時，男生宿舍的同學常常趁吳平不在，每人挖出一勺乾嚼著吃。

「格蘭菲迪帶上兩瓶行，麥乳精現在就找不到了。」

群中立刻飛出幾張「淚崩」。

接著，又飛出一張合影：揭湘沅和他的一幫美國畫家朋友，站在宏村村頭，夕陽的餘暉灑落在他們的身上，像極了四十年前同學們下鄉寫生時的合影。

「老街他們這幾個美國畫家，這次有機會接觸！」司子傑說，「我認為他們的畫兒特別好，很質樸，很深入，很尊重對象。相反和國內一些耍大刀弄表面搞風格的比，味兒正得多！」

「味兒正！」是「中戲群」裡學弟紹林的口頭禪。紹林活躍於電視劇圈，幾年前為《人民的名義》做設計，把小官巨貪趙德漢的祕密金庫設計得十分到位。「中戲群」被封後，他們又重新建群，叫「我們的１９７７」，只是77級以外的校友就沒再加入，也就聽不到紹林「味兒全正，味兒全對」的聲音了。

「現在看來，我們這些同學中還沒有要大刀賣膏藥的呢。」

「嗯，都保持著味兒對！」

大家說得興奮，彷彿又回到了四十二年前：他們已經打好了行李，拎起了畫箱，登上了大客車，就要向著北京門頭溝，向著徽州宏村進發了。

「從高鐵站到寫生基地挺遠吧？」

「這個大家不用操心，胡老闆會派車來接我們。總之，他那兒很方便。至於風景，我發幾張照片給大家看看。這就是當地的風景，就是徽派建築，有山有水有荷塘有房子有鴨子。」

飛出的照片中，果然山水荷塘房子鴨子全都有。

「景兒好看！味兒全對！」

「這才是寧靜的田園生活。」

「還得有愛情！」

「我們都活在當下，就你總是二十八！」

「Good，得有愛情，還得有紅粉，必須的！」

「紅粉」就是紅芬，是他們入學第一年，去門頭溝寫生時認識的鄉下女孩。那時，紅芬老是在一旁看司子傑和男同學們畫畫。在他們離開的時候，紅芬跟著大客車追了一陣，直到飛揚的塵土吞沒了客車的蹤影。

……

「留得青山在，不怕沒柴燒。咱們看看下半年的勢頭吧，但願疫情儘快過去。」是司子傑的語音。

「但願春天快點兒來臨！」

「嘟——」馬大文發出一張圖片，是袁慶一的著名油畫，三十六年前創作的〈春天來了〉。畫中站立著的青年凝視陽光，若有所思。青年身穿毛衣，一旁的蜂窩煤爐已經蓋上，意喻冬天剛剛過去，春天已經來臨。畫中的空蕩突顯出尚未完全退去的料峭春寒，然而陽光卻從窗外照射進來，在牆面和地板上投下明亮的光影。隨著青年的側身凝視，讀者不由轉向春光明媚、冰雪消融的室外而浮想聯翩。

那畫中的青年就是袁慶一自己。

「今年的春天是姍姍來遲啊！」

「再遲也會到來的！」

有人發出來幾個「手臂」表情符號，表示「加油」。

〈春天來了〉引來群裡的一片按讚。

「牛啊！」又飛出了馬大文的「四頭牛」。

〈春天來了〉曾經「創造了中國油畫拍賣的神話」，是貨真價實的「牛」。

「真牛！」群裡的趙國宏突然按出一頭「牛」，一頭「水牛」。

趙國宏是燈光班的班長，當過傘兵，畢業後多年生活在日本，在某公司任首席美術設計，這會兒的頭像是早年的大頭軍裝照，面戴口罩。趙國宏很少在群中露面，這回是「偶爾露崢嶸」。

「平時看不見，偶爾露崢嶸啊！」馬大文引用了「江青同志」的打油詩：「只不過崢嶸的真容也隱藏在口罩之下。」

那邊飛出了幾個嘻嘻笑臉。

「咦？這口罩看起來不大對勁兒，是P上去的吧？」馬大文又加了一句。再放大那張圖仔細查看，遂發現其中的疑點：「那口罩上的影子顯然與面部的影子方向不同！」

「假的！假的!!全部都是假的!!!」馬上有人喊叫起來。

「據說是因為這時的空中出現了兩個太陽。某些自然界中的一些現象是科學無法解釋的！」有人提出這樣的理論。

「是買不到口罩才P的吧？」

「牛奶沒有，麵包沒有，口罩也沒有，怎麼辦？P！」有人篡改了電影《列寧在一九一八》裡「瓦西里妻子」的一句臺詞。

「瓦西里」是電影中杜撰出來的「列寧的警衛員」。十月革命期間物資短缺，「瓦西里妻子」抱怨沒有吃的來撫育即將出生的嬰兒。

「會有的，都會有的，麵包會有的，牛奶會有的，口罩也會有的，一切都會好起來的。」有人接著模仿了「瓦西里」。

「春天總會來臨的！」馬大文發出他早年的一段筆記，出自一九七二年內部發行的《田中角容傳》，是田中在小學六年級畢業典禮時所寫的答辭：

> 殘雪還堆在屋簷下，然而，現在的冬天已經依戀不捨地離去了，在我們二田的鄉村裡，新生的春天已經來臨……

「樓下的白玉蘭開了。」戴「假口罩」的趙國宏在「朋友圈」裡發了兩張照片，是他家附近的景色：藍天下，白色的玉蘭花已開滿枝頭。

01 夜未央，路迢迢 A Long Night's Journey

公元一九八二年春

剛進入四月，舞臺美術系77級微信群「我們的1977」終於又「北風」了。大家都知道「北風」就是「被封」，是因為「違規」而被查封。然而，沒幾天，一個新群又建立起來，群名叫「我們是一群好爽兵」。

「爽兵?!」大家都覺得這個說法有點兒意思。

原來「爽兵」的典故出自燈光班的慕老師。

三十八年前，舞美系77級剛畢業，燈光班的幾個學生回學校找慕老師聊天，聊著聊著，聊到了「換大米」的話題。那時北京出現了不少推著自行車，走街串巷「換大米」的人。一次慕老師花了糧票給了錢，外搭上一袋白麵，換了五十斤「上等大米」。大米看起來白亮可人，待拎回家蒸了飯，卻發現米裡摻了不少砂子，根本無法下嚥。說到那個換大米的掮客，慕老師本想說句粗話「傻B」解氣，不料因發音不準又帶陝西腔而說成「爽兵」，大家覺得這種說法十分優雅，便互相稱起「張爽王爽李爽趙爽」來。

「歡迎大文兄入夥爽兵群！」有人發出了歡迎辭。

「多謝老同學！」馬大文「抱拳」致謝。

「爽！」分散在世界各地的「爽兵們」在「我們是一群好爽兵」裡重新活躍起來。

……

香港的春天已經來臨。馬大文新界家中窗外的文曲里公園，在門庭冷落了兩個月後，終於有了人跡。小橋流水、樓臺亭榭、花前樹下開始有了生氣。遊人稀疏，都戴著口罩，心懷戒備，人人「蒙面」，保持著足夠的「社交距離」。

陽光暖而不燥，偶爾傳來孩子們的嬉笑和啾啾鳥鳴，令人暫時忘卻了不久前還沸沸揚揚的街頭大遊行和警民對峙，忘卻了正在瘋狂肆虐的冠狀病毒，喚醒了人們對於春天的記憶。

計劃不如變化，馬大文在完成了四十幅油畫風景後，仍看不到疫情「拐點[1]」的出現，遂知道，原本計劃六月底在臺北舉辦的畫展，無疑要延期了。

「Home quarantine——居家隔離，不能外出，做不了什麼事，就繼續寫書吧！」馬大文找出一摞三十八年前的日記，翻開其中的一本，讀出抄錄下的一段話。這段話出自沃爾夫岡・約和《從寂寞中走出來》一書的扉頁上：

> 事情只有講出來才算完結，他要講出他的旅行以後，才算是永遠跨過了沙漠。
>
> ——安娜・西格斯：《過境》Anna Seghers: Transit

又按下了錄音機的PLAY鍵。這樣的卡式錄音機現在已經絕跡，幾年前在新加坡一家雜貨店偶然碰到，是中國八十年代的老貨底了。

---

1 數學名詞，或稱反曲點，曲線圖由凸轉凹，或由凹轉凸的位置。這裡指疫情好轉的轉折點。

三十八年前的卡式磁帶轉動著，三十八年前的音樂重又響起。日記帶人重拾三十八年前的記憶，音樂帶人重溫三十八年前的氣息。在這個浮躁的時代，聆聽這些悠揚而典雅的音樂，彷彿一陣久違了的清風又在窗外吹起，年輕歲月時的感覺，一下子又回來了。

他飛快地在電腦上打出一行文字：

天窗外的畫室：大時代的大城小事 1982-2020

三十八年前的故事如同穿越時間的隧道，一幕幕重現在眼前。

北京的春天總是姍姍來遲。

舞臺美術系77級畢業生離開校園的那個春天也是這樣。

那年的「立春」時分，天氣常常一冷一熱，變化無常。

譬如，校園裡昨天還有人穿著輕便的運動服，汗流浹背地在籃球架間奔跑跳躍，今天卻裹上了棉大衣，蜷縮在宿舍裡，守著電爐子上煮著的掛麵，嘴裡呵出白氣，說：「這天兒可真冷！」

公元一九八二年二月八日，星期一，元宵節，那一天的北京城仍然春寒料峭，乍暖還寒。人們穿著臃腫的棉衣、棉猴[2]或棉被一般的軍大衣，講究些的，則穿著羽絨服，大紅色的、深棕色的、天藍色的，那時叫「登山服」或「太空服」。

[2] 一種風帽連著衣領的棉衣，輪廓像是小猴子。

留在宿舍樓的人已經寥寥無幾。寒假回家過年的同學多半還沒有返校，三個喀麥隆留學生和一個瑞士留學生也不見了蹤影。舞美系的十一間男生宿舍和兩間女生宿舍沒有了平日的喧鬧，顯得格外清冷。結束了四年的學習，終於到了面臨畢業分配的時刻，令人不免有些惴惴不安和心神不定。

天還黑漆漆的，棉花胡同39號，中央戲劇學院的校園仍籠罩在一片寂靜之中，一輛淡黃色的客車「小麵包」已經等候在學生宿舍樓的門口。幾個人影進進出出，把四只滿滿當當的大行李箱和一只手提袋搬進車裡，是要出遠門的架勢。

三年的努力和拼搏，馬大文經歷了一輪輪昏天黑地的考試：英語、專業課、政治、語文……英語和專業課考試自不必說，政治考了時事新聞和兩報一刊社論：中美建交、四個堅持、對越自衛反擊戰、北京和東京結為友好城市。語文考了作文、填空、改錯、古文翻譯，還有中國漢字六書：象形、指示、會意、形聲、轉注、假借。有人說，這感覺不像是在考出國留學，倒像是在考北京的「國子監[3]」。

馬大文終於收到了美國C大學戲劇系研究生院的錄取通知，拿到了護照、簽證和機票，通過了體檢。此刻，終於到了飛往大洋彼岸的時候。

一九八二年的許多方面都和現在不大一樣。

那時的行李箱沒有輪子，塞進三年內所需的四季衣物和幾十本書、幾十管顏料，搬運起來便異常吃力。

那時沒有手機，沒有家用電腦，沒有互聯網，沒有微信，沒有LINE和WhatsApp，更沒有臉書和推

[3] 中國古代最高學府。

特，那時最快捷的聯絡方式是航空信和電報。

那時沒有信用卡和支付寶，買賣時是「要現錢」。而且，因為沒有錢，大多數人也就沒有錢包。即便有錢包，裡面也就是幾張皺巴巴的毛票[4]和幾個輕飄飄的鋼蹦兒[5]，五元錢已經算是大票。

那時沒有肯德基和麥當勞，沒有快遞和外賣。對於馬大文他們，最奢華的餐廳是地安門的「馬凱」，可望而不可及。可望而又可及的，是鑼鼓巷賣油餅豆漿的無名小店，但是要光顧一次，也算是有點兒破費了。

還有，那時的元宵不是擺在精緻的透明塑料盒中，而是一大堆一大片地散放在貨櫃裡。您把自備的尼龍布袋遞給售貨員說：「同志給我約二斤！」「約」就是「秤」。「售貨員同志」用戳子戳一堆裝進袋子放在秤上，多了，戳回幾個，少了，補上幾個。那時沒有電冰箱，您買上二斤算是不多不少，恰到好處。

那時沒有這麼多的摩天大樓和燈紅酒綠，沒有超市和送貨上門，沒有立體路高架橋和高鐵。北京的地鐵倒是有了「一號線」，但乘地鐵要一毛錢，是二兩豬肉的價，不得已時是捨不得的。除了自己的雙腿，也叫「11號大卡車」，自行車是普通人的唯一交通工具。在北京城的馬路上，常見的是頭上拖著兩根「辮子」的無軌電車、拉貨的「解放牌」大卡車，以及郊區進城的馬車，小轎車其實並不多見。「紅旗轎子」只見於人民大會堂前的停車場和西哈努克親王的歡迎式。那時所謂的私家車和出租車實在是鳳毛麟爪，即便有，也只是外國人的消費。常見的小轎車倒是有一輛，那是他們四年前剛入學時，停在宿

4　一元以下紙幣的俗稱。
5　小面額的金屬硬幣。

舍樓前廢棄了的「伏爾加」，據說那本是副院長李伯釗的座駕。「伏爾加」的四個車胎癟了三個，原本的黑漆已經鏽跡斑斑，黑皮座椅上破了幾個大洞，露出了裡面的敗絮和彈簧。因伏爾加偶爾被當作臨時廁所使用，大老遠就聞得到一股尿騷氣從裡面散出，不禁令人敬而遠之。

那時，人力平板三輪車倒是大行其道。無論春夏秋冬，平板三輪滿載著大蔥、大白菜、蜂窩煤或所有你能想到的東西，跟機動車並排活動在大街小巷。不過，那時已經看不到不慌不忙行走在古城牆下的駱駝隊了。

比自行車高級的車是摩托車。馬大文他們唯一「觸碰過」的摩托車是謝洪的「嘉陵」。兩年前導演系學生謝洪因編寫劉曉慶主演的電影《神祕的大佛》，一夜間一舉成名而「先富起來」，遂用稿費「佛財」買了一輛鋥光瓦亮[6]的黑色「嘉陵」，日本零件，國內組裝。謝洪不時地戴了頭盔和墨鏡，神氣十足地駕著「嘉陵」穿行於校園內外。「嘉陵」停放在宿舍樓前，常有學生乘其不備一抬腿就橫跨上去，坐在軟綿綿的皮座兒上顛上幾顛，一手握著車把，一手揮在空中，發出虛擬的致意：「同志們辛苦了！」

再說「外面的世界」。

香港或中國以外的世界都屬於海外，是「外面的世界」。在香港或中國以外有親戚的，都屬於有海外關係，要填在表格上收進檔案裡。那時人們對香港的認知只限於江湖武打警匪槍戰花花世界和靡靡之音。而香港人的粵語，聽起來也和外語一樣，令人一頭霧水，不知所云。

人們對臺灣的認知則只限於校園歌曲鄧麗君和內部電影《家住臺北》。電影散場，觀眾站立熱烈鼓

6 光芒四射、明亮的意思。

掌：那個等待著「解放」的海島原來是如此溫情而綺麗，令人幾天都緩不過神來。

至於美國？人們對於美國的認知除了「美國之音」、《英語900句》和《星際大戰》便幾乎等於零……外面的世界是一個無法想像、無法描述、無法理解、遙不可及、不可思議的世界。

至於飛機？除了班主任秦老師和喀麥隆、瑞士留學生，大家只在飛機場和天空上看過。三年前，為設計《未來在召喚》搜集素材，學校組織參觀新落成的機場，特別欣賞了壁畫〈潑水節——生命的讚歌〉。從機場出來，見到一架飛機從頭頂上飛過，他們猜想這就是「未來在召喚」的意思吧。

那時乘飛機幾乎沒有安檢的概念，也沒有安檢儀器設備，甚至茶水都可以帶上飛機。那時飛機上提供吸煙區，座位扶手上設有煙灰缸，頭上的行李架是開放式的，像火車上的行李架一樣。

……

畫室也驟然清冷下來。蜂窩煤爐子早就熄了火，畫板、畫布、顏料和調色盤都凌亂地堆在地板上。畫架上放著未完成的習作：鉛筆素描、風景寫生、油畫人體……一臺夏普六喇叭雙卡收錄音機被淹沒在一堆廢報紙中。那是個龐然大物，曾在課堂上放過令人心曠神怡的音樂：海頓的〈小夜曲〉、斯特勞斯的〈春之聲圓舞曲〉、鄧麗君的〈甜蜜蜜〉、〈海韻〉和〈我只在乎你〉。

遠處飛來了一群帶著鴿哨的鴿子，在畫室天窗的上空盤亙。風從哨口中吹入，劃過一串串清脆悅耳的聲響。鴿群左右輪番迴轉，一會兒自高疾降，一落百丈，一會兒急掠而過，左右旋繞，霎時間哨音齊喑，轉瞬間哨音又起，像交響樂一樣起伏跌宕、盪氣迴腸。最後，鴿群便像謝幕退場一樣匆匆離去，漸行漸遠，不一會兒，便聲影杳然了。

掛滿常春藤「爬山虎」的宿舍樓和有天窗的畫室即將在視線中退去。「小麵包」已經開出了校門，穿行在灰色的北京城，駛向首都機場。

天邊出現了魚肚白。濛濛薄霧中，醒來的北京城漸漸向後退去。

登機了。體積龐大的波音747裡坐滿了乘客。

馬大文和同行的留學生、訪問學者們一樣，是第一次真正「觸碰」和「乘坐」了真正的飛機。步入機艙的那一刻，他按捺住心中的激動和興奮，做了個深呼吸。

在一號航站樓出海關的時候，馬大文湊到同行的白敬周身旁，小聲說：「這會兒要是說了句什麼錯話，咱們就會被海關扣住，隨後，前面三年所有的努力就全部泡湯了。」

「Then, we'll say nothing wrong——那就什麼錯話都別說。」白敬周眨眨眼，呲牙笑了。

白敬周也是77級，卻是研究生，和美院的「上海二陳」陳逸飛、陳丹青同學。「二陳」已經先一步去了紐約。

「Of course not——當然什麼錯話都不能說！」馬大文說。

他們什麼「錯話」也沒說。海關工作人員面無表情卻並不冷漠地查過那本褐色封面的護照，「啪」地一聲蓋了個章，合上，在檯面上向前推進了幾公分，把臉轉向了下一位。

馬大文接過護照，小心地放妥夾在裡面的J-1卡，提起他的紫紅色人造革包，向安檢口走去。

十幾個赴美留學生和訪問學者中，除了二十七歲的馬大文和三十五歲的白敬周是學藝術的外，其餘都是搞科技的，都是一身西裝革履，外加呢子大衣和鴨舌帽。有怕冷的，西裝裡面還套了毛衣毛褲。他們的西裝都是在「雷蒙西服店」訂做的。「雷蒙」在王府井大街249號，專為國家領導人和出國團隊製作服裝，文革時關閉，去年十月份才重新開放。那是個很神祕的地方，普通人無緣光顧也消費不起。

馬大文很瘦，肚子癟癟的，褲帶顯得很鬆。他穿了件米色登山服，裡面的燈芯絨夾克是和白敬周在東單買的，出口轉內銷的處理品。他們曾騎車去了次王府井，發現「雷蒙」的西服太貴，又有點土氣，說不如到美國後再說，也許根本就沒機會穿呢。最後，馬大文的七百元「置裝費」，就是置辦服裝的補貼沒用完，剩下的三分之一留給了家人。

白敬周也穿了件棕色登山服，米色高領毛衣，頭髮很長，眼鏡也新潮，和同行的訪問學者們不一樣，就好像不是一個國家出來的似的。他的置裝費也沒用完，剩下的錢買了一堆白瓷掛盤，用油性標記筆畫上古代仕女，說要當作禮物送給美國人，又用兩百四十元人民幣，託人換了三十五美元，帶上做了「盤纏」。

兩年前，他們在北京語言學院進修英語，每天早晨天剛亮就爬起來，站在院子裡結結巴巴地讀英語課本《逃亡者》——The Man Who Escaped：

Edward Coke used to be an army officer, but he is in prison now……

愛德華・柯克本是一名軍官，但現在卻身陷囹圄……

他們過五關斬六將、赴湯蹈火般的努力沒有「泡湯」。和同行的中國人一樣，他們終於通過了英語考試，拿到了錄取通知書，拿到了IAP-66表格，拿到了護照，拿到了簽證。在機場，他們拿到了機票，繼而，登上了中國民航，做了「逃亡者」，即刻，就要向那個遙遠、陌生而令人心馳神往的國度進發，要鯉魚跳龍門了……

廣播中傳來了機長的歡迎詞：

「女士們先生們：歡迎您乘坐……預計空中飛行時間是……飛行高度……飛行速度……飛機很快就要起飛了，現在客艙乘務員進行安全檢查……本次航班的乘務長將協同機上全體乘務員竭誠為您提供及時周到的服務。謝謝！」

飛機開始在跑道上滑行了，起飛了，飛得很高，看不見陸地了。

強烈的陽光透過機艙的舷窗，照在馬大文的臉上，溫暖而舒適。他靠向玻璃，向窗外望去，只見機翼下浮動著厚厚的雲朵和霧氣，無邊無際地向遠方鋪展過去。

飛機上的設施和服務是他們見所未見、聞所未聞的：可以調節後背的座椅、頭頂上的閱讀燈、空氣調節器、小巧而毫無異味的廁所、涼熱水俱備的洗手池、鋪著地毯的甬道、發下來的襪套、空中小姐們親切的微笑、悅耳的音樂、精緻的餐飲，還有，用餐時的擦嘴紙「餐巾紙」……這一切都令人覺得不很真實，如同身在夢幻中一般。

他們只坐過火車。火車則與飛機不可同日而語：火車的座位是硬木板的，廁所是腥臭的，洗手池是沒有水的，甬道是擁擠的，盒飯是難吃的，列車員的態度是不友好的。

飯後，又發了每人一盒冰激凌，有人怕涼，猶豫了一下，旁邊的人便說：「可以請空中小姐給加熱一下嘛。」幸好旁邊有人提醒說別老土了，才沒鬧出笑話。

對於不吸煙的人，飛機上唯一美中不足的是煙霧。儘管「吸煙區」設在機艙後部，卻還是有煙霧飄散過來。吸煙的人不時地掀動座位扶手上的鋁製煙灰缸盒蓋，滑動打火機，發出「呱噠呱噠」的響聲。馬大文打開了檀香木摺扇，仍然搧不去已經汙染了的空氣。檀香木扇和一個琵琶形的溫度表是飛機上發的紀念品，印著「中國民航——CAAC」的字樣，很精緻。

飛機上喝水用的硬塑料杯晶瑩剔透，比玻璃杯還好看，喝完便扔。有人覺得這實在是一件藝術品，捨不得扔掉，把玩了一陣，悄悄塞進提包裡，要帶到美國去用。

大家不時地解下安全帶，在甬道裡走動，或聊起天打起撲克來。也有人試著和旁邊的外國人說著英語，聽不懂時要嘛點頭，要嘛說：「Pardon對不起？」航程漫長而枯燥，令人覺得是在穿越黑暗的太空。等待在前面的，彷彿是遙不可及的宇宙的另一端一樣。

「……飛機很快就要下降了，請大家扣好安全帶，熄滅香煙……」空中小姐的聲音溫柔而平靜。終於，飛機開始徐徐下降。機艙裡的燈熄了，只有洗手間的指示牌還亮著紅色的光。

耳朵開始感到不適，有了壓迫感，周圍人說話的聲音也有些聽不清了。年輕而苗條的空中小姐們微笑著，給每人發了顆硬糖含在嘴裡。但是，氣壓造成的不適還是沒有得到緩解。橫跨太平洋十幾個小時的飛行，加上時差，他們的睏意又上來了。

舊金山到了，睏意也沒了。出國前培訓時就聽過提醒：是黨員和當過紅衛兵的，不能說出自己的身分，特別是入境過海關時，否則就可能遇到麻煩。

馬大文和白敬周都不是黨員也沒當過紅衛兵。文革開始那年馬大文還小，而且家庭出身不好，不夠資格，白敬周則做了「逍遙派」，整天畫畫。結果海關官員除了說「Hello，歡迎你來到美國」和「God bless you，上帝保佑你」之外，根本就沒問「你是不是共產黨員」或者「你是不是紅衛兵」。

只是在過行李檢查的時候，白敬周的油畫箱和油畫顏料被海關反覆看了好一會兒。油畫箱的支架是鋁管的，看起來可疑。油畫顏料上的商標是中文的，美國人看不懂。

「Color painting box and color！」白敬周解釋著，說明那些玩意兒是油畫箱和顏料。

海關根本就不理會他的解釋。一個瘦子官員擰開一管「煤黑」，湊到鼻子下嗅了嗅。又擰開一管「朱紅」看了看，皺了皺眉，對旁邊的胖子官員說了些什麼，最後攤開雙手，說：「非常有趣！但是OK，沒事兒了。」

大家提著沉重的行李重新托運再轉機飛紐約，雖然只是在機場短暫停留，但還是終於踏上了美國的「土地」。

在甬道裡，有幾個訪問學者特意在地板上使勁踩踏了幾下，向前邁出一步，說：「個人的一小步，人類的一大步。」

隔著落地玻璃，看得到美國國內候機的美國人：白人、非裔、亞裔、外國人、男人、女人，都安靜地坐在座位上，有的在讀報，有的在閒聊，有的在嚼口香糖，有的在吃東西。

兩個小男孩躺在地毯上滾來滾去，一邊不停地笑著。一個小女孩繞著他們跑，跌了一跤，自己爬起來，四周看了看，也咯咯地笑了。

「看人家的小孩兒多結實，不嬌慣！」一個訪問學者說。

「咦，那個人吃的是個啥子嘛？」走在前面的訪問學者轉過身來。

他說的是一個高頭大馬肥肥胖胖的紳士，雙手捏著一團紙包的東西，使勁咬下一大口，閉起嘴，像駱駝一樣地咀嚼著，又抓起個大紙杯，嘴對著一根細棍兒吸啜了一大口，又咬起那紙包裡的東西。

「那是漢堡包和可口可樂吧？」另一個訪問學者老楊一眼就認出了。半年前，語言學院的外教給他們看過圖片，「美國的麥當勞裡全是這玩意兒，是美式肉夾饃[7]，聽說美國人天天吃這個！」

還有一個身穿大紅色呢大衣的女胖子，一手拿了個紅色的圓筒，一手從裡面拿出一疊圓狀的東西，放進嘴裡，也閉起嘴，像駱駝一樣地咀嚼著。

「是餅乾還是蝦片？」有人問。

「老土吧！那是炸土豆片，聽說是又脆又香，賊個拉子好吃[8]！」有人說。

「還是您有見識！」大家誇讚道。

「差不離兒吧！我在哈爾濱道裡的俄羅斯餐廳見過這玩意兒！」

「美國的胖子真多呀！」馬大文對旁邊的白敬周說。

「是他們吃得太好了，漢堡包加土豆片兒，不胖才怪呢。」白敬周早就聽語言學院的外教Charles Weaver抱怨過，說那是「不健康的食品」。又看看兩腮凹陷肚子癟癟的馬大文，「你倒是可以多吃點這類東西。對了，還有披薩！」

「嗯，咱們中的大多數都需要補充這種營養。」看看周圍幾個面帶菜色的訪問學者，馬大文說。

「我比你強點兒，是因為時不時能賺點外快！」白敬周說，呲牙笑了。他的連環畫《最後一課》和《藤野先生》在《連環畫報》上刊載，拿到了最高額稿費，每幅三十六元，兩套共五十幅，得了一千八百元，相當於一個普通工人三年的工資。

7　陝西的特色小吃，與臺灣的刈包相似。
8　東北方言，表相當好吃。

得了這筆巨款，白敬周不但買了一臺兩喇叭「三洋」錄音機，還在東單買了黃油、奶酪、香腸和北京烤鴨改善了伙食。

一年半前，他們還在語言學院進修英語。一次，在食堂吃晚飯時相遇，就找到空位，坐下來邊吃邊聊。

馬大文買了份紅燒茄子，白敬周買了份青椒肉絲，每人都各買了四個饅頭。

馬大文說：「先吃掉兩個饅頭，另外兩個留著，夜裡讀英文時餓了當夜宵。」

白敬周說：「嘻嘻，I think so, too！我也這樣想，英雄所見略同！」

吃著聊著，馬大文吃光了他的紅燒茄子和兩個饅頭，白敬周吃光了他的青椒肉絲和兩個饅頭，兩人又抓起各自的第三個饅頭，蘸著菜湯吃了。

待伸手抓起第四個饅頭時，才恍然發覺：「咦？怎麼把夜宵也吃了？」

「忘了初心！嘻嘻。」

「乾脆全吃了吧，早吃晚不吃！」

「就算Dessert！」Dessert的意思是飯後甜點，是他們剛剛在課文裡學會的單詞。

……

他們都禁不住嚥了下口水，好像一個鋪滿了奶酪香腸、冒著熱氣的披薩餅，甚至紅燒茄子、青椒肉絲和白麵饅頭就擺在眼前似的，大家都有點餓了。

透過機場的落地窗，看到地面上停落著幾架波音，銀色的機身在陽光下閃著耀眼的光亮，幾個身穿螢光色背心的地勤人員舉著小旗子，正忙碌地跟著一輛貨車奔跑。舊金山似乎剛下過雨，灰色的地面上亮著大大小小的水窪。

「感覺美國的水泥地也是同樣的灰色兒，並不是想像中那樣Colorful，那樣五彩繽紛！」白敬周望著窗外的地面，對馬大文說，又呲牙笑了。

「嗯，天空的顏色兒也和北京的差不多！」馬大文說。

從三藩市到紐約是美國國內的航班，要飛行近六個小時。

「相當於從哈爾濱飛到海南島的距離。」一個訪問學者說。

「坐火車得三天三夜呀。」另一個訪問學者說。

馬大文不但從來沒坐過飛機，火車也沒坐過三天三夜，所以並沒有概念。

他們繞著這個地球飛行了漫長的一萬公里，飛越了萬水千山。

早在一個半小時前，大家就按空中小姐宣布的美東時間調了手錶。同樣的一天，在遙遠的大洋彼岸中國，已經在「昨天」就度過了，「昨天」是元宵節。

「這是時差呀，晚十三個小時。國內已經是明天早晨了。」訪問學者咳了幾聲說，一邊把頭湊近舷窗。

雲層下什麼也看不到。但雲層下就是那個世界級都市紐約，那個他們在畫報上看過的、被稱為「天堂」和「地獄」的地方。

飛機在夕陽中穿行，陽光刺得人睜不開眼睛。廣播裡播放著美國民歌〈稻草裡的火雞〉，歌詞雖然聽不懂，旋律卻輕鬆而令人愉快。

火雞是什麼？火雞就是Turkey，英語課上美國老師Marvin Lee給他們看過圖片，說在美國，烤火雞是感恩節和聖誕節必備的佳餚。火雞、感恩節和聖誕節都曾經遙不可及，如今，這些都向他們走近了。這首〈稻草裡的火雞〉也給人一種不真實的感受，恍惚間，令人覺得是置身在電影的畫面中。飛機彷彿正在穿越時空的隧道，從遙遠的過去穿越遙遠的未來……

02 潘朵拉的盒子 Pandora's Box
公元二〇二〇年春

晚上八點左右，微信群「我們是一群好爽兵」又活躍起來。一條條帖子、語音、圖像、視頻、音頻鋪天蓋地般湧了出來，令人目不暇給。

「嘟——」三月二十一日，群中飛出一張照片：

著名的中央電視臺新樓「大褲衩」，在夕陽西下時分，太陽的火球正好落在「大褲衩」的襠下，出現了一幅奇特的「天然景象」。

「Oh，神牛！這是不可多得的『褲衩扯蛋』啊，像是日出大褲衩啊！」

「『褲衩扯蛋』！北京人真會起名兒！」

大家驚叫起來。說「神牛」的是現住美國的老街揭湘沅，套用了英文的「Holy cow」，就是「天啊」的意思。

「No no no！這是黃昏的太陽，我們卻把它當作黎明的曙光。」有人立即貼出來雨果在《巴黎聖母院》裡面的一句話。

「據說如此壯觀的景象，每年只有春分和秋分時節的兩天中才能看到，還得是晴天。」

「我聽一攝影的哥們兒說，他苦苦拍了三年，才拍到今天的美景。那哥們兒還對周圍的攝影迷們說，咱們明年春分再會。」

「這……天有異象，必生大事！」

「大事已經開始，就是不知道幾時結束啊。」

「都是蝙蝠惹得禍！也就是湖南人說的鹽老鼠，這回可把地球村給攪黃了。鬧心！」老街揭湘沅是湖南人。

北京宋莊吳平那邊傳來了一串語音，聽起來有些神祕：「我想，這個病毒的源頭，絕不是那麼簡單。我認為呀，當然大家可以不同意，但我保留我的意見——」

說著，「嘟——」地一聲發出一張圖片：左面是一顆碩大的「冠狀病毒」，右面是一顆不大的星球，顯然那就是火星。圖片上的文字說明是：「挑戰智商的文章來了，冠狀病毒可能來自火星。」

「病毒來自火星!!!」吳平說，聲音更加神祕。

「啊?!火星人亡我之心不死！」有人調侃道。

「我坐在家裡苦思苦想，想這世界末日是不是快光臨地球了？」

「莫非這是上帝對人類的懲罰？莫非這是聖經中的大洪水再現？莫非這是上帝在重塑人類？莫非近幾十年來人類對地球上自然資源的瘋狂破壞，終到了反省自我、接受懲罰、自食其果的時候？」

圖片又像雪片般地飛來。

樂山大佛戴了口罩，是醫用口罩，不是N95。

蒙娜・麗莎摘了口罩，卻留下一個明顯的印痕。

「No，麗莎，口罩摘不得！」有人說。

「對頭[9]！這時候戴著口罩、待在家裡，就是為人類共同命運做貢獻！」

「嘟——」群裡突地飛出一張照片，來自馬大文。

照片中，三個「文藝男」身穿冬裝，頭戴網球帽，大半邊臉被口罩遮蓋，正優雅地並排站立著。畫面上印了紅字，是中英文對照：

戴口罩　為人民

Wear Masks for the People

隨之，又跟發出一條注釋：「千禧年攝於宋家莊。」

群裡開始發出問號。

「左起，劉Good、老刁、老馬？」于海勃問，按了個「淚崩」的表情符號。

「正是。」馬大文答。

「二十年前可沒這種口罩啊！」于海勃說，按了個「吐槽」。

「是穿越呀！」馬大文說，按了個Cool Guy「墨鏡男」。

果然，那時沒有這種淺綠色醫用口罩，這是馬大文自己P上去的。

跟著的是劉Good劉楓華的表情符號：三個「淚崩」，三個「捂臉」。

劉楓華的微信頭像戴著黑色防花粉口罩和護目鏡，頭戴黑皮便帽「列寧帽」，身穿黑色「捷爾任斯

9　四川話中表「認同」的意思。

基皮夾克」，是大家對他這身行頭的調侃。

「歷史，是按需要寫成的。真相，永遠隱藏在口罩之後。」馬大文說。

接著，馬大文發了這張照片的原版：二十年前，三個年輕人氣定神閒，躊躇滿志，沒有口罩，頭髮也是烏黑油亮的。

「轉眼間二十年就又過去了。」劉楓華說，加了一連串「淚崩」。

那年馬大文伉儷從香港回北京，特意去宋莊劉楓華的畫室拜訪，參觀了他的普普藝術彩繪「兵馬俑」群像、玻璃鋼雕塑「人民幣」，是四偉人毛周朱劉「百元大鈔」，還有用黑白灰畫的大幅油畫「狼狗」系列。過了一陣，劉楓華叫來老同學刁建邦一塊兒出去吃飯，行至村口的「拐點」處，拍了這張照片。

那天劉楓華也給司子傑打了N次電話，說把老司叫過來好好聊聊，無奈就是打不通。

「老司的手機要嘛是忘了帶，要嘛是忘了充電！」劉楓華說。

據說司子傑除了新街口的住處，還在郊外租了套農民房作畫室。

「好像老司的作息時間也和我們不一樣，晝夜顛倒！這會兒興許正睡著覺呢。」刁建邦說。

「藝術家都是這樣。老司那小風景小靜物畫得——還是當年的司維坦：一座莊稼院、幾個穀草垛、幾隻雞幾隻鴨、兩隻佛手瓜、一把銅壺，還有土灶臺鐵爐鉤……樣樣有味兒！」劉楓華說。

司子傑在學校時推崇俄羅斯畫家列維坦，得了綽號叫「司維坦」。

「還有中秋月餅。」馬大文說。

司子傑的微信「頭像」就是他的油畫小靜物：一盤月餅。

「味兒正！」馬大文說。

「時間哪兒去了？」看了二十年前的照片，劉楓華說，按了個「淚崩」。

「那時覺得前面的路還很長，時間還一大把呢！」馬大文說。

照片中的老刁刁建邦早在二十年前就提前退休，從內蒙古遷到北京，在自己複式樓裡的畫室大畫國畫大練書法。如今雖然使用智能手機，在群裡卻是「沉默的大多數」，除了偶爾發出一連串風景照外，好像還沒見他打過字。不過，「老刁」接連發出的風景照，張張都是明媚的春天，不禁令人無限嚮往。

「春色滿園關不住，一枝紅杏出牆來。」

「滿滿的正能量！」大家說。

「嘟——」

「嘟——」

馬大文剛剛發出「四頭牛」，司子傑剛剛做出「驚訝」和「吐槽」的表情符號，群裡就飛出一張圖像：紐約華爾街的雕塑「銅牛」橫臥在人行道上，悲催，慘烈，瀕臨死亡。圖片上打了一行黃色大字：

首宗人傳牛死亡

華爾街確診病例

司子傑立刻飛出表情符號「驚訝」和「憤怒」。

馬大文也立刻飛出他的四頭牛，表示「牛」。想想不夠準確，又跟進了一段文字：「否。這銅牛已經不再牛了。淚崩。」

紐約市華爾街的銅牛真地倒下了。有史以來頭一遭，證券交易所停擺了。昔日那些買入賣出、躊躇滿志的「華爾街的老闆們」不見了蹤影。紐約，這座世界級都市，輕而易舉地被疫情擊垮。平時擁擠忙碌的紐約地鐵此刻已經空空盪盪，平日人頭攢動的時代廣場和百老匯大街也路斷人稀。

華爾街淪陷了，紐約淪陷了，美國淪陷了。

紐約州的病例在飆升，僅三月二十日一天就新增六百九十五例。短短的十九天，累計病例已達一千三百三十九例。不過，事情才剛剛開始，高峰尚未到來。

戰時才啟用的醫療軍艦已經開進紐約港，巨大的紅十字在巨大的白色船身上格外醒目。

自由女神像仍然一如既往地站立在紐約港口。女神右手高舉象徵自由的火炬，左手捧著《獨立宣言》，目視著危難中的紐約和世界。

與此同時，病毒在韓國、日本、俄羅斯、新加坡、泰國、伊朗、義大利乃至整個歐洲和整個世界肆虐。多少人的生命在這個春天裡戛然而止，人與死亡的距離從未像現在這樣近得觸手可及。

學校停課，工廠停工，航班停運，封關封城，百業蕭條，股市大跌，東京奧運會前景不保，歐洲大陸所有的體育賽事全部叫停，歐洲淪陷了，世界淪陷了，人類正經歷著二戰以來最殘酷的危機和最嚴峻的挑戰。

藝術活動更是無一倖免：劇院電影院音樂廳關閉了；博物館美術館畫廊關閉了；計劃中的愛丁堡藝術節、迪拜藝術節、香港藝術節、柏林戲劇節、美國西北偏南文化節、聖保羅雙年展……全部面臨著取消或延遲的境地。誰都不知道瘟疫何時過去，誰都不知道春天何時來臨。

「嘟———」群裡飛出張冬彧發出的圖片，是一幅惡搞過的東京奧運會旗兼海報：象徵純潔的白底上，圖中央原本的五個藍、黃、黑、綠、紅色相互套連的圓環，現在已被分開，處於「自我隔離」的狀態。旗的下部以英文註明：OLYMPIC TOKYO 2020：東京２０２０奧林匹克，又在括號裡強調這是

SAFETY DISTANCE：安全距離。

央視設計師張冬彧是當年燈光設計班的兩位女生之一，也是原「中戲群」的群主。該群拉進了幾位老師，是偶爾才露臉的巨臂泰斗，是真正的「山上有奇峰，鎖在雲霧中，平時看不見，偶爾露崢嶸」。還有幾位外系的同學和學弟，除了影視設計師紹林偶爾會快閃一次「崢嶸」和「嗨」一下外，都屬於「沉默的大多數」。「中戲群」被封後，紹林連「偶爾」的「崢嶸」或「嗨」都銷聲匿跡。

誰都想不到，小小的「潘朵拉的盒子」，竟然開啟了沒有戰火沒有硝煙的第三次世界大戰。

「這個世界是怎麼了？」一連串的「驚愕」表情符號從微信群裡飛出。

「這個孤獨的世界停擺了，這個孤獨的地球已經不再轉個不停。」跟著的是一連串的「皺眉」和「淚崩」。

「事態發展開始惡化，同學們多保重吧！」發言的是吳平。

群中也有人「吹哨」，提醒大家注意網絡安全，但每次哨聲餘音未落，就又無所顧忌地活躍起來。

「可惜同學們中還有些人住在國內，否則咱們可以放棄微信，改用WhatsApp，就不必擔心『北風』了。」群裡有人提議。

「還有推特、臉書、LINE……」「牆外」有人說。

「LINE就是『連我』，牆內根本就連不到啊！」「牆內」有人說。

「Mmm，改用暗語也是個法子！」有人回應。

「最好用黑話！」有人說。

「嘟——」立刻從馬大文那邊飛出一條土匪黑話，中英對照，「天王蓋地虎！Our master lords over tigers！」

這是曲波的小說《智取威虎山》裡座山雕向楊子榮發出的黑話，意思是：「你好大的膽，敢來氣你的祖宗！」

「嘟——」馬上就有了回應，「寶塔鎮河妖！Our pagoda seals river monsters！」意思是：「如果是那樣的話，叫我從山上摔死，掉河裡淹死。」

「你這英文版的黑話……何處所得？」有人插了一句。

「牡丹江五合樓！The Peony House in Mudanjiang！」馬大文又發出一張「牡丹江五合樓」的圖片，酷似貪官富豪們吃喝玩樂的去處「黃鶴樓」。

「馬是什麼馬？What horse？」

「捲毛青棕馬！A blue-mane horse！」

……

黑話的英文出自電影《智取威虎山》的字幕。

幾年前，香港導演徐克翻拍了曲波的原著，去掉了原著中的「說教式」和「主旋律」，打造了一個「接地氣、叫好又叫座」的獨膽英雄「００７在中國」，但原著中的土匪黑話還是原汁原味地保留了下來。

馬大文離開東北多年，對土匪黑話仍不減當年的興致，時不時地說出一段，常常令人丈二和尚摸不著頭腦。

「嘟——」群裡突然飛出一連串類似的「黑話」和「暗語」，是故意使用的錯字、倒位、諧音和隱喻……

「麼哈？麼哈？」馬大文發出的「暗語」是打字截屏，變得更加避影匿形和深不可測，令誰都無計可施。

「老馬，你的威虎山暗語看不懂！」有人問道。

「暗語的妙處就在於要你似懂非懂之間。」馬大文答道。

「嘟——」大洋彼岸的老范范舒行忽然冒出幾個字來：「誰刻，四馬特，愛死！」

因為時差，這會兒正是大洋彼岸的上午。彼岸的「暗語」弄得大家一頭霧水。

「什麼意思呢？老范求解！」有人發問。

過了好一陣，那邊才傳來范舒行的回應：「Shake、smart、ass！」

「原來如此！老范說出了一連串金句呀！」馬大文調侃道，明白了這三個單詞的意思是：搖晃、機靈、屁股。

「嘟——」彼岸又飛出一條長文。

誰也看不懂。

「這是……神馬東東？說得是個啥子嘛？」

「神馬」就是什麼，「東東」就是東西，都是網絡用語。

大家又仔細辨認了這篇長文，題：〈發哨子的人〉。

過了好一陣，終於有人發現這篇「東東」原來既不是黑話，也不是暗語，而是一篇正兒八經的專訪。

「好啊！俺這兒看出來點兒門道啦！」

專訪中提到，是A醫生在最初做了「發哨人」，把病毒報告分享給了L醫生等「吹哨人」，也因此被領導訓誡。

專訪刊出不足一天就被刪除，觸發了「網民」與「網軍」間持續兩天的角力：先是被其他的微信公眾號轉載原文，又一輪刪帖後，網民們開始各施奇招，花樣翻新，層出不窮，形成蔚為壯觀的超級傳播，是一次全民參與的行為藝術：

從甲骨文版、篆體版、圖片版、錯字版、古籍版、顏文版，到毛體版、拼音版、方言版、譜曲版、精靈語版、摩斯密碼版、16進制編碼版、二維碼版、條形碼版，直至翻譯成英、日、韓、德，甚至希伯來語、盲文等各種文字，更有人將文章添加入區塊鏈……至少出現了八十個奇葩版本，使其永遠無法被刪除。

「吹哨人」L醫生已於早前染疫殉職。「發哨人」A醫生如今後悔因被院方約談而閉住了嘴。

……

武漢的「方倉醫院」已經封倉，外地來武漢支援的醫護人員已經開始撤離，紅旗已經在招展，畫面上看到的都是「V」字形勝利的手勢，甚至還有人迫不及待地燃起了鞭炮……

夕陽的餘暉漸漸消退，機翼下出現了紐約市區遙遠的燈火和清晰的天際線。

飛機繼續下降著。突然間，「噹啷」一聲，飛機的輪子擦在地面上，他們著陸了。

美國東部時間一九八二年二月八日傍晚，一群中國公費訪問學者和留學生抵達了紐約肯尼迪國際機場。

「使用行李車是要花錢的，找Porter搬運工幫你搬行李，一件得付一美元！」組織上曾這樣囑咐過。訪問學者和留學生們就自己動手，互相幫助，總算把行李搬到了抵達大廳的門口。

沒想到早就有一群記者在那裡等候了。見到一隊穿戴整齊舉止拘謹滿頭大汗的中國人走出來，他們都紛紛舉起了相機。記者中也有亞洲面孔的，但也講英文。鎂光燈閃爍了一陣，有記者提出了問題。學者們雖然都通過了英語考試，口語卻都不好，單詞會背，就是講不出來。他們推出北京U醫院的田大夫代表大家用英語發言。這群人中，田大夫的英文最好。田大夫掏出了稿子，是在飛機上就寫好的，聽起來很像《人民日報》社論：

> 中國人民是偉大的人民，美國人民也是偉大的人民。我們不僅是為學習美國先進的科學技術而來，也是為促進中美兩國人民的友誼而來！
>
> ……

周圍響起了一片熱烈的掌聲，甚至還有人吹出了一聲響亮的口哨。

中國領館接機的司機已經舉著牌子站在那裡了。

領館的一輛大客車裡，每人四個大皮箱和一件大手提行李，把大客車塞得滿滿的。

「怎麼這麼多行李？」司機問，聽口音是北京人。

「每人原本的兩件，加上民航贈送的兩件額度，差不多把家都搬過來了。」有人答道。

司機叫大家把行李擺好，不能遮擋司機的視線，說這是在美國，不比國內，給Cop抓住是要罰款的。

「Cop是什麼？」有人問。

「Cop就是警察。這兒的警察完全照章辦事，完全不講情面。」司機說。

睏意完全沒有了。大家睜大了眼睛，看著車窗外華燈初上、流光溢彩的紐約，興奮得張大了嘴。

大街上偶爾看得到中國字，看得到亞洲人，卻看不到自行車，看不到中山裝，似乎連空氣都是陌生的。

「這兒的物價怎麼樣？」一個訪問學者問司機，是大家很關心的問題。

「高工資，高消費！國內幹一個月，沒準兒在這兒一頓飯都不夠吃。」

這話把大家嚇了一跳。

「不過，錢少您也照樣生活。」司機說，「你們猜我身上這件上衣是花多少錢買的？」見那西裝上衣深藍色毛料，質地很好，窄袖口上的金屬扣閃著光亮，訪問學者們說：「這衣服怎麼也得幾十美元，夠國內人賺上半年吧？」

司機笑了笑說：「您再猜猜看！」

「怎麼也不會超過幾百美元吧？」車上的人說。

「One dollar，一美元！」司機非常得意地說。

「Oh，my God！一美元？等於六塊五人民幣，等於機場小工提一件行李的小費！上帝啊！怎麼會這麼便宜？」

「怎麼會這麼便宜？舊貨店買的！」司機愈發得意，而且話匣子一打開，就一發不可收拾，「這種舊貨店叫Goodwill，古德威爾，翻成咱北京話就是『好心好意』，在美國各地兒都能找到。古德威爾，有點兒像北京的信託商店或者更早的典當行。喔不，還不太一樣，不是信託，也不是典當行，是舊貨店。富人家不要的，就送進來，東西雖說是舊的，可式樣上一點兒也不比你們身上的差。所以，窮人也能穿得體體面面。而且，您內瞧瞧，多便宜啊！就說這汽油吧，最便宜的每加侖也得一美元！再說麥當勞，一個巨無霸漢堡一塊一，您在Goodwill買件西裝上衣，還能剩下一毛錢呢。這還不說，還能買到別的東西：收音機、電視機、自行車、手錶，應有盡有……便宜得讓您不能相信。這種店呀，紐約法樂盛一帶就好幾個！」

司機把「法拉盛」說成「法樂盛」，「樂」字幾乎被吞掉，一聽就知道是北京人。

「Goodwill，好心好意！」大家興奮地重複著。

一個訪問學者忙從西裝內襯的衣袋裡掏出個袖珍單詞本，一邊嘴裡拼著「G-o-o-d-w-i-l-l」，一邊把Goodwill這個生詞記下來。

再看看自己身上的「雷蒙」西裝，衣料和做工雖屬上乘，可比起人家司機那一美元的西裝來，就顯得太老土太鄉鎮了。

聽說文革期間，所有的西裝都被當作奇裝異服給毀了燒了。雷蒙的師傅們也被批了鬥了，一下子要他們再做西裝，樣子都找不到，完全是憑記憶，扣子也不配套，老土點兒是必然的。

領館在第42街520號和第十二大道的交界，是個相當破舊的街區。

領館門口掛了大紅燈籠，像剛剛慶祝了元宵節一樣。

一進門就感覺像又回到了國內似的。這裡在節奏上放慢了很多，在舉止上也隨意了很多，而最主要的特點是樓道裡、電梯裡時常看得到拎暖壺打開水的人，也有人穿著國內帶來的「懶漢鞋」：黑鞋面，白膠底，鬆緊口兒。此外，每個辦公室的辦公桌上都放了一個暖壺和一杯熱茶，氣氛輕鬆而安逸。

客房在六樓和七樓。他們人多行李多，坐電梯要分好幾次。第一次坐電梯，像第一次坐飛機一樣，他們上下打量著，興奮之餘有點緊張和不知所措。

「六樓，六樓。」一個訪問學者說著，按鍵的手有點發抖。

剛到一樓，就有人抽身向外湧去。大家忙說：「沒到呢，這是一樓。」那人又忙不迭地縮著身子後退回來。

六樓到了，大家卻不敢出去，待門又關上時，才說：「六樓到了！」一邊慌忙湧出梯口。

「咱們這是劉姥姥進大觀園啊！」大家自嘲地說，苦笑著。

馬大文和三個訪問學者被分到七樓的一間客房，每人每天收費七美元，相當於四十六元人民幣，一個人一個月的工資。

在領館食堂吃晚飯時，馬大文碰到了白敬周，說他剛剛跟陳逸飛和陳丹青通了電話，用的是領館樓道裡的投幣電話「配風」—Pay Phone，是費了好大勁兒才學會的。又說過一會兒「上海二陳」陳逸飛和陳丹青來，要不要到樓下見見？二陳是白敬周在美院時的同學，也是剛剛來紐約發展。馬大文是學舞臺設計的，專業上有些接近，就陪白敬周下樓去大堂，見陳逸飛和陳丹青已經等在那裡了。

陳逸飛穿了件駝灰色粗呢大衣，長頭髮，圍了條酒紅色毛線圍脖，戴金絲邊眼鏡。陳丹青穿了件黑呢大衣，短頭髮，圍了條有花紋的圍脖，也戴金絲邊眼鏡，手裡捏了支香煙，不停地抽。看不出他們是從國內來的，他們都已經像紐約人或當地華僑了。

白敬周從國內給陳丹青帶了些油畫顏料，就是那些在舊金山海關被盤問過的大錫管，滿滿地塞在一個書包裡。這個舊軍用書包上繡了毛主席題詞「為人民服務」，應該是文革時的產物。

聽說陳丹青的住處離領館不遠，和一個外國畫家共用一間畫室，周圍就是紅燈區。

馬大文自己也帶來了一盒油畫顏料，是小管的「馬利牌」。他也知道繪畫材料在美國很貴。

晚上領館放電影，聽說是李小龍的武打片和瓊瑤的言情片，過元宵節，不收費。領館每星期都要放一到兩次電影，一次放兩部片子。中國學者和留學生中看過這類片子的人不多，大家都覺得挺新鮮，而且吃了飯也沒事兒幹，說去活動室看電影吧。

剛要走，就有人改變了主意：「難得來紐約，不如去大街上逛逛。」

有人說：「紐約非裔多，夜裡逛街危險吧？」

旁邊一個領館的人說：「沒事兒，紐約的治安並不像傳說中的那麼邪乎！」

訪問學者老蔡小聲說：「紅燈區在阿裡[10]？來到資本主義的花花世界，什麼都應該瞭解一下見識一下對勿啦[11]？」老蔡說著，擠了下眼睛。

老蔡是上海人，當過右派，會拉小提琴，很小資，也很會生活。除了四個大皮箱，老蔡把小提琴也帶來了。

老楊找出一本小冊子，是介紹紐約的：「紅燈區呀，就在這嘎達[12]，42街到48街之間。」

老楊也是訪問學者，從哈爾濱來的。他的落腮鬍鬍子在飛機上就刮了，臉很乾淨。

老宋說：「喺啦，我知！我在資料上睇咗[13]，說是晚上八點鐘左右，就會睇到些在社會主義中國絕對睇不到的景象，而不遠處的46街，又是個最佳觀景之處。我們得睇下！」

老宋是搞電機電器的，廣州H大學的訪問學者。

最後，田大夫說：「聽說除了唐人街，這一帶的房子應該是曼哈頓最破舊的，夜裡流鶯很多，而且都是主動往行人身上撲。」

大家都猜想田大夫說的「流鶯」指的就是妓女。

聽老蔡老楊老宋田大夫這麼一說，大家就都想出去見識一下，看看紐約的夜生活和流鶯到底是個什麼樣兒：「都說資本主義腐朽沒落，病入膏肓，要不親眼見見，回去就沒有發言權。」

---

10 阿裡：上海話，指「哪裡」。

11 對勿啦：上海話，指「對不對」。

12 這嘎達：東北話，指「這裡」。

13 喺啦：粵語，指「是的」。睇咗：指「看過」。

大家懷著幾許緊張和幾許興奮走出了領館，互相提示著，說無論進出，千萬不要單獨行動，要跟上，別掉隊，以防意外。

不過，逛到十點，大家就覺得掃興了，因為他們只見到幾個穿著性感，化了濃妝的女人站在馬路旁，手裡捏著香煙，都是人老珠黃的歲數，目光迷離地望著遠處，對於他們，甚至看都不看一眼，更沒有什麼「流鶯」撲上來。唯一「驚世駭俗」的就是一個鋪面的門口，站著個西裝革履的男人，雙手誇張地比劃著，嘴裡滔滔不絕地說著什麼，卻全然聽不懂。根據櫥窗裡的大幅性感圖像判斷，那男的應該是妓院拉皮條的吧。

「這一帶常有匪出沒往返，番號是保安五旅第三團……」回到領館，有人小聲唱起了樣板戲《智取威虎山》裡的戲文。

回來後他們又餓又渴，想要打點開水吃飛機上帶來的麵包，水房卻已經關門，沒有開水了。聽看門的說，美國的自來水可以喝，就接了水龍頭裡的生水咕嘟咕嘟喝了一通。然後，又迫不及待地湧進電視房，要「看看腐朽的美國資本主義電視」。不過，他們不停地換臺，除了脫口秀、橄欖球、新聞和幾個莫名其妙的鬧劇，根本就沒有什麼「驚世駭俗」的節目。看門人小聲說，「那種」電影屬於R級或X級，只能到特定的影院才能看到。

熬到下半夜，他們都又累又餓又睏，對「腐朽的美國資本主義電視」失去了興趣，遂回到房中，倒下頭就鼾聲大作了。

紐約已經開始了新的一天，是馬大文和同行的訪問學者們在美國的第一個清晨。

翌日早晨，在曼哈頓第42街和第十二大道交界處，從中國駐紐約總領館走出十幾個中國人，一色

「雷蒙」裝束：深灰色毛料西裝，袖口和腰身都過於寬鬆，裡面都套著毛衣和毛褲；真絲領帶上印了紅底梅花或紅藍相間打斜條紋；花色尼龍襪和三接頭皮鞋；灰呢大衣或米色「大地」風衣加鴨舌帽；「大光明」半框眼鏡或黑框眼鏡；黑色人造革手提包……唯一沒穿西裝的就是馬大文。

他們就是昨晚剛下飛機的中國訪問學者和留學生。

他們與眾不同的裝束和拘謹嚴肅的神情引起了路人們的注意，並友善地和他們打著招呼：「哈嘍！」

「哈囉！」他們一邊回應著，有點不習慣和尷尬。

「美國人倒是挺友好的，根本不是想像中那麼傲慢自大……而且還有點……自來熟。」有人小聲地說。

領館食堂的早飯是地道的中餐：兩個饅頭、一碗稀飯、一個雞蛋、一碟鹹菜、半塊腐乳，外加一個橙，比國內的食堂好。

飯後發了未來三個月的生活費，是現鈔，每人一份，裝在信封裡：訪問學者每月四百美元；留學生每月三百七十美元；扣掉每月醫療保險二十美元；繳了領館的住宿費伙食費，每人剩下約一千美元。一千美元，相當於六千五百七十七元人民幣，是國內一個普通人十三年的工資。訪問學者們從來沒這麼富有過。

「In God We Trust，什麼意思？」馬大文第一次見到美元，雖然認識這幾個英文單字「在、上帝、我們、信仰」，卻一時不知該如何準確翻譯。遂請教旁邊的田大夫。

「這是倒裝句，是說We Trust in God，我們信仰上帝。美國政府建築包括國會大廈的大廳上方都鐫刻著這句話。」田大夫說。

「可以說是美國國訓、格言和座右銘吧！」老蔡說。

「精闢！」馬大文敬佩地說。

大家攤開領到的美元，仔細觀察辨認上面的頭像，七嘴八舌，總算是猜對了：華盛頓、傑佛遜、林肯、傑克遜、漢密爾頓和富蘭克林……無論紙幣硬幣，上面都有「我們信仰上帝」的字樣。

「這些人都是美國總統吧？」馬大文問。

「不，有兩人是例外。」田大夫抽出一張十元鈔，「漢密爾頓：第一任財政部長，美國獨立的元老和功臣中的功臣。」又抽出一張百元鈔，「富蘭克林：政治家、外交家、作家、科學家、開國元勳，還參加起草了美國《獨立宣言》和憲法，也是深受美國人民愛戴的先賢。」

「聽說是他發明的避雷針！」老楊說。

「他的《富蘭克林自傳》寫出了美國夢，被當作人生指導來讀，影響了幾代人。我在國內時讀過，屬於內部發行。」老宋說。

「喔？以後得找來看看！」馬大文喜歡讀這類傳記，讀到好的句子，常常記在本子上。他小心地把「富蘭克林」摺了，夾在護照裡：「這一百元大鈔暫時不花了。」

收好錢，他們就迫不及待地走出領館。

這是他們在美國度過的第一個早晨。

不知道怎麼乘公交車，也想省點交通費，他們決定邁開雙腿，搭「11號大卡車」。中央火車站、華爾街、唐人街……在分散到美國各地各自的學校之前，這些地方都要逛遍。

首先，要往國內寄明信片，在第一時間向家人報個平安。

很快，明信片就在不遠的路邊攤子上碰到了。

攤主是個中年白人男子，大鼻子，灰頭髮。他見到這些亞洲面孔，原以為是日本人，剛要開口，聽出他們講的不是日語，遂用中文試探道：「你好！」

見大家詫異，攤主又用英語說：「我在上海出生！」

雖然溝通起來有些費力，大家還是明白了：原來這是個猶太人，二戰初期父母為了躲避納粹的迫害，向多國使館申請簽證被拒絕，沒有人肯收留他們，最後，試了中華民國駐維也納使館，中國外交官Mr. Ho不但給了他父母簽證，還給了他另外五個家人簽證。

中年猶太人說：「感謝上帝，祂借助Mr. Ho的手，給了我們簽證，我們把這叫作生命簽證。逃到上海時，母親正懷著我。我在上海出生，還多虧了好心的上海人的幫助。我小時候會說上海話，不過現在已經忘了。」

訪問學者中有人對那段歷史有所耳聞，就說那位中國外交官Mr. Ho應該是何鳳山，他那時任中華民國駐奧地利總領事。

大家各買了一聯十張明信片，是自由女神、摩天大樓、洛克菲勒中心、唐人街、時代廣場、百老匯的彩色照片。

告別了猶太人，沒多遠就找到了郵局。有幾個訪問學者各掏出一張百元大鈔「富蘭克林」買郵票。郵局剛上班不久，收款機裡沒有多少零錢。窗口的人收了幾張大鈔後，不得不驚呼：「Oh！My God！上帝啊！」又把雙手掌心前伸，搖擺著：「女士們先生們，No，no，no，非常抱歉，別再給我百元大鈔了，我這裡實在找不開呀！」

好不容易合夥買了郵票，大家在檯子前站成一排，在明信片上寫了短語，收信地址用的是英文和漢語拼音：上海重慶南路就寫Shanghai，Chongqing Nan Lu，哈爾濱南崗區就寫Harbin Nangang Qu，廣州五山華南工學院就寫Guangzhou Wushan Huanan Institute of Technology，北京大取燈胡同九號就寫Beijing，Da

Qudeng Hutong #9。明信片投進郵筒裡，他們吁了口氣，說：「終於到了美國了！」

在北京首都機場登上飛機的那一刻，他們甚至有點恍惚，有點像做夢一樣。就在一天前，還沒人相信自己真地能坐上去美國的飛機，來到這片敵對了三十年之久的土地。他們之中有半數出身「剝削階級家庭」，本來是連考大學的政審[14]都通不過。對外政策多變，他們堅持說：不上飛機，什麼都不算數。

「咱們也去逛逛紐約最繁華的大街，第五大道！」有人提議。

「聽說第五大道相當於咱北京的王府井和上海的南京路，不，肯定要熱鬧得多，東西都是全世界最高檔的吧？」

「反正是只看不買，買也買不起。」

「看得起就行！」

「指不定能碰上個Goodwill，一美元的西裝外套還是買得起的。」

大家一邊說笑，一邊沿著第42街向第五大道方向走去。

老劉拿了張紐約地圖仔細查找。地圖是從國內帶來的，中文版，不全，許多地方都漏掉了。

「聽說第五大道那邊，公立圖書館附近，還有個臺灣駐紐約經濟文化辦事處，就是原國民政府總領事館，裡面還收藏著三年前撤下的老牌子。」有人說。

「滄海桑田，斗轉星移……真想見見身在臺灣的老爹老媽呀。」田大夫感慨地說。田大夫的父親是國民政府的官員，四九年江山鼎革，父母倉皇赴臺，年僅八歲的他和弟弟妹妹留在大陸，從此經歷了無數磨難。如今，田大夫對父母已經沒有多少印象了。

---

[14] 政治審查，比如出身或有無政治「汙點」。

一幢顯得老舊的建築物正面垂掛了一排鮮豔奪目的美國國旗，星條旗。它們被冷風吹起，獵獵地飄動著。

當年在中國各地，反美隊伍憤怒地押著假扮的「美國佬」遊街。此起彼伏的討伐聲中，「美國佬」頭戴畫了星條旗的高頂禮帽，臉上貼了大鼻子，跌跌撞撞、狼狽不堪……

他們看著紐約街頭，看著行色匆匆的路人：有穿著正式的，看起來是銀行或公司的職員；有穿牛仔褲和運動鞋的，看起來很隨意。偶爾有人向這邊投來異樣的目光，但並沒有惡意。

「我在想我們是不是穿得太正式了點兒？」馬大文對旁邊的幾位訪問學者說。

這批人中只有馬大文和白敬周沒穿西裝打領帶。白敬周一早就被陳逸飛陳丹青接走逛美術館去了。

「嗯，好像是。」他們忽然發覺自己的衣著舉止和周圍的美國人大不相同，感到自己就像是一群外星人，剛剛乘坐ＵＦＯ從遙遠的外太空來到地球上一樣。

「不過咱們要照相啊，還是穿得正式一點好。」

「是啊，給家裡人看看，也高興高興。」

周圍的幾個人都這麼說。

馬大文是要去Ｃ大學戲劇系讀舞臺設計的研究生，穿的還是上飛機時的米色登山服、灰色直筒褲和黑皮鞋，不如同行的訪問學者們正式，卻也不像是美國人，更不像紐約人。

臨出國前的好幾個月，他們就開始忙著置辦服裝了。一下子領到了七百元的「置裝費」，這筆天文數字相當於一個普通技術員一年的工資。

他們在北京的「雷蒙西服店」訂做了西裝和大衣，還買了箱子和提包，差不多都是一樣的。

至於中山裝，大家的看法不一。有說要做的，說若參加重大活動，這可是「國服」呀。也有說沒這個必要的，說若真要弘揚中華文化，不如乾脆就做一身長袍馬褂，豈不更有份量？不過說是這麼說，終沒有人這麼做。他們中有些人看過留蘇前輩在莫斯科拍的照片，他們既沒穿長袍馬褂，也沒穿中山裝，而身上的西裝款式，都是「雷蒙」的師傅們按老照片扒下來的。

紐約的二月冷風颼颼，大家卻興致盎然，看什麼都新奇，甚至看得有點兒冒汗了。

紐約沒有自行車，更沒有自行車道，只有汽車在馬路上穿梭而過。

鮮黃色的出租車像剛剛被水沖洗過似的，鋥光瓦亮。車頂上的TAXI燈亮著，正是某領導赴美考察後報告中說的「達克西」三字。那領導是工農幹部，見到「達克西」那樣方便，不禁讚歎起來，說西方資本主義並非一無是處啊。

那些五光十色的金銀首飾店令人眼花撩亂，那些光怪陸離的時裝櫥窗令人瞠目結舌。

他們在一家門面裝潢華麗的女用時裝店前停下來。櫥窗裡的女模特雖然五官都沒有勾畫，嘴唇卻是鮮紅的，手指甲和腳趾甲也是鮮紅的，頭上的髮套則像真的一樣。她們體態優美，雙腿修長，在裝飾得絢爛縟麗的櫥窗裡搔首弄姿，千嬌百媚。她們的紅色蕾絲胸罩和三角內褲不禁令人尷尬和難堪。

這些櫥窗引起了大家的興趣。他們紛紛站定，爭著搶著在前面拍照。有相機的老楊耐心地給每人拍了一張彩照，最後自己也站在幾個女模特兒前各拍了一張。

「北京王府井櫥窗裡的模特兒跟這兒一比，就顯得太臃腫太正經了吧！」

「可不是嗎！各個都道貌岸然，一臉正氣，男的像革委會主任，女的像主任祕書，整個浪像剛剛走進會場的人民代表！」

「嗯。這內衣有點兒⋯⋯性感！資本主義社會可真開放啊！」一個訪問學者大膽地說出了「性感」這個詞。

「怎麼樣，給您愛人買上一套？」一個訪問學者說。

「我看不行。一是尊愛人不會敢穿，二是肯定會太貴。」另一個訪問學者說。

「Sexy，性感啊！」有人又大膽地用英文說了一遍。

「噓——小聲點兒！別給旁邊人聽到！」另一個訪問學者說。「性感」這個詞在出國前還不敢說出口呢。

「哈囉！How are you？」一個大鬍子美國男子路過，出其不意地打了聲招呼，神祕地眨了下眼睛，咧嘴笑了。

訪問學者老蔡本能地向後閃去，小聲說：「肯定是被美國人聽到了。」

「Oh yeah，it is！正是！」大鬍子男子說，又眨了下眼睛，遂匆匆離去。

「同志們，這些照片，得注意別給老婆和單位領導看到，這可是證據啊！充分證明你們被資本主義腐蝕了！」老蔡調侃道。

「老婆是看不到的，單位領導還巴不得看到呢！沒準兒嫌這還不夠勁兒，巴不得看真人表演呢！」老楊說。

「聽說有一種雜誌叫《花花公子》，你回國時給貴領導帶上一本，那才過癮呢。」老宋說。

「那還得了？聽說《花花公子》非常黃，一過海關，您就一準兒被扣起來了！」田大夫說。

「看看也無妨，帶著批判的眼光看。什麼都要瞭解一下嘛！」老宋說。

因為這不是在中國，他們說起話來就隨便了很多。

逛了大半天，看到立在馬路邊上的黑色時鐘，時針已經指向2:30，才知道午飯的時間早過了，大家一下子感到饑餓起來，卻都捨不得拿出身上的百元大鈔下飯館。而且，那些偶爾見到的飯館看起來都門面高檔，令人望而生畏。

有人向不遠處指去，那門口高掛著一個大大的字母「M」，純黃色。

「McDonald's，那就是麥當勞吧，就是舊金山機場見到的那種？」有人認出來了。在語言學院進修時，美國老師也給他們介紹過，說那裡的漢堡包好吃，普通人都吃得起。

有人提議說咱們就去麥當勞吃漢堡包吧。有人又說我看別去了，一是不會買，特別是那可口可樂汽水咱們都沒喝過，別出洋相，二是怕也不便宜，咱們的生活費在美國應該居「普通人」以下，說還是算了吧。

見到路邊水果攤子上掛著的香蕉，有人說：「這是Banana呀！Banana可是好東西。」

「不如買一些大家分了吃，既省錢又省時，又能補充些維生素C。再說了，香蕉治便祕！」田大夫懂得養生術。

大家合買了四大串香蕉，每人掰下兩根分了。「回領館後再算錢。」他們說。

有個北方來的訪問學者，第一次見到香蕉，不知道該剝了皮才能吃，還問那攤主：「Where do I wash？我去哪兒洗洗呢？」

那攤主是越南人，英語也不好，沒聽懂。旁邊的另一個訪問學者連忙說：「哎哎哎，這香蕉得剝了皮才能吃，不需要Wash，千萬別給中國人丟臉了。」

那北方人便紅著臉說：「以前只是在畫兒上見過。這不出國哪兒知道啊？得把這事兒寫信告訴我愛人。」於是就學著別人，剝開了香蕉皮，一邊走路一邊吃。

他們來到一條不太寬的街道，兩旁一棟棟的高樓大廈幾乎都挨著，令人感到壓抑和窒息。

「咦？這就是華爾街吧？」有人喊了起來。

大家朝著路邊的街牌一看，果然，綠底上的白字分明寫著：Wall Street，牆街，華爾街。

不遠處的人行道上，他們看到一頭三米多高的銅鑄公牛，頸上被遊人套了一個巨大的花環。銅牛的巨大身軀被人摩挲得光可鑑人。一群遊客聚在周圍，爭相在各個角度與銅牛拍照，也有人乾脆爬到牛的背上，似乎令那銅牛不勝其苦，而扭動著身軀，大口地喘起粗氣來。

那些赫赫有名的銀行、證券交易所、期貨交易所、金融市場，以及前面的落地玻璃轉門、進進出出的金融家銀行家們，他們各個衣冠楚楚，躊躇滿志，他們是「華爾街的老闆們」。

「華爾街的老闆們！」訪問學者們說。這個象徵著金融和資本，又有點腐朽和沒落的字眼他們早就聽說過。他們還清楚地記得中央人民廣播電臺慷慨激昂的聲音：「讓那些華爾街的老闆們發抖去吧！」

好不容易擠到銅牛前，每人與銅牛拍了張照留念。

……

在世貿大廈雙子塔門口，走在前面的兩個訪問學者「咚」地一聲，額頭同時撞在玻璃上。大轉門的落地玻璃上雖然貼著警示膠帶，卻因擦得一塵不染而如同隱形一般。

兩個訪問學者一邊揉著額頭，一邊尷尬地笑著，連連說，「喔，Sorry！Sorry！」

旁邊的一個白人老太嘆了口氣說：「Oh，我的上帝啊，你們沒事吧？」

「OK，OK！」兩個訪問學者說。又互相對望，吐了吐舌頭，「出了個洋相啊！」

很快，他們就發現到處都是落地玻璃門，便互相提醒千萬別碰頭，但有一次還是差點碰碎了眼鏡。

……

時代廣場到了。大家本來已經又睏又累，見到傳說中的時代廣場和百老匯大街，精神又一下子振奮起來。

「我們來到了世界的中心！」

「我們來到了世界的十字路口！」

大家興奮地說。

夕陽西沉，金色的餘暉灑在時代廣場上和行人的身上，暖洋洋的，很舒服。百老匯大街兩旁比比皆是的劇院、商店、餐館、酒吧門口的行人熙熙攘攘，人頭攢動。

間或有稀奇古怪的街頭藝人竄來竄去：拉琴吹號唱歌的，扮蜘蛛俠扮玩偶扮機器人四處遊蕩的，半裸化妝不懼春寒料峭的，扮雕塑紋絲不動玩行為藝術的……時而有白色的警車閃著警燈響著警笛，艱難地在這闌珊的燈火和喧囂的人群中穿行，令人眼花撩亂，目不暇給。

在一家叫Dunkin' Donuts的食品店，他們買了一大盒「豆納特」分了吃。

「這豆納特像咱北京的糖耳朵！」田大夫說。

沒人知道中文該叫什麼，但「豆納特」又甜又香又軟，非常好吃。

大家都說，這條街上的劇院應該很有水準吧？

「大文你是學戲劇的，是專家。人家都說百老匯這條街是世界戲劇中心，你可是最需要過來看演出的啊！」訪問學者中喜歡看戲的老趙說。

「遺憾的是國內閉關鎖國太久，文化藝術發展與國際社會嚴重脫軌。對於百老匯的戲劇，我知道得很少，直到這兩年前才多少聽說點兒。」馬大文說起北京人藝的英若誠到戲劇學院講座，說他訪美期間走在紐約百老匯大街上，用小劉麻子的口氣幽了一默，「百老匯，英文叫Broadway，翻成咱北京話就是寬街兒！」

「我在首都劇場看過話劇《茶館》，是英若城扮演的大劉麻子和小劉麻子，太絕了！」老趙說。

馬大文注意到附近的大海報，是近期上演的音樂劇：漆黑背景下兩隻巨大的黃色眼睛圓睜，一群化妝成貓似的演員聚集在垃圾堆前。他讀出劇名：「Cats，嗯……是《貓》！」

再看另一幅巨大的海報：一個木刻的小女孩頭像幾乎佔據了整個畫面，暗色的背景隱約可見紅白藍三色，突出了女孩的身影。女孩大大的眼睛裡充滿了驚恐和哀怨，給人以強烈的震撼和感動。

「紅、白、藍三色，法國三色旗？Les Misérables是什麼意思呢？」馬大文琢磨了一陣，想起來了：「是不是Miserable，悲慘，《悲慘世界》啊？」

他曾經在戲劇學院的校刊《戲劇學習》上看過一篇介紹百老匯音樂劇的文章，可惜太粗淺，而且涉及的都是早期的劇目。

百老匯「寬街兒」上還有很多別的戲劇海報，卻猜不出是些什麼劇了。

他們不知道《貓》是什麼故事，但都知道狄更斯《悲慘世界》的原著。

華燈初上，霓虹燈廣告閃爍在藍色的天空下：SONY電器、可口可樂、蜜瓜利口酒、Casio手錶、AIWA愛華內飾、Canon相機、JVC攝像機、Howard Johnson's餐廳、AT&T電話……璀璨奪目、五彩斑斕。

「嘟——」有人在微信群裡發出一張照片，是疫情中的紐約時代廣場：那些五光十色的霓虹燈廣告在兀自地閃爍著，燈光下卻渺無人煙。這個「世界的十字路口」如今已經形同鬼域。

「嘟——」群裡又飛出一張圖片：希臘神話中的美女潘朵拉打開了魔盒，釋放出世間的邪惡，再將那邪惡以海嘯般的速度，向世界每一個角落襲去，一瀉千里、勢不可擋……

「是他媽誰打開了潘朵拉的盒子？」有人在群裡罵了起來。

03 春天來了嗎？Is Spring Coming?
公元二〇二〇年春

「嘟——嘟——嘟——」「爽兵」微信群裡接連飛出三張圖片，是張翔的油畫靜物寫生，畫的是同一部鏽跡斑斑的打字機。

現居美國德州的畫家張翔頭戴牛仔帽，正衝著大家微笑呢。四十年前在學校時，張翔畫過一幅油畫，畫中的大提琴手就戴了這樣的一頂牛仔帽。

三十幾年來，張翔在德州的大畫室中畫了無數幅美國西部牛仔，被眾多博物館和私人收藏。牛仔和牛仔帽無疑是張翔作品的「主旋律」。而這幅「打字機」，則可稱「次旋律」或「非主流」。

「畫得好！」群裡紛紛伸出「拇指」按讚。

「這是……老牛仔用過的老傢伙？」馬大文問，旋即搜出那打字機的來歷：「UNDERWOOD，中文叫安德伍德，絕對的名牌。當年海明威就是用這個牌子的打字機，打出了不朽的《老人與海》！」

「我的那臺還要老些，是同一品牌，爭取以後用它打出一部不朽的名著來！」

張翔的「安德伍德」是在跳蚤市場淘來的，一九二〇年代造，如今已有近百年歷史。

「得仔細查查，那上面……興許能找到海明威的指紋也說不定！」

「幾年前我買了這臺安德伍德，雖已百年高齡鏽跡斑斑，也笨重了點兒，卻有一種特殊的美感和風韻。如果有色帶，插上紙就能打字！」張翔無不自豪地說。

「打出一部《老張與牛仔》！」

「曾有多少美國作家用它打出了傳世之作：小說、劇本、新聞稿……如今打字機早已退出舞臺，但抹不去它輝煌的過去。這三幅畫是我對打字機的致敬！」張翔說。

「如果海明威就是用這傢伙敲打出了《老人與海》……」有人提出了大膽的假設。

「再找到海明威用過的獵槍，那就齊活了[15]！」

「海明威的那臺UNDERWOOD應該保存在哈瓦那，他的故居吧？」有人說。

「老人放下釣索，把魚叉舉得盡可能地高，使出全身的力氣，加上他剛才鼓起的力量，把它朝下直扎進魚身的一邊……」馬大文迅速在手機上查出《老人與海》的一段描寫，發在群裡。

「真是一個驚心動魄的場面！」

「張翔的作品見證了打字機的歷史。」

「我很少畫靜物，而這部打字機實在令人愛不釋手。這種題材的畫不討人喜歡，是自己哄自己玩的。」張翔說。

吳平也發出了一張照片，是他在英國跳蚤市場淘來的打字機Imperial，帝國牌，一聽就知道是英國造。

「當年第一次見到美國打字機是在同事家，是同事的空姐夫人，在美國家庭週末賣場花十美元買的。我見了愛不釋手，託那空姐代買一臺。空姐說嗯，就再沒下文了。」張翔說。

「我們77級第一個用打字機的，應該是馬大文，第一個到美利堅留學的幸運兒。那時在圖書館，天天見他用那臺黑色的打字機，噼哩啪啦地打英文材料。」吳平說。

[15] 北京話，表「齊了」、「齊全了」。

「圖書館的打字機也是UNDERWOOD牌。那時拼了命學英文，錄取多半是因為英語考過了。」馬大文說。

馬大文那時為了考公費出國留學，整天拿著課本，插著耳塞機學英語，連畫兒都不畫了。

馬大文的父親在黃埔軍校期間加入國民黨，解放後的二十七年中飽受磨難，馬大文也深受影響。文革期間大學停辦，直到七三年才開始招收工農兵學員，可每次報考都通不過「政審」。「四人幫」垮臺，大學恢復招生時為了能搭上「大學末班車」，他偷偷給鄧小平寫了信，請求有關部門能「按政策辦事」。信寫在原稿紙上，三大頁，託人帶到北京投進郵筒。據說鄧辦給地方革委會回了信，指示要給該青年以同樣的機會。

待馬大文終於有幸入學時，他已經快二十四歲，學業被整整耽擱了十年。

那封「致敬愛的鄧副主席」的信用複寫紙謄印了四份。如今四十三年過去，其中的一份還保存在他北京的家中。

「我去美國那年，還用過老式打字機。不久，就有了電動打字機。那時在C大學已經有人用起了『電腦』，很小，很厚，專用的打字紙兩邊各有一排小窟窿眼兒，不是一張一張而是一連串地疊著。電腦，那時在中國叫計算機。」馬大文說。

張翔那臺鏽跡斑斑的打字機UNDERWOOD引起了馬大文的回憶。他想起了電影《地下游擊隊》裡的臺詞，那是上世紀七十年代的電影，是屈指可數的幾部外國片子之一。

電影中，幾個阿爾巴尼亞地下游擊隊員在馬路上接頭：

「羅德維克，晚上好。」

「晚上好。」

「打字機的事怎麼樣了？」

「那天我在放完最後一張傳單的時候……」

時光流逝，當年的許多電影臺詞卻仍被他們牢記至今而揮之不去。

……

一九八一年夏末，在學校悶熱的圖書館資料室裡，馬大文在打字機上噼哩啪啦地打著一封給美國C大學的英文信：

「I have passed my English test and will be hopefully leaving for the United States early next spring.....（我已經通過了英語考試並有望於明年初春赴美……）」

圖書館那臺黑色的UNDERWOOD是全校唯一的英文打字機，據說是解放前南京國立劇專時留下的遺產。打字機的色帶是藍色的，每打錯一個字母就要把紙捲上去，塗上一塊白廣告色，吹乾，再捲回到原位重新打。打完後把信紙舉起來對著光一照，發覺塗了廣告色的地方很多。

從有天窗的畫室走出校園後，「我們的１９７７」們都紛紛出國，負笈遠遊，走向了天窗外的畫室和天邊外的世界：美國、加拿大、日本、英國、法國、新加坡……

訪問學者和留學生們一行在紐約住了四天，馬不停蹄地遊覽了十張明信片上的每一個景點：自由女神、摩天大樓、洛克菲勒中心、時代廣場、百老匯、唐人街……

領館通知馬大文，說去P城的機票已經訂好，明天下午一點半的美國航空班機，只飛一小時三十分鐘。

白敬周去了南伊利諾大學，其他的訪問學者也各奔東西，到全美各大學研究所開始學習和研究去了。

去P城的只有馬大文一人，這次坐的是美國國內的小飛機。

飛機上的人終於都坐下了。馬大文看了一下前後，發現乘客全是身材高大的美國人，坐在黑色的皮質座位上，顯得有些局促。然而，又忽然發現，他左面靠窗的竟是一個小巧玲瓏的亞洲女孩，座位倒顯得寬鬆。

馬大文從書包裡抽出一份中文報紙《世界日報》。他伸手關了頭上的冷氣，開了閱讀燈，扣了安全帶，在橫跨太平洋的飛機上，馬大文就學會了使用座位上的這些旋鈕。

「請問先生是從香港來的嗎？」見到馬大文在讀中文報紙，那亞洲女孩輕聲細語地用中文問道。

女孩大約二十多歲，留著一頭瀑布般的披肩長髮，從裝束上看，不像是從中國來的。

「不，我是從中國來的。」馬大文盡量友好地回答。

「中國……中華民國？」

「不，中國……北京。」

「啊？北平……這樣子喔！」女孩捂住口，身子向後仰去，驚訝得說不出話來。

「……」

「喔，抱歉，我是第一次見到大陸人耶！」女孩仍然是一臉的驚愕，聽口音，顯然是臺灣人。

「請問妳是從臺灣來的吧？」

「是的。我……我看到先生在讀中文報紙，還以為先生是從香港或臺灣來的呢，有些好奇。」

「我也是第一次見到臺灣人，沒想到臺灣人見到……大陸人會像妳這樣……」

「像我這樣子見到大陸人……這樣子大驚小怪的？我真的第一次見耶。」女孩仍然是驚詫的表情。

「那妳印象中的大陸人是什麼樣子呢？是凶神惡煞的樣子嗎？」

「嗯……說不上來。大該是……穿著毛服，戴著人民帽……還有，帽子上有一個紅五星這樣子？」

「小姐說的是軍人？」

「共……共軍……喔解放軍。」女孩又捂住了嘴，笑了，纖細的手指上戴了精緻的戒指，指甲上塗了鮮紅的指甲油。

馬大文想，這位小姐沒把「共軍」說成「匪軍」就已經算客氣了。

「喔，先生戴的眼鏡，是在大陸……中國大陸配製的嗎？怎麼不是那種……」

「那種大陸眼鏡？」猜想「那種大陸眼鏡」是指半框鏡架的「江青式」或透明邊的「林彪式」。

「這眼鏡是在香港配的。」

「那……先生去過香港？」

「還沒有。是一個朋友幫我配的。」

「喔？難怪耶。」

馬大文留意到女孩講話時常用「喔」和「耶」這樣的感嘆詞，和他在電影裡見到的臺灣人一樣。在大學時，學校差不多每週都有兩次影劇觀摩，常常能看到內部電影。第一次看的臺灣電影叫《家在臺北》。片中主題歌〈我的家在臺北〉的旋律，「臺北，臺北，我的家在臺北」他至今還哼得出來。

女孩不經意似地打量了一下眼前的「大陸人」，看不出明顯的「大陸人」痕跡。又看了一眼「大陸人」手中的報紙：「那……看你讀的是正體字，你們用的可是簡體字耶！」

「正體字……我們叫繁體字。嗯，我會看，也會寫。」其實，馬大文「會看」沒有問題，「會寫」卻是有限的。

馬大文把《世界日報》遞了過去：「這裡面的繁體字我都認識。」

「喔？其實不會有繁體字和簡體字之分，只有正體字和異體字之分！聽說大陸使用很多日本字耶。」

「這我倒是不知道，比如？」

「比如：中華民國的國，你們那邊是『国』吧？意義不大一樣喔。還有學，你們是『学』，很醜耶。團，你們是『团』，就是從日本字『团』學來的吧！」

說著，女孩找出枝筆，在《世界日報》上寫出那幾個字來。

「嗯。我個人也比較喜歡繁體字，喔，也就是正體字。以前臨字帖，用的是古人的老字帖，都是正體字。」

「你們的簡體字愛無心、親不見、兒無首、麵無麥、導無道、運無車、你妳不分，『先後』和『皇后』用同一個『后』，這是我最不能忍受……嗯，最不能接受的喔！」女孩一口氣說出這麼多的簡體字，令馬大文十分驚訝。

「『愛』和『親』簡化得不妥。『後』和『后』……這兩個字的區別我還沒注意過。『你』、『妳』是指男女的區別吧？」

「喔，這倒是比較現代的用法。」

「我現在也覺得許多簡體字不太合適。方便倒是方便些了。」馬大文覺得有些尷尬。

「這樣的報紙在大陸也准許嗎？」女孩翻閱著《世界日報》。

「喔不，當然不能。這是在紐約的唐人街買的。在臺灣能看到大陸出版的書報嗎？」

「好像還沒有。不過聽說很快就會解禁的。」

飛機起飛了。

窗邊的女孩把《世界日報》還給了馬大文，整理一下頸下的飛行枕，似乎沒有興致再交談下去，要休息了。

馬大文翻閱了一會兒《世界日報》，睏意也湧了上來。

……

跨越太平洋，跨越全美國，馬大文終於從紐約飛到了他要開始新學業的P城。

馬大文乘機場大客車到了市區，在大學中心大樓的門口等了一會兒，等到了弗雷德・尤恩斯教授的棕色「福特」車。馬大文的行李多，四個大箱子和一個手提包，把「福特」的後備箱和後座塞得滿滿的。

不一會兒，尤恩斯教授載著馬大文來到福布斯路，在一座三層樓的大房子前停下來。

房子周圍有一片草坪，草坪還枯黃著，樹叢倒有些綠意。門廊的信箱上方斜掛著一塊深色木牌，是門牌號碼：5645。

「這是CSSA給你找到的住處。」尤恩斯教授說。CSSA是中國學生學者聯誼會的簡稱，馬大文在領館時就聽說過。他覺得尤恩斯教授實在是個難得的好人。

馬大文拎著最大的那件行李，一步一步登上門前的臺階，終於踏上第十七級，敲開門時，已經汗流浹背了。

出來的是兩個女的，中國人，老師模樣。她們都戴著眼鏡，年長點的叫吳鈴，年輕點的叫張昕，都是北京語言學院英語系來的訪問學者。

屋子裡的暖氣供應很足，雖然是冬天，卻感覺像夏天一樣的熱。吳鈴和張昕招待尤恩斯教授和馬大文在客廳吃了冰激凌。客廳很大，紅色的地毯有些舊了，但也還乾淨，且又厚又軟。落日透過黃色的窗簾，把一片溫暖的金黃色鋪在餐桌上。壁爐沒有使用，一個黑皮沙發橫擋在前面，面對著一臺舊電視機。

吃了一小碗冰激凌，馬大文覺得意猶未盡，但不好意思開口再要。冰激凌的味道一下子把他帶回到童年。除了前幾天在飛機上，算下來距上一次吃冰激凌已經相隔二十幾年了。那是在東北老家的老街，叫正陽街，在一個賣冷飲的小鋪子，父母給他叫了一小碗冰激凌，也是他平生第一次吃到這樣好吃的東西。後來那鋪子關門了，因為冰激凌是奢侈品，實在很少有人問津。

尤恩斯教授走後，馬大文把行李拎上二樓的房間，終於安頓了下來。他開了箱子，先把一張帶來的美國地圖貼在牆上，想著以後每去一個地方，就從出發點畫出一條紅線。他要走遍全美國，把地圖畫得像蜘蛛網一般。

馬大文的房間很舒適：牆是暖色的，地毯是米色的，很軟和，窗簾是暗花的，很好看。窗前有一張寫字檯和一把辦公轉椅。扭亮檯燈，桌上頓時亮起淡黃色的光，令他想起在戲劇學院時宿舍桌上的光。

「不錯，這就是傳說中的五星級飯店啊！」馬大文心裡不禁讚歎。所謂的五星級飯店指的是王府井的北京飯店，他從沒進去過，但想像中的奢華也就是如此。

這座房子有主房兩層，外加閣樓和地下室。原本的兩間臥室，被房東隔成四間，加上閣樓的兩間，一共分成六間，住了六個中國人，除了馬大文，其餘的五人都是訪問學者。客廳、餐廳和廚房共用，所以到了晚上和週末，房子裡就常常熱鬧得像北京的大雜院。

房子的左手是一家髮廊，叫Hair Design——髮型設計。右手不遠處有一座哥特式教堂，被多年前鐵工廠冒出的濃煙燻得黢黑。這一帶見到的大多是四、五十年前建的老房子。

吳鈴張昕猜想馬大文是第一次使用抽水馬桶，就囑咐了一句：「用後一定要沖，無論大小便。」並把那壓鈕指給他看。又說，「手紙是水溶性的，用後就丟進馬桶，不會堵的。」

她們又帶馬大文去了次銀行和超市。銀行叫梅隆銀行，超市叫Giant Eagle：「大老鷹」。路上經過第六基督長老教會、莊園電影院，還有許多各色各樣的店鋪：麵包店、雜貨店、花店、時裝店、假髮店、卡片店、洗衣店、玩具店、藥房……都是馬大文在國內沒有見過的。

超市「大老鷹」裡的東西多得令人瞠目結舌。他學著美國人，推了個車，經吳鈴張昕的介紹，挑揀了些東西。付款的時候，收款員問：「紙袋還是塑料袋？」馬大文要了結實的牛皮紙袋把食物抱回來，擠進冰箱。到了晚上，另外的幾個訪問學者老鄭、老劉和小陳都回來了，房子裡一下子熱鬧起來。

馬大文的房間窗子朝北，和老鄭隔壁，每月房租一百二十元。吳鈴和張昕的房間在對門，朝南，臨街。老劉和小陳住三層的閣樓。

樓裡的幾個訪問學者都過得十分悠閒。他們經歷過文革，下過鄉，進過幹校[16]，吃過苦，都很有生活能力，很會照顧自己，個個都是過日子的好手。

他們按時燒飯、吃飯、吃水果、吃冰激凌、喝茶，再忙也不會馬虎。每天晚上七點鐘，吃了晚飯，洗了澡，他們就紛紛聚集到樓下客廳看電視看報紙或聊天去了。

這臺黑白電視是房東留下來的，只能調出三、四個頻道。房東廖先生是個四十多歲的臺灣人，有時

16 五七幹校，文革期間幹部進行勞動和再教育的場所。

會過來打理房子，修剪草坪和樹叢。

茶桌上放了不少《人民日報》，是領館免費提供的，每個禮拜寄來一次，不過內容比較枯燥，只能看看大標題而已。

住在不遠處的訪問學者老沈有時過來串門子。老沈是四川人，高個兒，性格挺爽朗，說話時常常哈哈大笑。他和大家一起看電視、擺龍門陣、探討如何購買電器特別是相機和鏡頭，再就是「週末到外邊轉轉」。

週末常轉的地方是郊外的維爾肯斯堡一帶。第一個週末一大早，簡單吃了點東西，馬大文就跟著幾個訪問學者乘巴士出發了。

他們先去了一家亞洲食品店叫「亞洲中心」，在維爾肯斯堡P大道705-709號，玻璃窗上印了兩個白色中文大字「歐氏」。歐氏歐老闆是臺灣來的，年紀約莫有三十六、七歲，戴著眼鏡，給人的印象是個改行了的知識分子。

歐老闆大概從沒見過這麼多「大陸來的中國人」，有些驚訝。他和他們說了不少話，比如：「這位先生是哪裡來的？」「現在那邊的生活怎麼樣？」「太太是否同行？」

第一個問題好回答，該哪兒是哪兒。

第二個問題回答起來就有點兒難度。說「那邊的生活很好」，不是那麼回事兒，說「那邊的生活很不好」，也不是那麼回事兒，索性就說：「現在的生活比以前要好多了。」

第三個問題回答起來有點尷尬。「太太」是臺灣或解放前舊社會的說法，大陸叫「愛人」。至於「是否同行」，當然是不能同行，同行了就有不同回的可能。於是就說：「我愛人在國內上班和照顧孩子呢。」

歐老闆笑了笑，說：「愛人的叫法挺西化也挺現代的，我還真不好意思叫出口。」

歐老闆說，這一帶還有一家洗衣店，叫「潮州快洗」，有兩家中餐館，一家是香港人開的「金龍園」，一家是臺灣人開的「北平樓」。另外，他的一個朋友正籌劃著要開一家武術館，他自己要開一家自助餐廳，名字都起好了，叫Taipei Express，中文是「臺北快餐」。

「那時，這裡就是一條新唐人街了。」歐老闆說，「不過，我的兒子Anthony在美國出生，不想幫我打理餐館，說長大了要當個律師，將來競選美國總統！」

大家想像著：有一天這條街將要變成唐人街，街上飄著宮保雞丁的香味，響著中國功夫的吆喝，滿街掛著大紅燈籠，舞龍舞獅鑼鼓喧天，鞭炮煙花此起彼伏，美國總統Anthony站在敞篷汽車上，向行人頻頻招手致意，並矜持著說：「同志們好！同志們辛苦了！」這情景不禁令人心頭一陣激動。

臨走前，歐老闆送給每人一冊掛曆，標註了美國和臺灣的節假日。大家把掛曆小心地捲起來，帶走了。

然後他們又順路去逛Goodwill，「好心好意」。

「終於見到Goodwill了！」馬大文對旁邊的人說。Goodwill就是在紐約時領館司機介紹的舊貨店。他的那件One dollar一美元的西裝外套令人羨慕。那司機說Goodwill是連鎖店，美國全國各地都有。果然，P城就有好幾家。

他們在Goodwill遇到了另外一幫中國訪問學者，都穿深色西裝，打紅色領帶。大家互相看了看，有些尷尬，就只點了點頭，沒正式打招呼。

這家店很大，有一股霉味，是Goodwill的特有氣味。馬大文和訪問學者們逛了兩個多小時，買到了一美元的西裝外套和一美元的鍋子。

第二天，馬大文穿上了一美元的外套上學去了。不過，這件外套一看就知道是舊的，扣子也不是金屬的，不如領館司機的那件好。

晚上回來，他用一美元的鍋子給自己燒了一道菜，圓白菜炒肉片，是他有生以來第一次炒菜。

來美國前，馬大文除了煮麵條外，什麼都不會做。現在，同樓的訪問學者們都是燒飯的好手，什麼都會做。馬大文的這道圓白菜炒肉片，就是跟訪問學者小陳陳佳壁學的。

「小馬你嘗嘗我做的肉絲！」陳佳壁端著一碗剛剛做好的肉絲，對馬大文說。

果然，陳佳壁做的肉絲色香味俱全。

「很好吃。你怎麼做的？」馬大文把步驟詳盡記了下來。

「看來你沒下過鄉，沒什麼生活經歷。」陳佳壁說，「我們這一代人什麼沒經歷過？什麼苦沒吃過？」

陳佳壁在文革前考上清華，不過只讀了一年，文革開始，剩下的三年就在大串聯和造反中度過了。陳佳壁雖然不是「知青」，卻被「下放」過。他有個弟弟，文革期間從深圳偷渡香港，游水還沒游出十幾米，就被解放軍抓住，判了個「偷渡罪」，在監獄蹲了一年。出來後不久再次偷渡。這次，終於套著個救生圈，從深圳福田村一帶游過了深圳河，到了對岸的落馬洲。因為在香港沒有親戚，就在難民營待了些時候。所幸趕上港英政府的「抵壘政策」，他弟弟就終於有了身分。

至此，陳佳壁已經有七、八年沒見到弟弟了。好在這次出國，他弟弟的「叛國投敵」並沒有影響他的「政審」。

「將來有機會路過香港，得去見見弟弟。聽說他在那邊給餐館打工，比我掙錢還多！」陳佳壁說。

04 東方之珠 Pearl of the Orient
公元二〇〇七年秋

禮拜五的晚上，馬大文去同學家參加了Party，是來美國後的第一場派對。可是，沒多久他就回來了。

「咦，你不是去參加派對了嗎，怎麼這麼快就回來了？」在樓梯口，陳佳璧撞見了剛到家的馬大文。

陳佳璧住在朝北的那間閣樓，每月的房租才八十美元，令人十分羨慕。

「別提了。差點兒沒吸毒！」

馬大文講了他去同學住處參加派對的經歷。

那個非裔同學叫Michael，邁克，是本科生。

馬大文想：偶爾參加一下這樣的活動也好，可以多瞭解美國人，多練習英語，就按邁克畫的地圖赴約了。

邁克住得不遠，沿著福布斯大道向西走，穿過幾條街，步行半小時就到了。一看錶，八點整，準時。

邁克的門虛掩著，裡面傳來轟隆轟隆的音樂聲。馬大文喊了幾聲「哈囉」，沒人應，就走了進去。

屋裡沒放幾件家具，顯得空蕩蕩的。窗上都拉著窗簾，只有牆角開了一個小檯燈，所有的牆面都用錫紙遮蓋起來，有點像舞臺布景，顯得幽暗而詭祕。

「咦？我準時到了，卻沒人在。」馬大文想，覺得有點怪怪的。

正轉身要走，邁克從外面進來了。

「Hi，這會兒人還沒上來呢。先來罐啤酒吧！」放下抱著的兩大紙袋食品和一大箱啤酒，邁克說。

「Oh不，謝謝。」馬大文說。

「不喝酒？我有更好的東西。」邁克眨了下眼，神祕地說。

他從兜裡掏出一個小塑料袋，取出些什麼，撒在一小塊紙上，熟練地捲了兩顆喇叭狀的煙，自己叼了一顆，另一顆遞給了馬大文。

「這是什麼？」馬大文問，覺得這「更好的東西」很像東北老家的葉子煙「蛤蟆頭」。

「Good thing，好東西！你試試。」邁克說，掏出打火機，給馬大文點上。

馬大文嚇了一跳，心想：「這是傳說中的大麻或海洛因吧？」他不好意思拒絕，就接過來銜在嘴裡，佯裝吸了一口，實際上是在向外吐，又捏著那煙，閒聊了幾句，說，「喔，我先出去走走，一會兒再回來。」

找了個僻靜的地方，馬大文把那煙掐滅，扔進垃圾桶。看看邁克並沒注意他，便像逃避瘟疫一樣，快步向大馬路走去，沒有「再回來」，而是腳底下抹油，溜了。

「哈哈哈哈！真是歷險記啊！」剛剛要上樓回房間的陳佳壁說。

「就是不知道能不能上了癮。」馬大文看起來有點緊張。

「你根本沒吸怎麼就能上癮？不必緊張！」陳佳壁安慰馬大文說。

陳佳壁今年已經三十六歲了，大家還是叫他「小陳」。

「我被文化大革命給耽擱了。」這句話，陳佳壁每天都要說上幾遍，「所謂的清華，只上了一年，其餘的全靠自學！」

馬大文注意到，陳佳壁一天到晚都戴著帽子，開始時戴的是粗針毛線帽，天熱了後就戴大沿亞麻帽，從來就沒摘下過。每次洗澡後從浴室出來，他都是用毛巾包住頭髮，匆匆鑽進自己的房間，待再見到他時，已經又戴上了帽子，頭髮蓋得嚴嚴實實了。只有一次偶然的機會，馬大文闖進了他的房間借吸塵器，發現他正對著鏡子給自己修剪頭髮：原來他的頭髮很長，光滑地向後梳攏過去，沿著脖頸剪得齊刷刷的，和電影《紅色娘子軍》裡的惡霸地主「南霸天」的頭髮一模一樣。

「小陳，你的專業到底是什麼？我永遠都搞不清！」馬大文本想問你的頭髮為什麼剪成這樣，卻沒好意思。

「我在清華本來讀的是精密儀器，文革一來，就跟著造反了，沒學到多少東西。來美國後研究的是光學工程、光電精密測量技術、光學信息處理和光學全息與散斑技術。」陳佳璧一連串說出一堆專業名詞。

「就是說畢業後分配到製造業？製造各種精密儀器？」馬大文問。

「Oh no，遠遠不止。在各種通訊、軟件、電子、光學以及企事業的研究所等高科技企業裡，都有很多專業對口的職位。」小陳不厭其煩地給他解釋，「比如像美國的通用電器、通用汽車、ＩＢＭ、西門子，也用於航天、交通、國防等領域。」

「聽不懂。專業性太強，太玄妙了。」

馬大文像在學校裡聽政治課一樣，聽得一頭霧水。聽了幾次，就決定不再問了，反正也沒必要瞭解，瞭解了也沒用。

「馬大文……大文共欣賞，你的名兒就是這麼來的吧？」小陳注意起馬大文的名字。

「是也不是。」馬大文說，「我父親自己就喜歡文學藝術。後來文革來了，我也跟著造了幾天反，畫了些宣傳畫。文革後恢復高考，早就過了正常入學年齡，就饑不擇食，只要跟藝術和文有關，有什麼專業就報什麼專業，這不，總算是擠上了大學末班車。不過，藝術和文學我都喜歡，哪天就坐下來從文，也說不定。大文，大文，大可從文。」

弗雷德・尤恩斯教授又來了，並帶來了一臺三洋牌卡式錄音機，正是馬大文用過的那種簡易「磚頭」，說萬一在課堂上聽不懂課，就可以錄下來，回家後慢慢聽。

馬大文感覺自己像是荒島上的魯賓遜，突然得到了海上漂來的木桶，裡面裝滿了求生用品和勞動用具。弗雷德走後，馬大文迫不及待地插好「磚頭」，裝進一盒國內帶來的磁帶，是西方古典音樂集錦，屋子裡頓時響起了格里格《培爾・金特》中的〈晨曲〉。磚頭的音質不好，但熟悉的旋律仍然如清泉般流淌：晨曦初上，太陽破雲而出，在一片安謐的田園氣氛中，顫動著生機勃勃的大自然脈動……

在福布斯5645號住了三個半月，馬大文在奧克蘭找到了便宜些的住處，就提前告訴了樓裡的幾個訪問學者。五月三十日晚飯後，馬大文就搬了家。其實，他決定搬走還另有原因。他看到訪問學者們不拿學位，沒有大的壓力，晚飯後有大把時間，要嘛就看電視，要嘛就高談闊論，這樣的生活雖然熱鬧，卻太受干擾。

走前，他為五個訪問學者各送了一張自製的卡片。

樹葉綠了起來，柳絮開始在馬路上飄舞，路面上蓋了一層嫩綠色的花粉，P城的春天終於來了。

……

「新冠」疫情仍未見拐點。

在香港斗室般的書房，馬大文繼續寫著他的新書《天窗外的畫室》。

一九九八年夏，他從美國D大學來到香港工作。

那時，香港已經回歸，然而，市面上還流通著有英女王頭像的錢幣，馬路兩旁縱橫交錯鋪天蓋地的招牌，仍在使用英文和繁體字，街頭仍不時見得到戴包頭大耳環的印度人「摩羅差[17]」。穿著舉止與大陸很不相同的港人，都給人一種時空穿越到「解放前」的錯覺。同時，印著「紫荊花掛五星」的特區區徽卻已經時常可見，便又給人一種身處「回歸後」的真實感受。

香港回歸前，不少住半山豪宅的富人和中產家庭都移民他鄉。他們懷著對回歸前景的憂慮，僅四年中就有三十萬港人移民海外：加拿大、美國、英國、臺灣……他們的家產能帶的帶，不能帶的扔。在半山區摩羅街兩旁，擺滿了他們丟掉的家具、電器、生活用品、衣服、鞋、玩具，甚至奢侈品，被人撿到再以「白菜價」賤賣，叫「大平賣」。到了晚上，不少街區也在馬路邊擺起了各種各樣的東西：一隻箱子只賣二十蚊[18]，一雙涼鞋只賣兩蚊，一大手提袋港臺和美國流行音樂磁帶只賣五蚊，一大堆精緻的洋娃娃只賣兩蚊……

這時，自馬大文上一次來香港的一九八三年，已經整整十五年過去了。十五年前，馬大文還在C大學讀書時，暑假期間回國路經香港，住在同行訪問學者沈淇昌的親戚家。

沈淇昌的親戚姓葉，住在土瓜灣。葉先生帶他們去過好幾次茶樓和酒樓吃飯，那場面和氣氛透出的奢華，令國內人無法想像。

葉先生是香港人，太太是上海人，怎麼來香港的不得而知。一次葉先生對他八歲的兒子「細路仔」

17 印度半島籍貫香港警察人員的俗稱，現時多泛指印度及巴基斯坦裔人士。
18 蚊：香港粵語，指「元」。

說：「再過十四年，香港就要回歸大陸了，那時的情形點樣，邊個都唔知[19]。你要好好讀書，像這位阿叔一樣，等長大後就去美國留學，在那邊站住腳跟，再把Daddy同Mommy接過去移民！」

算下來，當年的「細路仔」如今已滿四十五歲，大概早就在美國站住了腳跟，爸爸媽媽也早就移民美國了。

那時的馬大文，做夢也想不到，有一天他自己竟會在香港定居下來。

窗外的「基督教神召會梁省德小學」一片寂靜。原定的開學復課一拖再拖，似乎仍然遙遙無期。在周圍那些四十層五十層的摩天大樓群中，神召會小學的七層校舍，牆面上塗了一條條鮮豔的彩色，卻因沒有孩子們的讀書聲和唱歌聲，顯得格外孱弱而渺小。

一輪金色的夕陽慢慢落下，不久，就沉到了遠山的後面。然而，香港，這顆東方之珠並不會完全黯淡和沉寂下來，待夜幕垂下，窗外又將亮起萬家燈火。

海風從不遠處的海灣吹過，耳邊彷彿聽到了羅大佑的〈東方之珠〉：

小河彎彎向南流
流到香江去看一看
東方之珠，我的愛人
妳的風采是否浪漫依然
……

[19] 粵語，指「那時的情形怎樣，誰都不知道」。

自從一九九八年遷居來到香港後，馬大文接待過好幾個老同學。其中滕沛然和吳平還在他的寓所住過。

公元二〇〇七年十月底的一個傍晚，白日間的炎熱剛剛淡去，在香港將軍澳的樓苑La Cite Noble「新寶城」，第七層馬大文家的玄關，對講機中傳來了吳平的聲音。

馬大文急忙乘電梯下到大堂，在靠近入口處的落地大鏡中，見到了老同學吳平的身影。

二十四年前，馬大文回北京探親期間，在班主任秦老師家聚餐，見到幾位畢業剛剛一年半的老同學，吳平也在場。此後，便整整二十四年沒見面了。

La Cite Noble的大堂中，吳平激動地說：「嗨，老馬！」

馬大文控制著音量，興奮地說：「嗨，老吳！」潛意識中對他的稱呼卻是：「Hello Guy Wu！」

「Hello Guy Wu」是三十年前，一九七八年春，在學校的宿舍樓裡叫起來的。

那時，宿舍樓裡的男生女生，幾乎人人都在學英語，或是《靈格風》，或是《新概念》，或是《跟我學》，或是《英語900句》，或是跟電視，或是跟廣播……

吳平學《靈格風》，坐在書桌前，讀一會兒課文，翻一會兒字典，記幾行筆記，站起來，伸伸胳膊，舉幾下啞鈴，抬頭望望窗外的雲，若有所思，突然說出了課文中的一句話：「Hello Jane！」

這時，樓道對門兒的「老街」揭湘沅過來找開水，被吳平發現，就對老街喊道：「Hello Guy！」

「Guy」是吳平對「Jie」，也就是「街」和「揭」的誤讀。

揭湘沅拎起地上的暖壺，「嘩」地倒進半缸子水，回答道：「Hello Wu！」

過了幾天，大家見到吳平時，就喊他：「Hello Guy Wu！」

……

大廳的落地鏡前，馬大文搶過一件行李，招呼吳平上樓。

幾天前，吳平從愛丁堡打來電話，說已經訂好了機票，要和夫人王蘭同行來香港，再與兩個國內來的學生見面，一道考察香港海洋景觀，再回山東大學威海分校。馬大文說，寒舍雖小，老吳你若不在意，就在我的書房湊合住幾天吧。又說好中午在港式餐廳「稻香」為吳平伉儷接風。

不料，到了那天，又接到吳平的電話，說他和王蘭拉著行李去機場維貞航空辦理登機，人家一查，說抱歉你們的飛機昨天起飛，這會兒已經到香港多時了。

「老馬，我老吳又鬧了回烏龍！誤了班機，只好另外買張機票。」吳平說，聲音有點沮喪。

吳平的烏龍馬大哈[20]早就出了名，聽到這事，馬大文雖不覺得奇怪，卻還是連連搖頭，想說：「老吳，當年秦老師說過：藝術上的『雲』值得提倡，生活中可不能太過於雲裡霧裡，騰雲駕霧！」不過，這話並沒說出口。

吳平夫人王蘭一氣之下決定直接飛回北京，吳平則在愛丁堡機場等了大半天，搭乘到了下一航班飛抵香港，又按馬大文提供的路線，搭乘Ｅ２２Ａ機場巴士，走了一個多鐘頭，終於到達「坑口」，找到La Cite Noble新寶城六座。落地鏡前見到馬大文時，吳平如釋重負般地舒了口氣。

見新寶城是四十九層的高樓，吳平說：「我總覺得咱們搞藝術的不能住得太高，離開地面太遠，容易脫離地氣啊。」

「喔，這跟風水有點兒關係吧？」馬大文說，記起了吳平寫過「風水」方面的論文，「不過比起第

20 指馬馬虎虎的人。

四十九層，我這第七層算是比較接地氣了。」

「我在威海的半地下車庫改建成畫室，感覺最接地氣！」

如今的吳平仍是小平頭，高個，大眼，八字眉，衣著簡單，不逐時尚。除了略見發福及習慣把眼鏡掛在胸前這一細節，給人以一種老教授老學者的成年感之外，吳平依然是三十年前的模樣。

「唉，老吳，這回沒忘記行李啥的吧？」馬大文問。

「老馬你別說，我還真把一捲畫兒忘在了機場！」吳平拍拍腦門兒說。

「啊?!服了您啦！」馬大文說。

吳平在愛丁堡學的是景觀藝術。

幾年前，吳平從愛丁堡到美國開會，順路訪問了老同學張翔在德州謝爾曼郡的鄉間大宅。接著，同學揭湘沅、朱小岡、袁慶一也先後登門造訪。

然後，吳平背著博士論文《西方景觀文化中的殘缺美》，坐灰狗巴士開始了橫穿美國的旅行。張翔夫婦打掃房間時，發現吳平竟然把錢包忘在床頭櫃上，便急忙開車追趕。灰狗開到下站停下，走下來吳平，看到張翔夫婦正站在路口，遂詫異地說：「咦，張翔，你們怎麼來了？」

待張翔夫婦亮出錢包，吳平一拍腦門，說：「我這……又烏龍了！」

張翔說：「服了您啦！」

吳平的灰狗旅途中，前站的同學必打電話給下站的同學，提醒要注意老吳的「雲」，管好他的證件、錢包和機票。結果，在吳平訪美的最後一站紐約，偏偏在出發去機場前，好端端的一張機票卻不見了。於是翻箱倒櫃，東找西找，恨不得把地毯都掀開，無奈連個機票的影子都沒有。眼見要誤了飛機，有人突發奇想，拍了下腦門兒，說看看會不會在垃圾桶裡？一看，果然不錯，原來機票和一疊報紙混在一起，給當成垃圾，扔了。大家說：「吳博士，可真服了您啦！」

接下來的幾天中，馬大文發現吳平仍是三十年前的吳平。

那是一九七八年的二月，在北京東棉花胡同39號，戲劇學院青灰色的宿舍樓裡，陸續住進了文革後的第一批新生。

舞臺美術布景設計一班的八個男生被分到三樓。朝南的304號，住進了張翔、吳平、司子傑和馬大文，對門兒的334號，住進了揭湘沅、滕沛然、袁慶一和朱小岡。

吳平隨便放下行李，動手打開油紙包，鄭重捧出精心裝裱過的油畫風景十餘幅釘在牆上。組畫表現的是他旅行青島所得的印象，叫〈青島組畫〉。組畫中，青島的德式洋房依山而建，紅瓦碧海，陽光耀目，充滿了異國情調，令人不禁聯想起遙遠的外國羅馬尼亞、阿爾巴尼亞和西班牙。

然後，吳平拿出一幅布面油畫，名〈雲〉。〈雲〉中，廣袤的原野和地平線被壓得很低，大團的雲朵像大檢閱般地運行在天空。

〈青島組畫〉和〈雲〉吸引了大家的注意，304房間一下子被擠得水泄不通。大家都說吳平的畫「真有想法」，「雲」也成了吳平的符號和象徵。

……

當晚，馬大文夫婦招待吳平和他的兩個學生，在樓下的川滬餐館「新味館」吃飯。學生丁航和田潔是大四的女生，晚吳平一天到香港，順路給他取回了忘在機場的一捲畫。馬大文夫婦點了新味上海湯年糕、栗米粒炒飯、小籠包野菌、回鍋肉拉麵、素炒油菜、南瓜餅和西洋菜蜜茶。

「這兒可不及馬凱啊。」馬大文說的「馬凱」，是北京地安門大街上的一家湖南餐館。上學時，吳平有時去馬凱解饞，令大家十分羨慕。

「馬凱關了。」吳平說，「不過聽說還會再開。我現在差不多都在學校食堂吃飯，吃完就走人，碗都不必洗！」

「喔？記得老吳當年在學校吃飯也不洗碗！」馬大文說。

「偶爾簡單洗過一兩次，沖沖而已！」吳平說。

馬大文正要說吳平那時的襪子被子更不洗的事，見旁邊的學生丁航和田潔正注意著聽吳老師的笑話，就轉移了話題，說：「這香港的天兒可真熱！」還拿起菜單搧了搧風。

「這些事兒現在都交給王蘭全權負責了！」吳平說。王蘭早在大學時就常來幫他打理內務。

「可惜我在香港和美國的食堂都遠不如國內的方便。」馬大文說，「想想在學校讀書那會兒，炒三丁、醬肘子、粉條白菜、炒青椒、燒茄子、豆製品、棒子麵粥，每一道都稱得上綠色食品！」

夜深，在馬大文家的起居室，黑色皮質沙發前的茶桌上，瓷杯中盛著啤酒「青島」，然而窗外卻沒有「雲」。向外面一眼望去，層層屏障般的樓宇，層層樓宇亮著層層的萬家燈火，如顆顆明珠般地閃爍在深藍色的夜空。遠處，已經望不到白日間可見的海灣。夜很靜，沒有吵鬧，只聽得到車輛駛過時的呼嘯聲，香港的夜色從不輕易地暗下去和靜下去。

喝了幾口「青島」，吳平半晌沒說話。過了一陣，突然說：「《色・戒》……這部電影的導演李安跟咱們同齡！」

原來，吳平下午看了《色・戒》的未刪節版，現在還沉浸在所受到的震撼中。

「我早就看過了，還看了李玉的《蘋果》。」馬大文神祕地說，「還有陳沖的《天浴》，這些在國內都被禁映。看來還是香港開放些！」

喝了幾口「青島」，他們的談話就沒了明確的主題，開始從東說到西，從南說到北。

「前幾天和張翔煲了次越洋電話粥，說到他日前在美國德州謝爾曼郡小耳朵上見到朱軍的節目《藝術人生》，召集了中戲表87的舊日同窗，侃藝術，侃人生啊。」馬大文說。

「轉眼畢業已二十五年，以我們這經歷，更該進《藝術人生》。」吳平說。

「人生的經歷，就像是幾張照片，幾十年後就會慢慢褪色。」馬大文說。

「可惜那會兒的照片都是黑白的，還不清楚。」吳平說。

「我們下鄉寫生時的照片，是用你的相機拍的吧？」馬大文問。

「我的小奧林帕斯，用的是135膠捲。」吳平說，喝了口「青島」，「儘管印出來的照片都是黑乎乎的，可班上就我老吳有一臺相機！」

「無比珍貴，你那小奧林帕斯功不可沒，或者套句官話：人民是不會被忘記的！可惜咱們那時的照片太少了。」馬大文說，也喝了口「青島」，「我們在宿舍裡就沒留下什麼照片。」

「我本來還有些照片，被學校資料室借去後，就沒還給我！」

窗外，香港之夜依然燈火一片。汽車一輛接一輛呼嘯而過，海風從窗外吹來，突然間喚起他們對宿舍生活的回憶。

三十年前，學校宿舍樓中的每一個夜晚也是燈火通明著的。那一年入校後不多久，宿舍樓突然失火，引起了一場慌亂。大家眼睜睜地看著自己的家園被大火燒成殘垣斷壁，情緒相當低落。他們在舞蹈教室打了多日的地鋪，又去了京郊門頭溝寫生，最後終於搬回了宿舍。那天，每一個窗裡的燈都白晝般地亮起來，直到深夜。304房間裡，單卡錄音機「磚頭」中響起了韓德爾的〈水上音樂〉和〈皇家煙火〉，樂聲悠揚、古雅、豪華、壯麗，象徵著他們的人生。

……

擺在餐桌上的一瓶威士忌，蘇格蘭精品格藍傑Glenmorangie第13窖，是吳平送給馬大文的禮物。

「這酒象徵我們同學三十年間持續下來的同窗之誼，如同這一樽陳年之酒，成熟、耐久、醇良而渾厚。」吳平說。

「老吳一不小心說了句很文藝的金句！」

「我老吳還寫過幾首打油詩呢！」吳平咧嘴笑了，「嘿嘿哈哈嘿哈哈！」

「老司有消息嗎？」

「除了有一次在潘家園巧遇過老司，就沒消息了。聽說老司穿行在北京新街口和順義的畫室兩點一線，忙著籌備畫展呢。你跟老司有聯繫嗎？」

「打過電話。老司倒是有手機，可他要嘛忘了帶，要嘛忘了充電，要嘛就關機睡了，總之，根本就打不過去。」

「老馬的文字功底比繪畫強。你將來把我們班那時候的故事寫寫吧，拿個諾貝爾獎什麼的！」

「寫故事行，拿諾貝爾獎……這個想法有點兒『雲』！」

「嗯，我倒是一直在畫雲！其中的一雲，如今正掛在你們香港某大廈某大廳的某大牆上呢。」

「聽說劉楓華劉Good搞了一陣子行為藝術，緊握衝鋒槍，守大門學雷鋒[21]，還在馬路上攔住人就

---

[21] 雷鋒，是中國人民解放軍中士及共產主義戰士，因公殉職時僅二十二歲。在黨的塑造渲染下，雷鋒被衍生為「做好人好事、助人為樂」及「緊握手中槍，忠於人民忠於黨」的象徵。

給理髮？」

「劉Good現在不學雷鋒了，現在造兵馬俑，就是在兵馬俑泥塑上畫畫兒，玩兒的是普普藝術。據說，他的一尊兵馬俑還進了大英博物館。」吳平的啤酒杯空了，「其實，我也搞了幾回行為藝術，比如《縫石頭》、《搬紙箱》，還有《樹屋》。這次回威海後，我要聚集一百個真人，皮膚塗成古銅色，拉開等距離站立在東海之濱，用夕陽下的人體雕塑，築成一道一英里長的巍巍長城，營造出一道震撼、刺激的環境藝術景觀。」

「我看也可以這麼說：學校給你分房，給你退休金和醫療保險就是真正的行為藝術！」

「老馬你也說了一句金句！」

「聽說，如今北京宋莊畫家們的金句是：不管啥藝術，有人出錢買就是好藝術，不管啥道理，賣了畫兒才是硬道理。」

「老馬你又說了一句金句！」

「老張張翔既搞藝術，又能賺到錢，是藝術中的藝術，道理中的道理！」

「老張那兒我去過，畫室很大。不過，老張畫美國牛仔，我總覺得缺了點什麼……對了，一個牛仔畫家，必須得喝酒抽煙，喝得醉醺醺，抽得暈乎乎，摟著個女……人……」

「得像高更那樣？」

「……」

沒有回應。原來，沙發上的吳平頭向後仰，已經打起了瞌睡，是「青島」、時差和「雲」的效應。

這時，舞臺美術系77級布景一班，還有另外兩班的同學們差不多都先後出國，漂泊到外面的世界去了。

外面的世界精彩而又無奈：馬大文在香港生活了七年後又回到美國，六年後去了新加坡，七年後又回到香港；至於其他同學，揭湘沅、滕沛然、朱小岡先後去了美國；孫路去了法國；袁慶一去了日本又去了法國；司子傑做了幾年舞臺設計後，乾脆做了專業畫家；袁明不幸遇難……沒有人說得清這個世界有沒有真正地、歸根結底地屬於過他們。

……

05 一閃一閃小星星 Ah, Vous Dirai-je, Maman

公元一九八三年夏

「嘟——」在微信群裡靜音多日的馬大文突然間有了動靜，「我這兒居然發現了早年間的日記，但都很短。整理了一下，與大家分享！」

接著，先發出了一九七八年一整年的日記。雖然每天的記錄僅有幾個字而已，卻準確地記錄了入學第一年每天的主要活動：

一九七八年

2月28日，上午休息，下午分班……打掃衛生。

……

3月1日，開學典禮，午後全系師生見面。系主任講話……發校徽、借書證。

3月2日，宣布教學方案，午後體檢。

……

3月4日，宣布學籍管理條例……

3月5日，上午去圓恩寺影劇院看電影《風雲島》，下午4點半集合，練秧歌……

……

「日記夾在一個筆記本的塑料封皮裡，一直沒留意。可惜太少，只有幾頁而已。」馬大文說，「後悔當初每天沒多花上幾分鐘，多記點。」

「太珍貴了！老班長真有存貨！」司子傑說。

「這兒還記著去我家的事兒呢！日記的珍貴和價值在於記下了時間。看來班長就是班長，老班長的作用一直在發揮，延續了半個世紀，直到現在！」孫路說。

果然，向下看去：

7月8日，訪問孫路父親，畫家孫滋溪。

「Bonjour，孫路。我這老班長無形中成了終身制！」馬大文給孫路發了條微信，「不過，作為老班長，我對妳後來去法國的事所知甚少，肯定也挺有意思吧？」

「Bonjour，老班長！說來有點兒話長。九五年我有個機會去了法國，在巴黎高等美術學院進修，學習歐洲古典材料技法，側重坦培拉[22]。我們當年的繪畫基礎課就缺少了這一項，Tampera，就是蛋彩畫，至今已經有兩千多年的歷史，是歐洲繪畫材料的祖師爺。那時出國留學沒有經濟來源，父母是不給學費和生活費的，完全靠自己勤工儉學。不過一到夏天旅遊季節，我們就到旅遊點去給遊客畫肖像，費用就出來了。」

22 坦培拉技法，一種繪畫技法，指使用蛋黃或蛋清做媒介，反覆罩染使顏色疊加產生所需的色彩。

孫路說得興奮起來：「我的收穫之一，就是利用這十年，把歐洲所有的美術館和名勝都逛遍了，開了眼界，認識和以前也大不相同，我的藝術語言和畫風得到了全方位的轉變！」

「嗯，看得出來！逛美術館，那是天窗外的畫室！」馬大文說，「美術館裡好多文藝復興時期的畫兒，本來以為是油畫，後來才知道是用坦培拉畫的。」

「是啊，油畫只有三百多年的歷史，而坦培拉卻有兩千多年的歷史了。」孫路說。

「國內懂得這種畫法的人幾乎沒有。聽說文革時有人試著用雞蛋清調廣告粉畫領袖像，結果那雞蛋壞了，領袖像臭氣熏天，差點沒把那畫家抓起來，當現行反革命槍斃！」馬大文說。

「我在法國學習那會兒，一共有四個中國留學生，還有一個臺灣留學生，幫助我們翻譯。不過實際操作的時候多，所以並沒有太大的語言問題。那所學校的上課方式和國內不同，比較鼓勵獨立思考。他們不像我們在學校時，擺靜物啦，畫模特兒啦，而是比較自由。你願意從家裡帶個香蕉蘋果來畫都行，自畫像也行。教授每週來一兩次，坐在中間兒，和大家討論。學生哪兒來的都有，時常坐在桌子上，很隨意。剛開始中國學生特別不適應，有點懵了。後來覺得他們比較放鬆，給個人足夠的創作空間。因為是學分制，學生可以去任何一間畫室。我覺得這樣挺好，學得全面。」孫路說。

「嗯，和美國不大一樣。我在美國教研究生，其實管得挺多的，每星期都得約見學生做輔導。」馬大文說。

「回國後過一段時間我就又回去了。我本來是學生居留，後來通過了法國藝術委員會的評審，換成了藝術家居留，這樣，我就每年過去一次。」

「待有機會，得去拜訪妳在北京的畫室嘍！說起畫室，我拜訪過張翔的、吳平的、司子傑的、袁慶一的、朱小岡的、劉楓華的、蔡蓉的、郭志清的……還沒拜訪過妳的呢！」馬大文說。

「歡迎，歡迎，熱烈歡迎！可惜，我的畫室沒有天窗。」孫路說。

「那就是天窗外的畫室！」馬大文說。

「嘟——」馬大文又發出一張彩色圖片，是當年在有天窗的畫室拍的。照片上，二十六歲的馬大文捏了根鉛筆，正在畫架前畫素描，「是古阿姆的攝影！」

「這張照片太珍貴了！你後面的背影好像是張翔，穿了件淺米色夾克。」大家說。

「正是張翔！」馬大文說，「我這兒還有其他存貨呢：當年的借書證、校徽、戲票、八二年從北京到舊金山再到紐約的機票……全是乾貨！」

大家嘖嘖稱奇。

「此外，還有一九八三年在P大學得的獎狀！」馬大文有點欲罷不能。

那一年，馬大文得了西海岸戲劇氏族傑出學生獎，獎狀裡夾了一張九百美元的支票。他徵得了領館的同意，用獎金作路費回國探親。打了幾通電話，最便宜的機票也得一千五百美元。他的九百美元獎金不夠買從P城到北京的全程機票，便添了三百美元，經香港過羅湖去廣州，從廣州再坐火車硬座，一路顛簸，加上在香港和廣州的停留，直到一個星期後才到達北京。

在北京期間，班主任秦老師召集在京的同學去他家中聚餐。這時，秦老師仍住在華豐胡同19號的四合院中。

畢業後同學們分散到各地，四個留學生也已回國，到場的只有司子傑、吳平、滕沛然、袁明和孫路。那天，吃過師母做的紅燒肉、炸醬麵、燒賣和小米粥，秦老師切了西瓜，大家坐在院子裡的大楊樹下，邊吃邊聊。天氣熱，秦老師穿了件「老頭衫」，也沒像以往那樣戴鴨舌帽。

「老馬這一出去，人馬上就變了！」大家開著玩笑。

在校時，留小平頭兩腮凹陷的馬大文，雖然也穿過喇叭褲，但那是出口轉內銷的「水貨」，褲帶也繫得鬆鬆垮垮的，看起來像「假華僑」。如今留著長頭髮，穿著T恤衫，上面印了英文字兒，網球鞋，白線襪，樣樣都是貨真價實的外國貨，再加上吃東西時閉嘴咀嚼的架勢，看起來已經像「真華僑」了。

「老班長看起來很像電影裡的外國人了！」大家又說。

「喔！別把我當成精神汙染給清除就行！」馬大文說，又解釋著，「其實啊，我這是為了省錢。在美國剪個頭得十來美元，等於國內一個多月的工資。我就練習自己對著鏡子修修邊兒，叫『自理』。這衣服、鞋襪……都是便宜貨。」馬大文本想說實話：「都是在舊貨店Goodwill買的舊貨，一美元一件。」但沒說出口。

大家都分配了工作。司子傑分到總政歌劇團，吳平分到中船總公司任美術設計，滕沛然留校，袁明分到央視，孫路分到中國歌舞團，剛好和秦夫人師母在一個單位。

「沒想到，在學校時是秦老師的學生，工作了，又成了師母的同事。」孫路說。

「是啊，孫路是我們的年輕職工，有幹勁兒呢！」師母走過來，又端來一盤西瓜。

「謝謝師母。不過老實說，有幹勁兒就是什麼都沒幹！」孫路說，「我剛參加工作，什麼都不懂，連怎麼跟人稱呼都不知道，到目前為止，還沒獨立幹過像樣的事兒呢。」

大家聊起了各自的工資，都是每月五十七元左右，只有司子傑的超高：九十。

「還是部隊工資，喔不，還是部隊軍餉高！」大家無不羨慕地說。

「俺也覺得俺這軍餉挺多，花不完！俺以前哪兒見過這麼多銀子？」司子傑說，「除了俺爹。」

「令尊？見過大量銀子？」袁明問。

「俺爹在銀行工作！」司子傑說，「不過，也只是見過而已，見過別人的銀子，也就是『過眼煙銀』！」

「咦，老司今天怎麼沒穿軍裝？」馬大文問，意識到司子傑如今在部隊文工團工作，已經是「革命隊伍中的人了」。

「舞美隊雖然也是革命隊伍，但畢竟是文藝兵單位，所以不那麼嚴格，平時穿便裝也行，但開會、學習時必須穿軍裝。在舞美隊時，可以不戴帽子。」司子傑說。

「老司的頭髮打過髮蠟，不適合於戴帽子！」馬大文說，「老司的頭髮理得也不像一般軍人那麼短。」

「打髮蠟也沒受到限制。我的軍餉買髮蠟是不成問題了！」司子傑的頭髮理得整齊，依然是在校時那種油亮的波浪式。又伸出一隻皮鞋「三接頭」給大家看，「皮鞋也是天天擦油兒的！」

果然，司子傑的三接頭擦得鋥亮。

在學校時，司子傑常常使用馬大文的髮蠟。那髮蠟雖然是真正的日本造，卻是三十年前「滿洲國」時的老貨底兒，早已經味兒不正了。還有，那時司子傑也常常擦馬大文的皮鞋油。

「老司的戎裝形象我見識過一回。」滕沛然說，「那天在學校，眼前突然出現這麼一個解放軍，正納悶說怎麼軍宣隊[23]又來駐校了？或者是毛主席又搞起了三支兩軍？仔細一看說哎呦喂，這不是老司嗎？可這身軍裝，怎麼看也不對勁兒。把我笑得，差點沒把剛喝的茶水噴出來。這軍裝穿咱同學誰身上都合適，就穿你身上不合適。我說你這是偷來的吧？」

「老司的軍裝顯示出什麼軍銜？」半晌沒發聲的吳平問，一臉若有所思的表情。

---

[23] 解放軍毛澤東思想宣傳隊。

「俺那軍裝顯示不出什麼軍銜，就是那種『一顆紅星頭上戴，革命紅旗掛兩邊』的解放軍式。」司子傑說。

「老吳正在醞釀著什麼想法吧？」袁明問，知道吳平的想法如天上的雲一樣天馬行空。

「吳平八成正在構思油畫〈雲〉呢！」孫路說。

「康斯太勃爾[24]式的雲！」司子傑說。

「有想法！」在一旁抽煙的秦老師說：「可有一宗：藝術上的雲值得提倡，生活中可不能太過於雲裡霧裡，騰雲駕霧！」

大家被逗樂了。誰都知道吳平生活上馬大哈，除了自己的畫，其他什麼都可以不吝。

「有王蘭在後邊給收拾就行！」袁明說，一邊「啪」地一下，手拍在胳膊上，拍中了一隻蚊子，「這拍蚊子是技術活兒，早在東北那會兒就練出來了。」

袁明在文革時曾「上山下鄉」，在黑龍江生產建設兵團待過，吃過不少東北大饅頭，也挨過無數次蚊蟲的叮咬。

「袁明妳分到央視也不錯呀，風吹不著，雨淋不著，蚊子也叮不著，背靠大樹好乘涼，將來有發展！」馬大文說，回頭看了看身後的大楊樹。

「嗯……現在還輪不到我們發展，還在熟悉環境，學習開會啥的也挺多！」袁明的頭髮燙過，有點像畫報上的日本人，「不過，有空就學學日語！」

「俺那日語，學了五十音圖後，可就沒怎麼深入。工作後，倒是畫了不少小風景和小靜物！」司子

[24] John Constable，十九世紀英國最偉大的風景畫家。

傑說。

「棵體也畫了些？」馬大文又調侃了，故意把「裸體」說成「棵體」，還是在學校時那樣。

「老班長，你還別說，俺舞美隊的幾個哥們兒還真有這個想法，大夥想湊點兒錢，僱個女孩兒，畫幾張人體，也算是提高業務水平吧。」司子傑說。

「老司畫棵體時可別忘了把我老吳也叫上！」吳平說。

「行！到時候跟李爾勉說說，就說你是來幫忙畫景的，擁軍愛民嘛！」司子傑說。李爾勉是總政歌劇團舞美隊隊長，也是戲劇學院的老校友。

「要是能趕上也算我一個，就說我是來學習解放軍的！」馬大文說。

「老司，到你那兒畫棵體，老馬現在可是拿美元的金主，就由老馬請客吃飯，喝老美純蘋果汁，品老毛子伏特加，我老吳一定到場，嘿嘿哈哈嘿哈哈！」吳平說。

「俺那兒馬凱沒有，老美純蘋果汁和老毛子伏特加都沒有，俺的電爐子還在，做上一鍋疙瘩湯，多加點兒味精和辣椒油！」司子傑說，「麥乳精也保障供給！」

「好咧，好吃好喝可勁兒造[25]吧您！」滕沛然說。

在學校時，吳平偶爾會去地安門的「馬凱」啜上一頓湖南菜，睡覺前還沖上一杯麥乳精，是班上的貴族，而司子傑則每星期用飯盒，在電爐子上做幾回「疙瘩湯」改善伙食。

「那時我的麥乳精放在書架上，滿滿的一袋，去了趟資料室，回來就少了一大半。我想，我不可能吃得這麼快呀，經老司怎麼一提醒，我這會兒意識到，原來是被耗子偷吃了！」吳平說。

[25] 可勁兒造：可勁兒吃，東北土話，指「盡情享用」。

幾個男生都哧哧笑起來，互相看了看，意思是說：「不是我。」

「嗯，算得上好吃好喝！」秦老師總結性地說，又點上一隻「香山」，揮了揮手：「你們面臨的下一個問題是要解決住房問題！」

「我在總政歌劇團一報到，就住進舞美隊的圖書館兼辦公室，用書櫃隔開個小屋，擺了張床。書櫃那邊就是辦公桌，上班絕對不會遲到！」

「人家舞美隊一點名，在被窩裡就答應一聲『到』！」

單位分房是遙遙無期的事，其他幾個同學要嘛住宿舍筒子樓[26]，要嘛住在自己家裡。

這時，秦老師的小兒子小豆兒背著個畫袋，從外邊回來了。小豆兒已經十五歲，個子躥得很高。

「輕音樂啊？還有莫扎特！用的是日本ＴＤＫ磁帶，九十分鐘的！」小豆兒說，見到馬大文帶給秦老師的音樂磁帶，很高興。

「可惜不是原聲帶，是轉錄的。」馬大文有點歉疚地說，「秦老師家的夏普六喇叭收錄音機還在聽吧？」

「在，這臺夏普用得可值了，一天都沒閒著！」秦老師說。

「我和我哥小蛋兒聽得最多。」小豆兒說。

剛入學時，秦老師召集了全班在家裡聚餐，那時秦老師家只有一個三洋單卡錄音機「磚頭」，後來，買了臺夏普六喇叭收錄音機，再去秦老師家的時候，吃過飯就邊吃西瓜邊聽音樂。

「我家小豆兒在學畫畫，你們幾個都給輔導輔導啊！」秦老師說，抽了口香山。

[26] 一條長走廊串連著許多個單間的建築，因長長的走廊兩端通風，狀如筒子，故名筒子樓。

「我想學油畫！」小豆兒說。想了想，又說，「我想考美術學院，也想學銅版畫。」

「好啊！將來有機會再考出國！」袁明說。

「要搞寫實的，美國恐怕不是最好的選擇。」馬大文說。

「俺看還是蘇聯列賓美術學院的基本功訓練實打實。」司子傑說，「將來有可能，真他媽想去特列恰科夫美術館，看看列維坦蘇里科夫的原作！」

「見了列維坦蘇里科夫的原作，那咱們老司還不得俯身下拜呀！」滕沛然說。

「心想事成，指不定就有這麼一天呢。」孫路說。

「借孫小妹吉言，也祝妳有朝一日進軍法國。」司子傑說。

「我想去法國學蛋彩畫『坦培拉』。」孫路說。

「Bonjour！」馬大文說，「那還得學法語！」

「Bonjour！可惜，四年前剛入學那會兒沒學，咱班上的幾個留學生就是講法語的呀！」孫路說。

「三個喀麥隆留學生沒消息吧？」馬大文問。

「就聽說古阿姆要回來讀何老師的研究生。阿姆巴、恩臺比和于爾格都去向不明。人家那邊不包畢業分配呀。」秦老師又點上一顆「香山」。

其他幾個沒到場的同學，張翔分到了廣播學院，揭湘沅分到了湖南大學，袁慶一和幾個朋友在長沙組織了一個湖南磊石油畫研究會，一邊畫畫籌備展覽。

「朱小岡分到了中央芭蕾舞團，好像是跟著馬運紅，給電視劇《西遊記》設計，掙了點兒外快。」秦老師又說。

分到學校的都是「青年教師」，還沒有什麼職稱，分到劇團的，現在也沒輪到搞設計，大家都不甘心就這樣在國內耗下去。

「舞美隊倒是給了俺一個劇本，讓俺跟著李爾勉搞設計，叫《火紅的木棉花》，到現在還沒看呢。聽說是中越自衛反擊戰的事兒，劇本一般，大概也就是《院牆內外》那個檔次。」司子傑說。

「你們剛入學那會兒，按教學大綱是要先搞個中國現代獨幕劇，可那時哪兒有什麼像樣的劇本？好不容易找了個《院牆內外》，又沒有英文翻譯，三個留學生看不懂，只好給他們口頭上說說。」秦老師說。

「讓他們來中國學舞臺美術，真是浪費了人家的時間，也浪費了我們的時間。」

「怪不得古阿姆要改行學美術呢！」

大家說著說著，說到了出國留學上。

「聽說好幾個同學都張羅著出國呢！」馬大文說。

「是啊，許你老班長出國，就不許我們出國了？」大家調侃道。

「哪兒能呢？外國又不是我老班長開的。」馬大文說，「不過，那邊還真有些自費的留學生，一邊學習，一邊打工掙錢，辛苦點，但也是一條路子。」

「到時候步老班長你的後塵，找你去，可別不理我們！」大家開著玩笑。

畢業才一年多，雖然秦老師的小院陽光依然明媚，師母準備的晚餐依然豐盛，雖然大家還是有說有笑，但缺席了一大半同學，總感受出一絲時過境遷的失落，總覺得缺了點什麼。好在大家依然年輕，前面還有大把的光陰在等待，大片的人生去書寫。

然而，光陰和人生都比他們預想的速度要快得多。吳平去了愛丁堡，揭湘沅、滕沛然、朱小岡先後去了美國，袁慶一去了日本，孫路去了法國。下次的再見，已經是多年以後。而袁明，在那次聚餐後沒多久就芳年早逝，那次的見面，竟成了永別。

屋裡的小豆兒已經打開了六喇叭夏普，放進了馬大文帶來的磁帶，響起了《小星星變奏曲K265》，是莫扎特二十二歲時的作品。

暑熱一下子被吹散，空氣變得沁人肺腑，清澈明亮的旋律在華豐胡同的夏夜流淌，彷彿是一顆顆閃爍的小星星，令人目眩神迷……

06 祝你生日快樂 Happy Birthday To You

公元一九八三年春

拉著行李車折騰了幾趟，到了午夜時分，馬大文終於安頓下來，坐在了奧克蘭區「麥基廣場」自己的房間。麥基廣場，英文叫McKee Place，其實並不是廣場，而是這條街的街名。

奧克蘭這一帶的大街小巷房屋密集，道路兩旁大多是破舊的、帶地下室的三層公寓，式樣也大同小異。像這座城市所有的老舊建築一樣，儘管它們被粉刷被油漆過，卻掩蓋不住經年被煤煙燻染過的痕跡。這裡曾經是黑煙滾滾的「鋼鐵之都」。

而這一帶的街巷，除了每個城市必不可少的第一大道、第五大道、聯盟大道，不少街名起得頗有文化和戲劇的色彩：羅密歐街、茱麗葉街、哈姆雷特街、奧菲莉婭街、福爾摩斯廣場，彷彿這些不朽的人物曾真地在這一帶生活過一樣。

這些舊房子裡大多住的是學生，特別是外國學生，其中很多是來自中國大陸臺灣香港的留學生和訪問學者。他們一批批、一代代在這裡付出的汗水和努力，也像這些不朽的街名一樣，都留在了不朽的傳奇之中。

馬大文新搬進的住處就是這樣的一棟三層老屋。老屋的底層除了馬大文，還住了小宋、大龍和胡傳武四個中國人。

這棟老屋又髒又破，蟑螂很多，但因為大家都不講究，又都在忙於各自的學業，環境便安靜了許多。而且，房租還便宜了四十美元。

留學生小宋是P大學理工科的自費生。不過，小宋的自費是由他在臺灣的爺爺資助。爺爺本是國軍將領，大陸鼎革後跟隨國民政府去臺灣。三十年後，費了不少周折，終於找到了失散在四川的兒子，並決定出資供孫子到美國讀書，也算是彌補三十幾年分離所造成的缺憾。爺爺出資的標準比公費留學生的高得多，加上小宋偶爾向爺爺撒個謊，說有什麼什麼費用，有什麼什麼開銷，爺爺就額外加補。於是，小宋就成了留學生中的貴族，衣服鞋子書包都是在美國買的，眼鏡也是在美國配的。此外，小宋還時不時地叫個麥當勞或披薩什麼的解解饞。同住的留學生趕上了，也能分到幾根薯條或一塊披薩，還邊吃邊說，有個臺灣爺爺比有個大陸爺爺好。

大龍是讀語言學的自費公派生，拿的助教金也比純公派留學生的多。

住在這一帶的還有一個小龍，常常過來串門子。大龍和小龍是乘同一架「中國民航」來美國的，兩人在紐約轉機時湊在一起，見都是亞洲面孔，就搭起話來，問尊姓？答敝姓龍，您尊姓？也答敝姓龍。「龍」是個不常見的姓，加上兩人同去P城的同所大學，天下竟有這麼巧的事兒，於是成了朋友，彼此間就稱呼起了「大龍」和「小龍」。

胡傳武是四川來的訪問學者，電腦專業，也是自費公派。他的老闆Dr. Chiu是「老中」，臺灣人，給的錢挺多，這樣，胡傳武在中國人圈子裡就算是富戶了。

胡傳武很會燒菜，宮保雞丁、魚香肉絲、回鍋肉什麼的都會做，馬大文跟他學會了好幾道菜，也常跟他去學校，在他的辦公室看書、做功課。那裡冬天有暖氣，夏天有空調，既安靜又舒適，用胡傳武的話說：「安逸得很喔！」此外，那裡還備了個電水壺和一瓶醬油，餓了，在電水壺裡煮兩個雞蛋，蘸著醬油吃，很香。

胡傳武的辦公室在校園邊上。那是一座方方正正的玻璃樓，灰褐色，亮閃閃的，像太陽眼鏡，外面看不到裡面，裡面卻看得到外面。

這天是週末，辦公室空著，老闆也沒來，玻璃樓裡很安靜。

馬大文和胡傳武到辦公室時，只有Kyn Kim在電腦前用功。Kim是韓國來的訪問學者，名字寫成漢字是「金奎炯」。他比較瘦，很骨感，頭髮半蓋著耳朵，感覺上有幾分像Bruce Lee，李小龍。

胡傳武剛到美國時，老闆Dr. Chiu召集來全體研究生和訪問學者，要大家做自我介紹，認識認識。輪到胡傳武，他就說：「嗨！I am Hu，我是胡。」

有個美國研究生沒聽明白，問：「You are who? Who are you?你是誰?誰是你?」原來是把「Hu」聽成了「Who」，大家想笑又不好意思笑。

胡傳武又說：「Yes，I am Hu，我從中國來。」

「Who?」又有人問。

「Yes，Hu，H，u，欸吃，悠。」胡傳武說著，用手指在手心上寫出了「Ｈｕ」字。

「Oh！是你。清楚了，水晶般地清楚！」

全場鼓起掌來。

「Hu是我的姓，我的名兒是傳武，傳授武術的意思。」胡傳武說。

「Oh！真的？」有幾個美國研究生十分驚訝，「你能教我們Chinese Kung Fu，中國功夫嗎？」

胡傳武哭笑不得。他生得瘦小文弱，戴著眼鏡，是半框鏡架的「江青式」，一看就是個知識分子。他有點臉紅，忙說，「No no no！我不會Chinese Kung Fu，是陰差陽錯，我父母把我叫了胡傳武。我弟弟叫胡傳文，偏偏是教體育的。」

不過，胡傳武還是模仿著他的弟弟胡傳文，擺了個「功夫」的架勢，使勁地喊了聲：「嗨！」

「Bruce Lee，李小龍啊！聽說中國人都會Kung Fu！」

不少美國人看過李小龍的電影。不久前，在學校的學生活動中心還放了《龍爭虎鬥》，引來了一片熱烈的掌聲。

「I can not……這個我可不行。但是，要說做個中國菜Chinese dish還差不多。」胡傳武說。

全場又鼓起掌來。其中的一個美國男研究生還說了句中國話，連說了三遍，胡傳武都沒聽懂，問：「Pardon?什麼意思？」

最後，老闆Dr. Chiu給解了圍，說：「他說的是Give me a cup of tea，給我一杯茶呀！」

美國男研究生又說了一遍：「給我一杯茶。」

胡傳武這回聽懂了，卻被美國人的奇怪口音逗得前仰後合，急忙在提包裡找出一包茶葉遞上，是從國內帶來的茉莉花茶。

美國男研究生雙手合十，像日本人那樣連連鞠躬，接過茶包，說：「歐哈腰夠咋一馬斯。」

一個美國女研究生說：「歐哈腰夠咋一馬斯？那是日語吧？」

胡傳武有些哭笑不得。出國前他曾聽人說，大部分美國人對中國瞭解甚少。有的美國人甚至以為日本是中國的一部分，以為中國的房子都像古代的廟宇。當他們見到中國人並不是個個都戴著尖頂草帽時，就感到十分詫異，說這和我想像的大不一樣啊。

美國男研究生發覺該說中文才對，就抱著拳，加了一句：「Oh，xiexie！」

有人問：「請問Mr. Hu擅長做哪一類中國菜？」

胡傳武說：「我是四川人，做四川菜，辣得很。」

那人伸出舌頭，用手搧了搧，做出很辣的樣子，說：「General Tao Chicken，很辣，但是我喜歡。」

胡傳武聽不懂。

「General Tao Chicken，很辣。」那人又說了一遍。

「General Tao Chicken，陶將軍雞？川菜裡沒聽說過這道菜呀！」胡傳武說。

「左宗棠雞。」老闆Dr. Chiu解釋道。

胡傳武還是不懂，說：「啥子左宗棠雞？沒聽說過喔！」因為剛到美國，他還沒有下過中餐館子，自然就沒有品嘗過「左宗棠雞」。

在座的美國人都說去過中餐館，都吃過「左宗棠雞」，還有「芝麻雞」。

「興許是湖南菜吧？我會做宮保雞丁。」胡傳武說。

大家一陣歡呼，說：「Kung-pao chicken，美味呀！等不及系裡開Party了！」

一個亞洲人舉起手，說：「我喜歡吃宮保雞丁！」又說，「我是Kim，我是韓國人。」

大家都說：「嗨，Kim，開派對時你就帶Kim Chee吧！」

胡傳武沒聽懂：「Kim Chee？Your son or your daughter？（你的兒子嗎？還是你的女兒？）」

Kim說：「我的女兒不叫Kim Chee，叫Kim Moon Jung，五歲了。我們目前還沒有兒子，正在努力中！」

響起一片掌聲。

Kim說：「『Kim Chee』是一道韓國菜。」

胡傳武說：「Kim Chee，聽起來倒像我們的川菜喔。」

在場的大多數人都吃過Kim Chee，齊聲說：「好吃！」

老闆Dr. Chiu也喜歡吃Kim Chee，說：「Kim Chee就是韓國泡白菜，很辣很下飯喔！」他喉嚨結動了一下，嚥了一下口水。

……

馬大文和胡傳武各吃了兩個煮雞蛋蘸醬油。

外面傳來了喊叫聲。原來是Kim的太太Jeein和女兒Moon Jung，站在路旁的梧桐樹下，招呼著Kim開門呢。

Jeein和Moon Jung進來時，兩人手裡捧著一個玻璃罐子，見到胡傳武和馬大文，鞠了一躬，說Hello，遞上手裡的玻璃罐子，和Kim說了一通韓語。

Kim說：「這是我太太自製的Kim Chee，送給你們每人一罐嘗嘗。」

胡傳武和馬大文連連致謝，一邊誇讚Moon Jung，說這孩子又漂亮又懂事。又說：「以後我做宮保雞丁帶來送你們！」

Kim招呼太太女兒一旁坐下畫畫。

「聽說好多韓國人會寫漢字，你們也會嗎？」馬大文問。

「我會一些，她們就不行了。不過，我父親不但會寫會看，還會說，甚至連《三國志》都會念，可惜我聽不懂！」Kim說。

Kim從抽屜裡拿出個本子，像是普通中學生的作業本，封面印著韓文「연습장」，大家猜想那就是「練習簿」的意思。

「看，這裡面有不少Confucius語錄呢！」Kim說。

「Confucius是個啥子？」胡傳武問。

Kim的英語也有限，想了一會兒，不知道怎麼解釋，就用漢字寫了出來：「孔夫子。」

馬大文也湊了過去。

胡傳武說：「喔！原來是孔老二啊！那會兒給人批判得龜兒子一樣！」

文化大革命時批林批孔，孔夫子改名叫了「孔老二」，名聲很壞。

見胡傳武明白了，Kim有點得意：「Yeah，就是你們中國人批判的那個孔夫子，在韓國可很受尊重！」

Kim說著，打開練習簿，果然在上邊印著一行孔夫子的話：

敏而好學，不恥下問。

——孔子

馬大文有些驚詫，說：「還是中文的呢！像文化大革命時的記事本啊，只不過那時每頁上邊一行印的都是毛主席語錄。」

Kim又說：「每頁上都有。」又翻開一頁，左右頁的上邊都印著孔夫子的語錄，「學而不思則罔，思而不學則殆。」「溫故而知新，可以為師矣。」「見賢思齊焉，見不賢而內自省也。」

胡傳武是文革前的大學生，學過「溫故而知新」和「不恥下問」。馬大文小學畢業後就開始了文革，也知道這兩句話，卻不知道這原來是「孔老二」的話，現在竟在韓國人的練習簿上看到了。

馬大文記得在文化大革命那會兒，他還畫過不少批林批孔的大幅漫畫，醜化和羞辱了孔夫子，這時想起來，不免覺得有些「那個」。

「你對北韓怎麼看？」馬大文問Kim。

「我同情那裡的人民，但不喜歡他們的政府！」Kim說。說「不喜歡」時，他用的是Dislike這個詞。

「能問問原因嗎？是因為太窮嗎？」馬大文問。

「光是窮還OK，主要是……」看起來Kim不會用英文表達，翻了一會兒字典，說：「獨裁和專制！」

「你在那邊有親戚嗎？」馬大文問。

「有過。」

「有過？」

「我的堂弟，因為太窮，要逃到我們那邊去，剛要過三八線，就被北韓的人民軍開槍打死了。」

「那你堂弟的家人呢？」

「我叔叔嬸嬸雙雙失蹤了。這是過了五年後才知道的。」

馬大文和胡傳武都覺得有些聳人聽聞。

見他們不太相信，Kim說：「大概像你們的文化大革命。Terrible，太可怕啦！」

馬大文和胡傳武都不講話了。

星期五下課後，馬大文和周圍的幾個同學互道了聲：「週末愉快！」

有同學說：「肯定愉快！因為今晚和週末都沒有Crew了！」

「Crew是什麼？」第一次參加Crew時，馬大文連這是什麼意思都不知道。翻了字典，發現Crew的意思是「全體船員」。聽周圍的幾個同學反覆講了幾遍，說Crew就是在車間實習，但還是不明白，「在車間實習和全體船員又有什麼關係？」

經歷了一次後馬上就知道了：Crew，原來也就是「幹活兒」，就是分配給每個學生的車間工作，分別在製景、道具或服裝車間參加演出製作實踐。那天的Crew後回到住處，洗澡都顧不上，就倒頭大睡了。

這樣的Crew每次都要至少做兩個星期，平時安排在晚七點半到十一點，禮拜六在下午，每次三個半甚至四個半小時。Crew後回家燒飯吃飯洗澡，再應對繁重的功課，準備繁多的考試，再抓緊也得凌晨一點半後睡覺，而第二天往往不吃早飯就去學校，常常累得人苦不堪言。

比起製景和道具車間，服裝車間的Crew相對輕鬆些。不過，馬大文在服裝車間的第一天，竟釘了一晚上的扣子，不小心被針扎了左手，第二天則熨了一晚上的衣服，不小心被熨斗燙了右手。他對旁邊的同學黛安小聲說：「唉，真沒辦法！這些活兒只有女人才幹得好啊。」把黛安逗得哧哧笑了出來。黛安是一個白胖的女生，學的是舞臺製作。

一個週末的下午，馬大文給即將演出的《玩偶之家》熨服裝，手中熨斗的噴霧出了問題，硬是噴不出霧氣來。急忙中想起母親熨衣服用的祖傳熨斗「烙鐵」，用前要在爐子裡燒上些時候，哪裡有什麼噴霧的功能？「噴霧」從來是用嘴。於是便學著母親的樣子，飲水機上接了杯水，嘴裡含了一口，對準熨衣架上娜拉的衣服，「噗」地一聲用力噴射出去。細密的水珠在陽光下閃著光亮，隱約間出現一彎彩虹，把周圍的人看得目瞪口呆，一時間無言以對，隨之哈哈大笑，前仰後合，最後熱烈地鼓起掌來說：「Oh！My God！我的上帝啊！」「喔，大文，這真是不可思議！」

在美國生活的「老中」都熱衷於到希爾曼圖書館的東亞部看中文報刊書籍。

二月的P城天寒地凍，圖書館裡卻溫暖如春。那些嫩綠色的沙發，特別是靠窗的單人沙發，常常坐滿了人，一邊讀書看報，一邊看著窗外紛飛的雪花，使人感到十分舒適，舒適得「使人不忍離去」。

這一天圖書館一開門，馬大文就趕了過來。放下裝滿了書本和兩份三明治的雙肩包，坐進了一個靠窗的嫩綠色沙發，開始準備下午的服裝史測驗。他規定自己今天要花足四個小時複習，並絕不去碰那些中文書刊雜誌。

這門課從第二次上課時，就差不多回回都有考試，是小測驗，叫Quiz。第一次測驗時，馬大文還不懂Quiz這個單詞。見到同學們紛紛在紙上寫著什麼，他有些莫名其妙和不得其解。待十幾分鐘後大家交了試卷，才明白了這是一次測驗：Quiz。這次他當然地得了個零分。

從此，他把「Quiz」一詞牢記在心，加倍努力，把教授芭芭拉畫在黑板上的圖仔細抄寫在一張電腦紙上，揣在衣袋，有空就看，見縫插針，最後竟然能默畫出每一個細節，記住每一個部位的名稱。終於，他開始在Quiz時考出不錯的成績。

圖書館安靜而舒適，這不禁令人生出莫名的睏意。馬大文忍不住打了個盹。醒來後溫了會兒服裝史，又忍不住打了個盹。

過了兩小時，實在太累太枯燥太乏味，他終於忍不住放下手裡的筆記，從書架上抽出一本《七十年代》，翻閱起來。《七十年代》是香港李怡主編的中文雜誌，其中常常發表一些批評兩岸政治的文章。這類雜誌不但在中國大陸看不到，就是在臺灣也不能發行。

「浮生偷得半日閒！」馬大文這樣安慰自己。說也奇怪，看起中文的閒書，睏意竟一下子消失得無影無蹤。

而且，讀到了好的句子，他又忍不住抄寫了起來。

這是一九八二年十一月的月刊。

心影
兩個世界
孩子們
出生在紐約的
　芝加哥的
出生在洛杉磯的
　波士頓的
出生在密西西比河畔的
我們的——
中國的第二代
他們的世界是
白色的
統一的
免於憂患的
美國人的根
我的，我們的世界

是黃河，長江
是日月潭，阿里山
是蒼白的
分離的
憂患交錯的
是無根的浮萍

一對華人夫婦帶著兩個六、七歲的小孩經過東亞部。他們說著話，雖然聲音很輕，卻聽得出大人間講著國語，小孩間講著英語。大人的國語是臺灣口音，小孩的英語是美國口音，而且每當大人向小孩講國語時，小孩卻用英語回答。小孩每人抱了一本英文兒童書，像是剛剛從兒童圖書部上來，這情形一下子令人想像到他們的故事：夫婦雙雙從臺灣來美國讀書，從此在美國落腳。之後，他們的孩子出生在美國，孩子的人生便是美國的人生……馬大文想到自己在中國二十八年間接受的文化教育，想到中美文化的巨大差異，不禁生出許多的感慨。

窗外飄起了雪花。馬大文還是自律地放下手中的《七十年代》，重新拿起服裝史的筆記。

果然，下午的服裝史測驗他答得不錯，居然得了91.5分。

「真是不容易啊。」他對自己說。

待結束了車間的Crew時已近午夜。雪停了，月光如水，踏著厚厚的積雪走在回家的路上，心情也舒暢起來。

「林間道」亞洲店過後，轉進右手的路易莎街，見一家酒吧還亮著燈光，門上的店牌Denny's Place被橙色的街燈照亮。店牌上畫著一位紳士，鼻子下留了一大撇白鬍子，頭戴黃色便帽，雙手雙腳岔開，左手指向入口，好像在說：「請進去喝一杯！」

馬大文忽然想起應該慶祝一下服裝史考試的不錯成績，便推門而入，花五十美分要了一杯啤酒。泛著泡沫的「米勒」沁人心脾，令人頓覺神清氣爽，一天的疲勞也煙消雲散。

月圓月又缺，已經是正月十九了。

學校服裝車間的東德人韓妮又來過電話。韓妮和她的先生麥克是基督徒，常常開車接馬大文去教會做禮拜和聚餐。不過，因為這週的功課實在太多，這次便婉言謝絕了。

多年前，韓妮歷盡千難萬險逃出鐵幕輾轉來到美國，每當說起這段經歷，她便說：「是上帝帶領我走過了死蔭的幽谷，這是上帝的偉大救贖和奇異恩典。」

教堂裡的音樂，令馬大文想起多年前對宗教的模糊印象。

十三年前，他隨著一大群失學青年，懵懵懂懂地參加了工作，被分配到百貨公司做「宣傳員」。

不久後，城裡出現了上山下鄉的上海知青。他們穿著細腿褲子，戴著寬邊眼鏡，披著大黃棉襖，說著聽不懂的上海話，在土灰色的陋巷中顯得十分扎眼。他們與其說是來接受貧下中農再教育的「知識青年」，不如說是來觀光旅遊的「海外華僑」。

果然，待慢慢和他們結識，才知道他們要嘛是家庭出身不好的資本家後代，要嘛是技工學校的肄業中專生。他們從中國最西化最現代的大城市上海，帶來了手風琴、小提琴、口琴、《外國名歌200首》、翻譯小說、外國畫報以及中國最進步的文化。

「我外婆是基督徒，小時候常帶我去教堂。上帝的名字叫耶和華，是至高、公義、慈愛之上帝的意思！」知青俞偉傑說，一邊神祕地拿出一張破舊的黑白相片〈基督復活升天圖〉。

「這個叫〈聖母頌〉！聖母瑪麗亞，是耶穌的母親，儂曉得勿[27]？」知青李明生合上手風琴，不可思議的〈聖母頌〉餘音猶存。

「聖彼得堡涅瓦河三一橋！三一就是聖父、聖子、聖靈三位一體。」知青黃國琦說。他用紅色鉛筆在《音樂家・美術家》的第九十頁第十二至十六行下仔細地畫了線，讀道：

我也喜歡在夏天，站在三一橋上，迎接日出。這是一幅美妙莊嚴的圖畫！真正的藝術作品，往往有一種魅力，比大自然更美——這是藝術家崇高靈魂的表現，是神聖的創造。然而在自然界也有一些絕妙的現象，詩人和藝術家在它們面前無能為力，只能為這些甜蜜的、迷人的瞬間，感謝造物主。

《音樂家・美術家》是十九世紀烏克蘭詩人和藝術家舍甫琴柯的自傳體小說，是黃國琦從上海帶來的。他的兩個木板箱子裡，一個裝著衣服和雜物，另一個裝著書和畫片。那些書、音樂和畫片，在那個文化荒蕪的時代，成了他們不可多得的精神食糧。

韓妮教堂裡的巴赫管風琴曲〈舒布勒聖詠〉莊嚴高亢，不禁令人肅然起敬……

27 上海話，即「你曉得不？」儂即「你」。

然而很快地，馬大文就對教會裡的氣氛產生了疑問：這場面似曾相識，豈不令人想起文革時的三敬三祝毛主席萬壽無疆？

他看了看滿是書本的書桌和一張「待做」清單：燈光課的測驗複習、導演課的舞臺畫面練習、服裝設計的十八張設計圖……待做的功課堆積如山。

馬大文扭亮了臺燈，按下了錄音機的PLAY鍵，海頓的弦樂四重奏〈小夜曲〉響起：明朗、典雅，和三年前在國內宿舍第一次聽到時一樣。

聽說今晚和週末沒有Crew，馬大文的心裡一下子敞亮得像開了一扇窗。

「難得的週末！得好好享受一番。」他對自己說，腦中又浮現出了一句英文，「We have better food on Sundays——我們在星期天改善伙食。」「Better food」的意思是「好點兒的食物」，這是在國內學英語時課文裡的一句話，出自埃德加・斯諾的《西行漫記》。

「This is not a bad idea at all——這可絕不是一個壞主意！」他摸了下腦門，對自己說，「對了，要自己動手，豐衣足食。八路軍在延安蘇維埃時還每週改善一次伙食呢！」

「Better food是怎樣的好點兒的食物？又該怎樣地改善伙食？是炒土豆片還是下麵條？是包餃子還是蒸包子？」晚飯時吃著蛋炒西紅柿下麵，一邊又想起了斯諾的話。馬大文來美國前幾乎沒做過飯，這道再簡單不過的蛋炒西紅柿下麵還是幾個月前在福布斯住時跟陳佳壁學的。

馬大文曾在一個美國人那兒見過一本英文的食譜，叫A Cooking Book for A Poor Poet，意即《一個可憐詩人的食譜》。詩人，大概是世界上最不實際和最不會做飯的人。詩人的食譜，也就是最不講究最不靠譜的食譜。

「我這道蛋炒西紅柿下麵大概可以收錄進這本食譜裡了。」他對自己說。腦中尋思了一陣，便萌生出要改善一次伙食，包一頓餃子或蒸一回包子的念頭。

「好吃不如餃子，站著不如倒著。」週六的早晨他還「倒」在床上時，忽然間又想起了這句話。為了省電，大家說好只在晚八點到早八點之間才開暖氣，所以這會兒屋子裡的溫度還很舒服。於是，馬大文便又「倒」了半個鐘頭，籌劃著要包一頓餃子。

他居然有一條擀麵杖，是從北京帶來的。那時他還躊躇滿志地認定：既然獨立生活了，這些別人都能做的事自己學都不用學，就能無師自通。

於是他開始和麵。

「軟麵餃子硬麵湯！」這是小時候就常聽人說起的常識。他用鍋子和麵團，放了不少水。不料，水放得太多了，麵團快和成麵糊糊了，這肯定不行。於是，就加了些麵粉。又不料，麵粉加得太多，完全無法揉起來，這肯定也不行。於是，就又加了些水。這樣反覆了幾個來回，終於覺得差不多了，就把那滿滿一鍋麵團蓋上蓋子，放在爐臺上去「醒」，一邊切好了白菜，調好了肉餡，放在一旁候著。

兩個鐘頭後再回來時，發覺那麵還是不對勁：太乾太硬，捏不動，揉不開，於是就又加了些水。終於覺得差不多了，就開始擀餃子皮。他要把餃子做得碩大而飽滿，這樣既省事又實在。他左手滾動擀麵杖，右手轉動麵皮，一下一下地把那團麵擀成圓片。不料拎起來對著光亮一看，發現本該中間厚周圍薄的麵皮恰好相反，正中錢幣大小的一塊薄得幾乎透明。「這肯定要露餡了。」他趕緊揪了一小塊麵，拍薄，補了上去。

他用湯匙挖了一坨餃子餡，掀開餃子皮笨拙地捏起來，卻發覺餡兒放多了，麵皮根本就合不攏。他用湯匙挖出一點，又試著捏了一次，還是包不攏。他又挖出一點，總算把麵皮捏合了，卻不料那補過的地方漏了餡兒，流出了湯汁。

這時，他的肚子咕嚕嚕叫了起來，他是餓了，昨晚的一碗蛋炒西紅柿麵早就消化了。餃子照這樣的包法，看來要包到下午兩三點鐘，太不划算，太不值得了。

「怎麼辦？」說這三個字時，他想起了車爾尼雪夫斯基的小說《怎麼辦？》

「怎麼辦？」他再一次問自己，「我看算了，就把餃子皮下水當成麵片兒，餃子餡下水當成丸子，形式不同，內容一樣！」

「怎麼辦？就這麼辦。」他說幹就幹。十分鐘後，他的包餃子做成了汆丸子麵片兒湯。這次改善伙食的試驗便這樣告吹。

下一個週末仍沒有Crew，只須在禮拜六下午四點到學校劇場參加一個大會就行。馬大文心裡又一下子敞亮起來。

「難得的週末！得好好享受一番。」他對自己說，腦中又浮現出那句英文，「We have better food on Sundays，我們在星期天改善伙食。」他決定再改善一次伙食：餃子沒包成，蒸一回包子也行。說幹就幹。蒸包子也是第一回，程序完全是憑記憶和「想當然」。

於是就在超市「大老鷹」買來了「自發麵」，餐桌上清理出一塊地方，他開了工。

包子餡也調得不錯，除了和上次的餃子餡同樣內容，這次又加了蝦皮。包子不需要擀皮的技巧，捏扁拍拍平就是了。至於「包」的方法，也可以適當做些簡化。「包子好吃不在摺兒多少。」他想起了這句話。

沒有蒸籠，就索性用鍋子代替，水中坐個碗，碗上放個盤子，包子擺在盤子上，心想如果讓那熱氣多在鍋裡蒸騰些時候就是了。

果然，包子蒸好了，冒著熱氣。蘿蔔絲湯也做好了，也冒著熱氣。他打開了一罐啤酒Miller，則冒著冷氣。又打開了音樂，響起了海頓的弦樂《小夜曲》。

「味兒……好像不大對勁兒啊！」他對自己說。

自發麵有點鹹，包子皮又太厚，絕不是記憶中的包子。不過，包子總歸是包子，而且是第一次試驗成功，心裡便生出一種滿足，遂接連吃了十個，外加一罐啤酒。湯燒得不好，喝了兩口，就放棄了。

也許是吃得太多，也許是味兒不對，也許是啤酒的作用，總之最後吃到噁心，吃到要把十個包子嘔吐出來。

馬大文覺得很不舒服。「難不成是病了？」他想，「好吃不如包子，站著不如倒著。」雖然這種說法既不順口也不押韻，他還是「倒」在了床上，蓋上了被子，幾分鐘後便睡著了，把下午四點學校開會的事忘在了九霄雲外。

昏沉中聽到走廊裡傳來急促的電話鈴聲。拖了幾分鐘，電話仍然響個不停，只好爬起身來。看了看腕上的東風錶，發現已經是晚上六點多了。

「Hello！大文！你好嗎？聽著：恭喜你榮獲西海岸戲劇氏族傑出學生獎！」那邊傳來的是Bes的聲音。

馬大文腦中立刻浮現出一個高個頭白頭髮穿一身粉紅色套裝的老太，是戲劇系的名譽教授伊麗莎白・金伯雷，大家都叫她「白絲」。白絲雖然早已退休，卻仍然德高望重，且常常現身於學校的重大活動，這次開會原來是表彰傑出學生大會，由白絲頒獎。

「對不起我沒聽太懂……您是說我得了獎？」馬大文說。

「正是，你得了傑出學生獎！還有一張支票：九百美元喔！全系只有幾個人得獎，你是唯一布景設計專業的……恭喜恭喜呀！可是……你怎麼沒來出席頒獎儀式呢？」白絲那邊聽起來仍然十分高興。

「我……我……我不舒服呀。」馬大文囁嚅地說，「我……病了。」

到了下一個週末，白絲還是為馬大文補辦了一場「頒獎儀式」。

「儀式」是在吉布森家的家庭活動室舉行的。

吉布森一家對馬大文十分友好，常常請他去家裡吃飯，像對待自己的家人一樣。白絲和吉布森太太則是好朋友，常有往來。

白絲仍然穿著那套粉紅色套裝，雪一樣白的頭髮梳理得十分精緻。她笑容可掬地展開一個精緻的鈷藍色本夾，裡面附了一張燙了金邊的獎狀，和一張九百美元的支票。她鄭重其事地宣讀了獎狀，再遞給馬大文。

屋子裡響起熱烈的掌聲。吉布森太太忙用她的「拍立得」拍了快照，吉布森先生鮑勃也忙用他的攝像機拍起了小電影。

按白絲的要求，馬大文還帶來一些作業，並攤開給大家展示講解。這些作業多半是布景和服裝設計圖，都曾在課堂上贏得老師和同學們的讚譽。

吉布森夫婦已經退休。每次去她家，一般都是鮑勃開車接送。一年多以來，馬大文曾多次去他家作客，和他們相處很好。

「大文又去赴宴了！」

「改善伙食啊！」

這令室友們羨慕不已。

吉布森家是個大家庭，兒子兒媳女兒女婿還有各家的孩子們，加在一起三十多人。因為人太多，每次這樣的家庭聚餐，都要分兩組就坐：大人們在大餐廳，小孩們在小餐廳。

晚餐時馬大文和白絲、吉布森夫婦及兒子女兒兒媳女婿們圍坐在大餐桌周圍。淡黃色的桌布上擺放著精緻的餐盤和銀質的刀叉，每人的桌前都放了名片，燭光在鮮花前跳躍……

這一切都出自吉布森太太之手。「真不愧一位了不起的主婦！」馬大文想。

做完謝飯禱告，大家剛剛放好餐巾，拿好刀叉，隔壁突然傳來了小孩子們愉快的歌聲：

祝你生日快樂

祝你生日快樂

Happy birthday to 大文

祝你生日快樂

……

原來是孩子們以為大人們在為馬大文過生日，便決定為他唱起了〈生日歌〉。

大人們笑了起來。馬大文很受感動，遂走過去對孩子們說：「謝謝你們！謝謝你們！雖然今天並不是我的生日，我還是謝謝你們！」

孩子們互相看了看，也都笑了，有點不好意思。

馬大文已經多次在美國朋友家裡吃飯，已經能比較熟練地使用刀叉了。

第一次在美國人家裡作客，也是去吉布森家。那是上一個聖誕節的晚上。

生平第一次過聖誕節，令馬大文感到十分新奇：聖誕音樂、聖誕樹、聖誕卡、聖誕大餐，還得到了聖誕禮物：一條日本薄圍巾、一副耳罩、三塊手帕、一些巧克力、一支牙膏和一捲膠帶，這些都裝在一隻紅色聖誕襪裡……這一切都如夢如幻如看電影一般。

看著美國人熟練地用著刀叉，靈活地切下一小塊牛肉，放進口裡，閉著嘴咀嚼了幾下，一邊又說起話來。

「真是運用自如，談笑風生啊！」馬大文對自己說。而自己則用不慣刀叉，一塊牛排切了好一會兒也切不乾淨，還弄得盤子吱吱作響，哪裡談得上運用自如？待終於切好了牛排，撒好了鹽和胡椒粉，用叉子送進口中，顧得了咀嚼卻顧不了和鄰座人說話，更說不上談笑風生，便感到十分尷尬。

早在語言學院進修時，美籍華裔英語老師Marvin Lee就給他們介紹過美國人的餐桌禮儀，講過如何使用刀叉。馬大文還特意畫了張圖，把擺放的位置和使用順序記下來。

即便如此，每當和美國人一起吃西餐時，他還是揀軟的和容易切的東西吃，一邊學著美國人的樣子，小心地切碎一塊胡蘿蔔，努力把叉子扎下去，送進口中，緊閉著嘴巴咀嚼著，使勁嚥下，然後誇獎一句：「非常好吃！」待旁邊的人問話時，他就會禮貌地做個手勢，嚥下口裡的食物說：「Excuse me，對不起。」

馬大文在美國的第二個聖誕節也是在吉布森家度過的。

那天，在客廳裡聊了一會兒天，鮑勃招呼幾個男士去打檯球。吉布森家的地下室裡堆放了各種各樣的雜物，最引人注目的是中間的檯球桌，以及與之呼應的一幅圖畫：一群狗們也圍著檯球桌，正像模像樣地打著檯球。圖畫中的狗都被貼上了家人的名簽。中間的狗是鮑勃，正握著球桿，瞄準了一個白球。

周圍的狗都一一配上了吉布森兒子女婿們的名字。馬大文覺得美國人很有美國人的幽默。

聖誕大餐後，在家庭活動室，鮑勃進行了下一個節目：放電影。

鮑勃有攝像機，每次有家庭聚會或特別活動，就架起三腳架攝像。隨著時代的發展和科技的進步，鮑勃的攝像機也不時更新，電影膠片也隨之更換。這時，櫥櫃裡已經積攢了好幾摞各式各樣的膠片、攝像機和鏡頭。鮑勃把上次吃飯時拍的短片放給大家，一邊做著解說。

小孩子們聽了沒多久就失去了興趣，紛紛跑到客廳玩耍去了。

大人們看著看著也開始說起話來。

「Darwin，」鮑勃努力地說著馬大文的名字，把「大文」說成了「達爾文」，「在你的家鄉，那裡都有些什麼樣的Trees呢？」

「翠絲？抱歉，翠絲是什麼？」馬大文沒聽懂。

「Trees，樹啊！」鮑勃指著牆角的聖誕樹說。

「Oh，trees，樹啊！」馬大文明白了。不過，他知道的英文樹名很少，「松樹、楊樹、柳樹，應該什麼樹都有，除了聖誕樹！」

大家笑了。

「還有白樺樹，White birches！」馬大文想起了白樺樹的英文名字。出國前的一年暑假，他去東北畫白樺林，在字典上找出這個單詞，牢牢地記住了。

「White birches？白樺樹？」鮑勃說，「我們院子裡就有一棵。」

說著，鮑勃起身拉開了窗簾，果然，院子的角落裡佇立著一棵不大的白樺樹，在夜空下泛著銀光。

「大文，你為什麼特別喜歡白樺樹呢？」有人問。

「因為白樺樹入畫，特別是油畫，畫出來有一種特別的……」馬大文想了想，想起了「情調」的英文說法，「有一種特別的Sentimental appeal！」

「嗯……」大家好像明白了，又好像不太明白。

「聖誕快樂Merry Christmas！」

「聖誕快樂Merry Christmas！」

從吉布森家出來，天空中依然飄著細雪，雪花在深藍色的背景下顯得格外晶瑩剔透。P城的大街小巷家家戶戶早就披上了銀裝。橙色的燈光透過門窗，映在雪地上，和樹上的、路旁的彩燈彩帶彩條相映成輝，火樹銀花，五彩斑爛。泥塑的、紙紮的、木雕的人偶隨處可見：曠野牧羊人、天使報佳音、三博士朝聖、雪橇、馴鹿、聖誕老人……

平安夜的聖誕頌歌中隱約聽得到一絲莫名的感傷，不禁令人生出一抹淡淡的鄉愁。

07 長夜無眠 The Sleepless Night
公元二〇二〇年春

四月已經過去了三個星期，然而，春天卻仍然遲遲不肯降臨。77級昔日的同學們居家隔離已經整整三個月了。三個月間，除了極必要的外出，如買菜和遛狗，他們也和全國全世界的人們一樣，停擺了他們正常的生活。

微信群「我們是一群好爽兵」依然在活躍著。他們分享作品、傳老照片、說老故事、討論疫情、瘋狂發帖、暗語隱喻、吐槽怒懟、高談闊論、指點江山……他們也和大多數人一樣，埋頭於手機成了生活中的常態。

「嘟——」趙國宏發出一張油畫，是他早年的牛棚寫生。

「牛，黃牛！」

大家紛紛按讚。

趙國宏的寫生堪稱佳作：夕陽下的牛棚，一頭白鼻樑的老黃牛，下了軛，歇了工，正悠閒地朝前面努著嘴呢。

「味兒正！」

「濃烈的俄羅斯味兒！」

「那時我們受蘇俄繪畫影響很深。」

「俺還聞到了關牛棚的味兒！」大家說。

誰都記得「牛棚」在文革中意味著什麼：那時，無數個「黑五類」和「走資派」被紅衛兵關起來批判和反省，叫「關牛棚」。

「不過，我畫中的牛棚可不是一般的牛棚，而是《紅樓夢》作者曹雪芹的牛棚！」趙國宏說。

「喔？難不成曹雪芹時空穿越經歷了文化大革命？」

「逗霸[28]。曹雪芹活不到那會兒！我看他最多活到五七年反右，就被打成右派批倒鬥臭，死球了！」

「不過，那時文字獄也同樣猖獗，所以才有了甄士隱、賈雨村『真事隱去、假語村言』的故事。」

趙國宏細細道出這張「牛棚」的來歷：「這是一九八〇年的寫生，由周路石等老師帶隊，地點是香山。當時聽說附近曾發現了曹雪芹的舊居，我們十分好奇，就和周老師、美院的李天祥老師，還有兩個美院的學生，去尋找傳說中的地點，找到了一座房子。」

「牛棚」的背景上果然有一座白色的房子。

「那房主是一位退休的語文教師，很有些文化水平。他熱情地接待了我們，說他家修房時，在牆底層發現了大量詩文。聯想到曹雪芹曾在香山住過的傳聞，他把這事兒報告了有關部門，特別是歷史博物館的領導胡德平，也就是胡耀邦的兒子。經紅學家們考證，認為此地可能是曹雪芹晚年寫《紅樓夢》時的居所。」

「喔？果真是非同尋常的牛棚！」

---

[28] 湖南話，指：逗趣、開玩笑。

「這事兒當時還保密呢！我們仔細地看了牆上的詩文，眼界大開，又在院外畫了幾幅畫。我對這個小村子很感興趣，後來又去了幾次，懷著對歷史的情感又畫了幾幅畫，這幅牛棚就是其中之一。」

趙國宏又發出一張油畫〈百年古槐〉：一株碩大無朋的古槐，像一本歷史書般厚重，映襯著背景一座不起眼的院落。院落在遠景，有點模糊，彷彿是厚厚地罩了層歲月的風塵。

「古槐後的院落，據說就是曹雪芹的舊居！」趙國宏說，「我在八四年再去香山畫畫時，這座小院已被封關。不久後，小院被認定為文物，也就是現在的香山曹雪芹紀念館，且對外開放。」

「名副其實地牛！」

「經考證，這個村子就是曹雪芹寫的『不如著書黃葉村』的村，後來變成旅遊景點，老村的味兒就隨之消失了。」趙國宏說。

大家沉浸在對曹雪芹和紅樓夢的遐想之中。

……

「老司你在嗎？在的話一定要關注一下。」微信群裡，從北京宋莊的一間畫室傳來了吳平的聲音。吳平似乎剛剛遛狗回來：「我這兒出現了一個奇蹟！至於這個奇蹟是怎麼發生的，我自己也說不清。總之，這事兒跟你有密切的關係！」

吳平的語氣有點神祕。

「嘟——嘟——」宋莊的畫室裡接連飛來兩張照片，是同一張鉛筆素描作業，畫的是法國劇作家莫里哀的石膏胸像，一張是局部，另一張是全幅。

正當大家詫異之際，又聽到吳平的一連串語音。

「前些日子在團結湖老宅收拾舊書舊畫，翻出來一大捲兒紙，上面都是塵土。」吳平說，「抱回北塘宋莊打開仔細查看，發現了這張石膏像素描，一開始不知道是誰畫的，但肯定不是我的，我那張給留校了。再仔細一看，發現了模糊的簽名，原來是你司大師的，右上角有一個鋼筆寫的『留』字。」

「嘟——」又接連飛出兩張照片，正是司子傑的簽名和「留」字的放大部分。鉛筆字的簽名有些模糊，「留」字表示是因為優秀而留校的作業，鋼筆寫的，很清楚。

「我實在弄不懂，這張素描怎麼會出現在我的畫室？已經完全沒有記憶……我現在把它小心展開了，找機會再交給你。我覺得這張素描畫得非常棒，光感和虛實處理得非常出色，看得出老司大學時代的素描功底多麼深厚！只是經過四十年的歲月，紙已經發脆了，需要處理一下。我先給你平平地壓在兩塊木板中間，上下都墊了紙。待有機會，拿到畫店裝裱一下，鑲個鏡框！」

的確如此，這張素描畫得虛實有度，光感極強，令人感覺回到了四十年前那間「有天窗的畫室」。畫室裡，柔和的光從天窗上灑下，照在莫里哀的石膏胸像上，照在畫架畫板上和那些年輕學子們的面龐上……

過了一陣，北京郊區的另一間畫室裡，傳出了司子傑的聲音。

「吳教授，俺剛剛看到，剛剛聽到。這真是太珍貴了！是一份意外的禮物！」那邊的司子傑喜出望外，「俺自己對這張畫一點印象都沒有了。那時在學校的畫，不管是素描還是油畫，保留下來的不多。看來只能等疫情過去，見面時俺再取回。由衷地感謝！不過，畫兒實際上還是稚嫩了點兒，但俺就是這樣一步一步走過來了，畢竟是。」

「實在佩服老吳，錢包可以掉，機票可以丟，登機可以誤，唯有畫兒，一張都不能少！」有人想起了吳平生活上丟三落四的故事。

「幾年前俺和楓華到你宋莊畫室拜訪，看到你所有的作品，包括上大學時的畫兒，都完好無損地珍藏起來，精心鑲了框，好樣的！」司子傑說。

「塵封的記憶，鎖在時間膠囊中的莫里哀，奇蹟！可惜晚了點兒……若早幾個月，就會被我寫在書裡了。」住香港的馬大文感嘆道，連豎起三次大拇指，又幽了一默，「這畫兒中隱藏著許多密碼！」

「密碼」這話並非完全虛構。四十二年前，吳平就在大學宿舍中發表過一番「人生密碼」的高論，被馬大文收錄在《有天窗的畫室》一書裡。

「哈哈！」那邊的老司笑了一陣，「老班長沒事兒，那就把這莫里哀密碼放到下本書裡吧！」

「一言為定！下本書就叫《天窗外的畫室》，顧名思義，講的是我們畫室以外的故事，順便透露一下，書中隱藏了不少的密碼！」

「老馬那密碼實際上就是些Inside joke，圈兒內笑話！」吳平說。

「對頭！俺覺得咱們這批同學都會長壽，因為咱們的心態好，活得放鬆，比那些心術不正的貪官們強多了。一言為定，咱們都好好活著，細水長流，畫兒，一張張畫下去，故事，一本本寫下去！」司子傑說。

「事實還真是這樣。看我們的老師，差不多各個八十幾、九十幾，活得槓槓地[29]，而且還在畫畫，辦畫展。」

「沒錯。還記得馮法祀馮先生吧？活了九十五歲！」

---

[29] 山東話，很強、很牛的意思。

「我們入校第一年，馮先生還教過我們色彩課呢。」

「馮老是徐悲鴻的弟子，文革期間被關牛棚。教我們那會兒，馮老好像剛被解放或將被解放，在不上不下的邊緣狀態。平反後就重返美院任要職去了。」

「我們班上的幾個同學曾去馮老家看過畫。馮老畫得很好，有點兒塞尚的風格。他跟我們說，那時曾用上好的畫布，換到徐悲鴻的畫，一張人體。」

「那可是賺大發了。」

「現在看馮老的畫，覺得那時的畫家真實，沒有如今的浮燥和急功近利。還有我們班的張重慶老師，二班的李松石老師，敦四的父親戴澤先生，畫得好啊，是摸到了油畫真諦的一代畫家！當下這幾代畫家其實連門兒都沒摸著，不管玩兒什麼寫意的寫實的，都不行，差遠了。」

「馮老很平易近人。那年我們一起去大漁島寫生，記得馮老帶去的油炒麵，整整一袋，給我們分著吃了。」

「我們班是張重慶老師領隊。張老師帶了袋麥乳精，給過我滿滿一大勺。」

「我們班是龐均先生帶著去的，還和我們一起喝過二鍋頭。」

「龐老當年也是徐悲鴻的弟子，今年八十四了，去年還從臺灣回北京辦過個展。」

「都是正能量！有前輩在，我們沒有資格懈怠！」

大洋彼岸的牛仔畫家張翔，這會兒大概剛剛收工放下畫筆：「建議老司先用國畫裝裱方法處理大作，再鑲上個防彈玻璃畫框，這樣就不會受氣侯影響，更進不來新冠。畫上的『留』字可能是袁青老師的手跡，證明此畫本應是留校的。記得凡留校之作，袁老師必贈『飛鷹牌』油畫顏料數管，以作獎勵！」

「玻璃要得，防彈倒不一定，莫里哀莫老先生親民，刀槍不入！」群裡聊著聊著，又聊起了四十年前的設計課老師李暢先生。

李老如今已經九十多歲了。

說李老，是從說「中堂大人」開始的。說「中堂」，就自然說到李鴻章，又說到其胞兄李翰章，即李老的高祖，祖父的祖父。

「嘟——」司子傑發出幾張照片，是和李老的合影，並說曾在春節前去過李府拜望。照片中李老雖然顯得消瘦，然而，流年過處，李老的眼神依舊清澈，思維依然敏捷。

「李老還住在北京小莊北里？」有人問。

「正是，多年前文化部給老教授們建的宿舍。」

「喔，那兒我去過，不過至少是三十四年前的事了。」馬大文說，「我第二次赴美講學其實是任教，得經文化部批。可我上哪兒去弄批文？那時騎了自行車，文化部門口填張紙條，隨便進，也無預約一說。不過，進去後誰也沒找到，白去了！結果還是李老幫的忙。那天去李府說明原由，李老說找找樓上的英老英若誠說句話試試，結果還真行了。英老那時是文化部副部長，說話正管用。後來在美國，聽一個戲劇圈的人說，英老去她教書的那所大學拍戲，還問起過我。可惜當時我無機會拜訪英老就是了。」

美國的于海勃說：「當年在英國時聽說謝晉要來拍《鴉片戰爭》，我寫信毛遂自薦，謝導就找李暢調查了我，很快就給我回信說歡迎，咱們背靠的這些大樹太有分量了！」

「海勃說得對！」司子傑說，「李老對咱們這屆同學還真是特別有感情。就連俺畢業後能去總政歌劇團，跟李老的極力推薦也大有關係。當時的那批人都是歌劇《白毛女》的一代，對俺還真不錯。不過說來慚愧，俺這個搞舞美的，主要的興趣還是在繪畫。總之做了幾年的設計後，乾脆全職畫畫兒了。」

馬大文說：「當年的大樹如今成了巨樹，當年的小樹如今成了老樹。」

張翔說：「我多年前回國去看望過李老和師母。聽李老說，當時他剛從美國講學歸來，系裡的教授張老和馮老附在李老耳邊激動地說，我們這幾年一幅小畫賣三、四萬大洋，賣得如此缽滿盆滿，都有種犯罪感了！」

「哈哈！那一代知識分子老藝術家們，從前哪兒見過錢？」

「李老家樓下住過莎士比亞專家孫家琇孫先生，還有舞臺美術史專家田文老師。那時孫先生已過世，李老邊和我一起下樓，邊用地道的四川話說：這老兒死球了，那老兒死球了，像是在說《水滸傳》和《三國志》裡的故事。」

「嗯，我那時的通訊薄上記著呢：李老住402，孫先生住201，徐曉鐘老師住601，田文老師住602，可惜沒有電梯，夠老教授們爬一陣子的！」

馬大文說：「一九八二年，我初到美國不久，曾與李夫人通過電話。師母那次是到加州親屬家探訪。電話中師母說，剛和我親戚見面時，親戚就大驚小怪地說，孩子呀，這麼多年，你們在大陸可受苦了！」

張翔說：「李老抗戰時在國立戲劇專科學校讀書。當時劇專已從四川江安搬到陪都重慶，李老就是在那兒學了口地道的四川話。他與謝晉、項堃是同學。說本來想學表演，轉念一想，覺得還是學舞臺美術吧，就業的路子要寬點。不過李老無論搞舞美或者當演員都是高人！」

馬大文這邊連豎三次大拇指說：「高人！李老若務了表演，肯定是個實力派老戲骨無疑！」

「你還別說，十幾年前李老還真在某部清宮戲裡出演過李鴻章！有李家血統舉手投足演得還真有範兒！可惜不記得是哪部電視劇了。」張翔說。

「我當年在資料室用安德伍德打字機給美國學校打信，搞不清那邊向我要的Portfolio為何物，字典上說是『皮包』、『文件夾』。我好不容易從系祕書袁老師那兒找了個檔案袋充當，李老說不是這個，Portfolio指的不是皮包，也不是文件夾，更不是檔案袋，而是你的作品，這才恍然大悟！」

趙國宏說：「李老對咱們同學真是盡心提攜！多年前我去日本，就是因李老把我介紹給他的日本朋友，著名舞臺美術家松下先生，我才有機會參與業界和協會的交流活動，也成為理事。這對我後來的就職和工作起到了很大的作用。感恩！」

這天午夜過後，微信群裡展開了一輪「偏方抗疫」的討論。

有人說：「香港醫生的理論表明，戴口罩並非十分有效的防疫法。」

有人說：「紅糖、生薑、大蔥白、多放大蒜，熬水喝，疫情解除之前，每天喝，感染病毒的概率幾乎為零！」

有人說：「黑貓白貓，抓住耗子就是好貓；中藥西藥，治好新冠就是好藥！」又加了個「嘻嘻」的表情符號。

有人說：「多看經典電影也治肺炎！」也加了個「嘻嘻」的表情符號。

還有人說：「聽說煙酒也防新冠，我的煙民酒鬼哥們兒親自說的！」加了個「大笑」的表情符號。

最後有人說：「嗯嗯，聽說以茅臺、五糧液[30]為首選！」加了個「淚崩」的表情符號。

[30] 茅臺、五糧液皆為中國名酒。

消停了一陣，本以為該換話題了，「偏方抗疫」卻又重被提起。

「怎麼轉了一圈，年初的段子又回來了？」

「什麼多洗熱水澡、多開窗、多曬太陽、多吃大蒜……還有說多和老婆——最好是和二奶親熱也治冠狀，蒼天啊！」

「二奶算個啥？哪個貪官沒有十幾個情婦？」

「十幾個算啥？一百個以上！」

「喔？如此說來，貪官們有救了？」

後跟了一連串的「淚崩」和「無奈呀」……

住美國亞特蘭大的揭湘沅問候住紐約的滕沛然：「『扭腰』疫情嚴峻，老滕有一陣子沒出聲了，近來可安好？」

幾分鐘後，住「扭腰」的滕沛然回覆說：「承蒙幾位爺惦記著，我還行，家瞇著呐。看著各位爺在高談闊論，指點江山，我這兒就先潛會兒水吧！」

揭湘沅說：「諸位平安就好！我去年年底回美國後，一直貓在家。好在我這兒畢竟是南方鄉下，情況還算好。學校已經全部停課，娃娃們可開心了。不過還沒禁足，大街上的老美還是該幹啥幹啥，沒幾人戴口罩，也買不到。老中們卻都十分緊張，人心惶惶的！」

住美國德州的張翔說：「剛放下油畫筆調色盤，這會兒才有空進來擺龍門陣。馬兒大文：你那兒情況咋樣？」

這邊的馬大文回答：「香港這兒還湊合。我只剩下一個口罩，得節省著用，不得已時才出去買一次菜，連理髮都自己動手了。」

說著，晾了張照片，剃的是光頭：「年前太太去大陸被困杭州，回不來，我這兒只好親自給自己剃了個頭，是禿瓢，心想反正也不見人，管它呢。之後撐起把傘，對著鏡子一瞧，應了毛主席的話：和尚打傘，無髮無天！」

那邊張翔說：「要得！我本來也盼著借此機會，留老司那樣的一頭波浪長髮，烏黑油亮。想不到大文兄的禿瓢竟更勝一籌，和劉兄劉Good的宋莊山大王頭有的一拼！」

「老司那時頭髮烏黑油亮，完全是因為擦了我那髮蠟的緣故！我那日本髮蠟是家裡的箱底兒存貨，『滿洲國』時的正牌，味兒正！」

賭城拉斯維加斯的于海勃也亮出一張「親自理髮」的照片，理的卻是平頭。疫情期間，社交疏離，親自理髮的大有人在。

「嘟——」微信群裡又傳來一篇有關大衛・霍克尼的文章。

在這個遲到的春天裡，當全世界的醫護人員都在努力拯救生命時，八十二歲的著名藝術家大衛・霍克尼發出了一幅名為〈記住，他們不能取消春天〉的新畫作，以鼓舞這個與病魔戰鬥的世界，並盡自己的一份力量。

霍克尼的作品全部用iPad創作完成，其中的二十幅力作集中描繪了東約克郡的田園風光。作品中充滿了生命的活力，充滿了對生命的期待和祈禱。

在談到風景畫創作時，霍克尼說：「有人說風景畫已經死亡，但我卻不以為然。繪畫是一種古老的藝術形式，至今已有三萬年的歷史，為什麼有些人卻要將之丟棄、遺忘呢？」

「風景畫是不會死亡的。我們背著畫箱自由自在畫畫的日子一定會到來。」

「不過，這次的病毒可遠比十七年前的SARS要邪乎[31]得多！真不知道會是怎樣的結局！」

漫漫長夜，看不見天亮時分。遙遙迷路，望不到黑暗盡頭。人們再也無法回到二〇二〇年一月二十日以前的那個世界了。

31 東北方言，厲害或邪惡，這裡指「邪惡」。

08 寂靜之聲 The Sound of Silence

公元一九八三年秋

馬大文又搬家了。

這次是搬到了老師弗雷德的住處，在Shady Side區的Elthworth街。弗雷德剛剛辭退他工作了十五年的C大學教職，駕車去PS大學任教，過去時只帶了些生活必須品，裝在車裡。因為PS大學那邊的情況不夠確定，不想把家全部搬過去，公寓是租來的，先保留著。弗雷德對馬大文說，公寓空著也是空著，你搬過來住，錢你看著給，能幫我交點兒房租就行。

這天，C大學材料科學系的訪問學者老徐說：「又搬家啦？這回的住處怎麼樣？」

見老徐挺有興趣的樣子，馬大文說：「那下班後到我那兒看看？我做個宮保雞丁招待！」

馬大文一邊和老徐聊天，一邊沿著Morewood大道向新住處走去。老徐興致很好，一路留意著兩旁的路牌，還念出聲來，並給它們起開了中文名兒。

老徐先說：「嗯，這條大道Morewood，發音是『茂五德』，可以叫『多林路』。你住的這一帶呢，是Shady Side，直接翻譯成中文是『陰暗面』，不太好，有點兒抹黑之嫌。我看，不如翻譯成『樹地塞德』，體現出點兒綠意。」

「妙啊！」馬大文說。

「這條街，叫Castleman，中文的意思是『城堡人』，可這一帶又沒什麼城堡，直譯有點牽強，可能還是音譯『卡斯爾曼』比較有神祕感，最合適。」又說，「我覺得這條Highland可以翻譯成『海藍路』，既音譯，又有色彩感，按你們藝術家的話說！」

馬大文覺得老徐的翻譯挺有意思，就不但給老徐做了宮保雞丁，還做了炒花菜和蛋炒飯，喝了「米勒」啤酒。

「你現在住的Ellsworth，不妨翻譯成『愛我思』，既浪漫，又帶點兒哲理性！」老徐喝了一罐「米勒」，臉紅了起來，愈發興奮地說。

「愛我思」雖然既浪漫，又有哲理，離學校卻有點遠，而且，周圍也顯得荒蕪。

「我老師留下了一輛自行車，明天試試騎車上學吧。」馬大文說。

弗雷德的一套公寓有兩間臥房，馬大文住弗雷德那間，另外一間住了諾爾曼。

諾爾曼紅面孔，白頭髮，一九三二年生，今年五十一歲。

比起其他老師的住處，弗雷德的家實在顯得簡陋多了。

聽同學說，弗雷德具有「波西米亞人」的性格。他衣著隨意，待人真誠，毫無教授的架子，又不喜歡繁文縟節，還常喝些小酒，和馬大文交談時，常談到藝術和劇作家布萊希特。

後來，又聽說教導演的梅爾是「社會主義者」。馬大文跟美國同學說了這事兒，他們說：「哈哈，你見過開著賓士、賺著大錢、聽著斯特勞斯的社會主義者嗎？」

沒有。馬大文見過的社會主義者都是社會主義者打扮的工農兵和革命幹部，不開車，只走路，一邊唱著〈國際歌〉。

有一天，梅爾開著一輛鋥光瓦亮的黑色「賓士」，到馬大文的住處接他來了。梅爾想請馬大文為他畫一套四聯畫，帶他去家裡看牆上的位置。

賓士裡開著空調，放著音樂，十分舒適。

「斯特勞斯……不可思議。」梅爾說。賓士裡正放著的是斯特勞斯的〈春之聲圓舞曲〉。

在車庫前，梅爾一按手中的遙控器，車庫的大門就「嘩啦啦」地自動打開。黑色賓士開了進去，停在紅色的BMW跑車旁。

「居然有兩輛好車，不像是社會主義者啊！」馬大文心裡說。

梅爾打開了所有的燈，令人眼睛一亮。

他的家裡裝飾得十分漂亮，每一個物件都是精心挑選精心布置的藝術品。客廳裡擺著一臺三角鋼琴，一臺手搖留聲機Victrola，樣子像一朵大牽牛花，還有一部最新式的激光電唱機，機身上的燈閃著陸離的光亮。

「牽牛花」Victrola好用，但聲音很像電影裡的〈夜上海〉，不時發出滋滋啦啦的雜音，還是激光電唱機的音響效果好。

「感覺像電影裡的豪宅！」馬大文去過不少美國人的家，覺得梅爾家最精彩。

弗雷德家可沒有這些奢侈品。他唯一的一臺小彩色電視機，也塞進車裡帶走了。他沒給馬大文房門鑰匙，因為他的門從來不上鎖。他說：「不需要上鎖，這一帶很安全。」

弗雷德還說，諾爾曼說是給他看家，實際上是白住。馬大文剛搬過去時還請他吃了一頓晚飯。晚飯是自己做的，有宮保雞丁和蛋炒飯，並點了蠟燭。諾爾曼特意換上了乾淨的襯衫，說這對他來說是一個Feast，盛宴。

諾爾曼沒有工作，沒有收入，閒得百無聊賴，每天東遊西逛打發時間。

「領救濟金也說不定。」馬大文想，「說不定比我還強呢。」

早晨，諾爾曼常常會買一份報紙，煮一杯咖啡，坐下來，吃些炸玉米片，一邊用筆做填字遊戲，卻沒見他吃過什麼正經的飯菜。他見過在福布斯大房子裡住的張昕，說他愛她，還擠了擠眼睛，就好像和她有過什麼曖昧關係似的。

「莫非諾爾曼也是個無產社會主義者？」馬大文想。

有一天，諾爾曼宣布要去面試一份工作，去乾洗店把一套西裝和襯衫乾洗了穿上，還打了領帶。後來，那份工並沒見成，西裝襯衫領帶又放回了原處，諾爾曼仍舊是一個窮光蛋，一個「無產社會主義者」。儘管如此，他的衣服卻不少，光是襯衫，就有二十多件，顏色從淺到深，依次掛在衣櫥裡。

馬大文正盼著家裡和朋友們的來信時，諾爾曼咚咚地跑上樓梯，說：「Mail！」

「喔，沒有？」馬大文有些失望。又見諾爾曼手裡拿著一捲報紙和三封信，一看那航空信封，就知道是自己的信，原來是把「Mail」聽成了「沒有」。

諾爾曼晃了晃手裡的報紙，說：「喔，上帝啊，這上面的中文……真希望我能讀懂你的報紙！」

一看，是《人民日報》海外版。

「這叫China Daily！」馬大文說。

「要學會多少字才能看懂這樣的報紙啊？」諾爾曼問。

「兩千字左右吧？我自己有時也會遇到不認識的字呢。」馬大文說。

「Oh我的上帝啊，簡直是不可思議，你們中國人一定是世界上最聰明的人！」諾爾曼舉起《人民日報》看了看，裝作看得懂的樣子，甚至「讀」了出來。過了片刻，他打開冰箱的門，拿出馬大文的純橙汁，搖晃了一下，問：「我可以喝點兒嗎?就一點點兒？」

《人民日報》是中國領館寄來的。一次聯誼會的活動後，會長老楊要大夥登個記，說有福利喔，不久後就開始收到這份報紙，免費。老楊叫楊孝忠，是訪問學者。

見赫然在目的多是「反對精神汙染」的「檄文」，馬大文抽出那三封信，把報紙放在一邊。

第一封信來自廣州的黃國琦。

文革時黃國琦從上海「上山下鄉」到東北，分配到農場接受再教育，不久後抽調到城裡，與馬大文一起為百貨商店「搞宣傳」。「搞宣傳」的事很容易應對，也就是畫畫牌子、出出板報、寫寫標語，而餘下的時間就用來讀書，讀《馬背上的水手》、《田中角榮傳》、《貝多芬傳》、《約翰・克里斯多夫》、《音樂家・美術家》和《我的同時代人的故事》。他們也常常在晚飯後出去畫頭像、畫速寫，畫油畫小風景，一邊嚮往著有一天能走出迷津，走出「平坦的盤子」，走進大學，走進一個「更廣闊的世界」……

終於等到了文革期間唯一一次「高考」的一九七三年，黃國琦用足了力氣準備功課，考進了東北工學院，學起了有色金屬冶金專業。

而馬大文則直到文革後恢復高考，才考進了中央戲劇學院舞臺美術系，終於走出了迷津，走出了「平坦的盤子」。如今到了美國，又走進了一個「更廣闊的世界」。

轉眼間十年過去，幾經輾轉，終於和黃國琦取得了聯繫，等到了他的回信。回信寫在綠格原稿紙上，一格一字，寫了兩頁，結尾時說，希望你以後有機會到廣州來作客，並附了地圖。

地圖手繪在信的結尾，叫「廣州住家簡圖」，並標註了文字：

「出火車站坐30號汽車，九分錢車費，東山站下車，穿過鐵軌，走過兩個街口，路經水果店、新華書店、華僑商店、東山飯店，見新河西路東山湖公園，沿河右行，經原趙紫陽住宅後五米即到。門口有棵樹，門上有信箱，寫「黃、王」二字。叫門時到外面窗臺，正門有時聽不見。此外，在路經的東山飯店旁還註明：電影《祕密圖紙》的拍攝場地……」

這封有地圖的信來得十分及時。今年暑假，馬大文用傑出學生獎的九百美元獎金回國探親，經香港繞道廣州，按照黃國琦畫的地圖，很順利地找到了他的家。

黃國琦已經結婚，夫人姓王，也是上海人。

一別十年，重溫往事，不禁感慨萬千。走過十年，他們都走出了迷津，走出了「平坦的盤子」。

……

黃國琦今天的來信也是寫在綠格原稿紙上。他的信中，仍然充滿了和十年前一樣的鬥志：

我與藝術告別，改讀理工，只為走出迷津，走出「平坦的盤子」……

我在沒有窗的屋子裡關了兩天，吃粗米飯和五分錢的鹹菜，寫出了整整十頁的數據……

不過現在看來，理工與藝術相距太遠，令人不免遺憾……人生成功的唯一要點，是對事業百折不撓的執著和非同尋常的機敏……

我彷彿回到了小興安嶺，在白樺樹林間揮汗作畫……永恆，她確實是存在的，存在於茫茫宇宙之中，存在於鬥士的心靈裡。她呼喚過我，如今仍在呼喚……

冬天已經過去，春天已經來臨，《戰爭與和平》中「永恆的天空」下，陽光普照，萬物復甦，群花鬥豔……

願你「以獅子般的精神」，以十年前的鬥志，一心向前，勇猛精進……

第二封信來自伊利諾州的白敬周。

白敬周的字跡仍然工整，英文或中文，寫在橫格信紙上，都是一筆一畫。他在的學校是所怎樣的學校？他在的城市是座怎樣的城市？馬大文無法想像。不過，在字裡行間，看得出白敬周的生活是「安逸得很」。

「安逸得很」是白敬周在信中引用的四川話，源自四川美院的一位實力派畫家。畫家畫畫賣給外國人，賺了不少外匯券，不但改善了伙食，還買了日本原裝收錄音機和雙缸洗衣機，躋身於「一部分人先富起來」的行列，日子過得「安逸得很」。

白敬周所在的城市叫卡本戴爾，住所的街道叫「Freeman」。馬大文寫信時，在信封收信人地址上加了中文：「自由人路」。後來通電話時，還特意問白敬周是不是做了個「自由人」。白敬周說Of course，當然，他說他的日子過得相當自由散漫。

白敬周說，到美國後他又成了單身漢，生活上馬馬虎虎，毫不講究，不但自由散漫，甚至還「稀鬆二五眼」，不過學會了做紅燒魚，等你哪天來了我露一手？

有一次他在自由人路家中請客，要「露一手」招待兩位老中朋友，一位是畫家，一位是詩人。

兩客人也擠在廚房，一邊喝著啤酒說著笑話，一邊看著白敬周做紅燒魚。

「稀鬆二五眼是藝術家的特質！」白敬周說，「太專注藝術的人，往往連飯都吃不上，更不用說紅燒魚了，嘻嘻。」

兩客人都聽過「稀鬆二五眼」的笑話，那是源自畫家袁運生。七十年代末，袁運生為首都機場畫壁畫〈潑水節〉，畫面上出現了三個沐浴的傣族裸女，令社會瞠目結舌，引起一場「裸體還是穿衣」的爭論。事隔不久壁畫被封，畫家袁運生也遠走高飛到大洋彼岸，現住在紐約。還聽人說，在這之前有人曾給他找過一個「美差」，是給日本的一個什麼公司做設計。問題是日本人做事太認真，時間觀念又忒強，上廁所拉屎撒尿都得小跑，見人還得連連鞠躬，怕他受不了。這把袁運生嚇了一跳，忙說，這事兒給多少錢也幹不了，我這人稀鬆二五眼，自由慣了，你讓日本人另請高明吧。

後來這個故事傳到美院，幾個要出國的人都覺得出國好像不那麼簡單。畫畫的人大多「稀鬆二五眼」，外國人生活節奏忒快，要想適應，至少得先在家練練。也有不以為然的，說五七幹校上山下鄉都經歷過，還怕什麼？

關於「稀鬆二五眼」的來源，白敬周也不知道。直到多年後，馬大文才查出這一說法是來自京劇。「稀鬆」二字，是指琴師用了一把破弓子，馬尾就剩下幾根，又稀又鬆，拉不出好音兒。而「板眼」則指司鼓，也就是樂隊指揮的節拍。因為本沒有一板二眼或一板五眼，出了二眼或五眼，那就是亂來胡來了。

倆藝術家客人說這種特質他們也有。

畫家說，他有一次做紅燒牛肉，把醋當成了醬油，結果酸得倒了牙，幾天不敢嚼東西。

詩人說，他有一次做糖醋排骨，把鹽當成了白糖，結果鹹得不停地喝水和撒尿。

白敬周見大家的笑話說得投入，就說：「不過諸位今天不但吃得到上等國賓大米，還吃得到上等紅燒鯉魚，酸度鹹度都恰到好處！」

說著，他給客人展示了案板上的一條大鯉魚：「看，還活著呢！我把魚頭切下來，燉個湯！」

那條大鯉魚在案板上煽動著尾巴，表示著強烈的抗議。

藝術家們看到案板的一半擱在檯面上，一半懸著空，正要提醒白敬周注意，卻已經為時過晚。只見他瞄準那條大魚，刀起刀落，「啪」地一聲，魚頭沒砍到，砍到案板上，把魚和案板一塊打翻在地。那魚翻了個身，瞪著眼，似乎露出嘲諷之意：「說到底您還是個稀鬆二五眼！」

畫家、詩人和白敬周都笑得前仰後合，說這就完美地解釋了什麼是「稀鬆二五眼」。

畫家和詩人被那鯉魚感動，說算了，實在不忍吃掉牠，放在水裡養著吧。你若是有牛肉或排骨，咱們倒可以一齊做，醋和鹽要放得適量，咱們互相盯著點。

「那後來到底做了些什麼呢？」馬大文十分好奇。

「凍箱裡翻出了牛肉和排骨，光解凍就得大半天。大家都說有點餓了，乾脆就煮凍餃子吃完了事！」白敬周說，「結果餃子也煮破了！」

「搞了半天，大家都是稀鬆二五眼！」馬大文說。

其實，白敬周在美術圈裡被稱為「小白」和「白傻子」，這兩個綽號都生動地表現出他純藝術家的特質。不過畫起畫來，白敬周可絕對沒有半點的含糊和「稀鬆二五眼」。他的每一幅作品都經過深思熟慮，即便是小幅風景和單色素描，都無不流露出優雅精緻的特徵。他的畫中蘊含的張力，猶如冰封雪鎖的大地，雖然靜謐而沉寂，卻潛伏著盎然的生機和活力，引動著讀者生發豐富的遐想……

「靜而動之。有控制的激情比歇斯底里的宣洩更有力量。」白敬周曾這樣說。

馬大文找出白敬周寄來的兩張作品照片：一張肖像和一張風景。

幾個月前，白敬周曾遇到早一年來美國留學的電影演員陳沖。那時，陳沖正在為生計而四處打工，白敬周便請她做模特，畫了些素描肖像。畫中的陳沖長髮披肩，長裙飄逸，若有所思地向一旁凝視，雖然已不再是當年電影中的「小花」，卻充滿溫情和嫵媚，更顯出真實和生動。

風景〈靜湖〉是銅版畫。畫中輕輕搖曳的樹影倒映在平靜如鏡的湖面上，濛濛的清霧給景物罩上了一層神祕的輕紗，透出若隱若現的落日餘輝。一隻飛鳥在畫面上掠過，一種莫名的孤獨清寂不禁令人感動。

「我的導師看了後連說：詩情畫意，這絕對是李白的意境啊！」白敬周說。

第三封信來自P S大學的弗雷德。弗雷德邀請馬大文去他那兒住一天，然後開車帶他去紐約轉轉。信是打字機打出來的，大概是色帶太濃的緣故，有「圈」的字母比如o p q d和數字6 8 9 0等，圓圈裡都糊成一小團黑油墨。信的結尾，照例註上「Peace, love, understanding，和平、愛、理解」。最後，簽上名：Fred，再蓋上圖章。圖章上是他的中文名字「弗雷德」，刻得不太好，是馬大文刻了送給他的。

馬大文每次都回覆弗雷德的信，也同樣在結尾註上弗雷德信裡的結束語：

Peace, love, understanding，和平、愛、理解

這學期，馬大文也選修了繪畫課，主要是他覺得這門課的學分容易拿。他出國前近十年的繪畫操練，跟美國學生相比，肯定佔很大的優勢，拿一個A回來，應該是輕而易舉的。

實際情況也是這樣。

C大學戲劇系的畫室裡正在上繪畫課，代課的是研究生瑪格麗特。

平時的繪畫課，都是請模特兒畫人體。不知何故，今天卻由班上的學生自己輪流上臺充當，但不是裸體，是穿衣。

畫室在ＭＭ大樓二層。所謂「畫室」，其實只是間舞蹈教室，沒有窗簾，也沒有天窗。即便畫人體時，門窗也是敞開著。硬木地板、落地鏡、舞蹈把桿、三角鋼琴和明亮的陽光，完全沒有畫室的幽暗和神祕，馬大文想。

出國前，他們「有天窗的畫室」的門窗是封閉的，窗簾是拉上的，唯有天光從天窗上射下，典雅而柔和，令人忘記了外面的世界……

大家進門就把鞋子脫在門口，一片髒兮兮的球鞋中，男鞋女鞋，唯有馬大文的一雙皮鞋顯得與眾不同。

「真是一雙好鞋！」有人說。

不過馬大文想，這皮鞋好是好，和都穿著白色運動鞋或便鞋的美國同學比，感覺有點那個……老土。而且，那樣的一雙運動鞋，大概夠他買兩雙皮鞋了。

馬大文的皮鞋是出國前在北京王府井買的。那時，皮鞋已經不再是憑票供應的緊俏商品，但像美國人的那種運動鞋，Nike或Addidas，市面上根本就沒見過。那時的中國，還沒有完全從中山裝解放鞋的「藍灰綠」世界走出來。

模特兒臺擺在中間。第一個志願上來的是黛安。黛安肩上隨便搭了件十九世紀的內裙，右腳踏在一張藍色的椅子上。

沒有畫架，大家握了各自的畫板，先隨便畫了幾張速寫，叫Warm up，熱身。

瑪格麗特手裡拿了一個廚用鬧鈴，擰一下，「咯吱咯吱」轉一會兒，「叮」一聲響，五分鐘到了，換上了學服裝設計的研究生瑪莎。

這次是個不動的姿勢。瑪莎的栗色頭髮向後梳起一個髮髻，一條紫灰色拖地長裙拉出一條條優雅的皺褶。她低頭戴手套的動作，令人想起了話劇《玩偶之家》裡的娜拉。

瑪格麗特的鬧鈴又響了，上臺的是學舞臺設計的研究生史蒂夫。

史蒂夫撐了根木棍，蓬鬆著一頭紅色捲髮，像頂了口鍋蓋。馬大文迅速勾畫出史蒂夫的輪廓：牛仔褲、格子衫，瘦而長的背影，像極了他手中的木棍。

此外，還有細長的馬克，身子扭成了「S」形；褐色捲髮的托尼，手裡拿了個空紙杯。他們都是學服裝設計的研究生，穿著牛仔褲或便褲，毛衣線衣。

這樣輪流了幾次，大家開始變起了花樣。

「賽寶兒」Sybil是個白人女孩，個子不高，比例勻稱。只見她上了模特兒臺，略微活動一下四肢，一隻腿便輕輕抬起，頂在另一隻腿的內側，雙手高舉合十，兩眼微閉，是一個標準的「金雞獨立」。

「哇——」大家不禁嘖嘖稱奇，又急忙舉起紙筆，三筆五筆還沒勾畫成形，賽寶兒就換了動作。只見她這次單膝跪地，前腿彎曲，雙臂上揚，身體前傾，單腿伸直後蹲坐，再雙腿伸直……做出個標準的「一字馬」。

後來的同學有老老實實的站姿、坐姿、臥姿，也有人做出千奇百怪的體育動作、舞蹈動作和雜技動作：投籃球、擲鐵餅、射標槍、跳芭蕾、拿大頂[32]……

助教瑪格麗特也別出心裁，一會兒要大家用左手畫，一會兒要大家用右手畫，一會兒要大家左右開弓，一會兒要大家只看模特兒不看畫面，一會兒要大家畫出想像中的倒影，一會兒要大家只看模特一眼就憑記憶畫。

32 即倒立。

輪到馬大文時，腦中湧出的是電影《地道戰》中的臺詞：「各莊的地道，都有很多高招……」眼前遂浮現出李小龍《猛龍過江》的畫面。奧克蘭林間道習武館的櫥窗裡，貼著好幾張電影海報，海報上的Bruce Lee雄姿英發，咄咄逼人。

於是，馬大文擺出一個姿勢，介乎於「中國功夫」和「廣播體操」之間。

「哇！中國Kung Fu，Bruce Lee啊！」大家欣喜若狂。

「才知道你會功夫！真是深藏不露啊，大文！」有人說。

輪到了蘇丹學生ＤＤ。ＤＤ讀舞臺設計和美術，皮膚黑裡透紫，頭髮像爆炸似地張散著。他穿了件非洲白色布袍，像電影《阿拉伯的勞倫斯》中的勞倫斯。

留著連鬢鬍子的丹尼爾忙擰起電風扇，ＤＤ做了個沙漠中呼喊的動作，正是勞倫斯的阿拉伯白袍迎風飄起的畫面……

第二天，諾爾曼喝光了馬大文的橙汁，同時，也答應幫他把自行車修好。

弗雷德留下的自行車老掉鏈子。本來裝鏈子是很簡單的事，無奈這種變速自行車比較麻煩，馬大文弄了一陣不行就放棄了。從住處到學校，騎車只要十四分鐘。沒了自行車，走路至少要三十五分鐘，來回七十分鐘。而最主要的問題是走夜路，他總覺得不安全，因為在深夜，一般的美國人都開車。走在路上的，要嘛是流浪漢，要嘛是酒鬼，要嘛是像他這樣晚歸的學生。特別是每次走過海藍道下的橋洞子，那一帶又黑暗又荒涼，馬大文要隨時準備擺出李小龍海報上的架勢，以應對突發的不測，至少也能嚇唬一下。待終於到了家，他已經出了一身冷汗。

諾爾曼總算把自行車修理好了，馬大文決定做一次晚餐答謝。

諾爾曼問：「我可以把我的女朋友帶來嗎？」

五十一歲了還有女朋友？怎麼從來沒見過？這倒令馬大文有些驚訝，就說：「那就請你的女朋友也來吧！」

馬大文買了菜，做了醬爆雞丁、炒扁豆、丸子湯、蒸米飯和米勒啤酒。

待擺好桌子，點上蠟燭，卻見諾爾曼一人上來，說女朋友不來了。

馬大文想諾爾曼只是隨便說說而已，有沒有女朋友其實都不一定，是自己太當真了。

除了諾爾曼，這院子裡還住了保羅、約翰、蒂姆和丹尼爾，他們似乎並不做事，也沒有壓力，沒有負擔。他們就像這偏僻的街區一樣，被社會和人群所隔離所遺忘了。

到了夏天的傍晚，他們就坐在一棵大榆樹下，圍著一張破舊的圓桌打撲克牌，一邊喝著啤酒，抽著煙，一邊放著收音機，或圍著一臺黑白電視機看球賽。

馬大文不太會打撲克，也不想學，更不知道他們打的是什麼牌。他知道的只有「打對主」、「打娘娘」和「抽王八」，是國內的叫法。「打對主」要四個人玩，「打娘娘」和「抽王八」人數不限。諾爾曼他們有時四個人，有時五個人，有時七、八個人，大概「打對主」、「打娘娘」和「抽王八」都玩。

收音機裡播放著「貓王」的〈今夜你寂寞嗎？〉也有幾家的窗式空調呼呼地響著。滅蚊燈亮著藍色的光，空氣悶熱而潮濕，粗野中透著幾分優雅。

啤酒是罐裝的，易拉罐，米勒牌。樹上掛著幾條長長的「銀鏈」，拖在桌子上，形成一條條的弧線，在晚風中輕輕地搖動。仔細一看，那些「銀鏈」原來是由一個個小鐵環連接而成，是啤酒蓋上的拉環。他們每打開一罐啤酒，就把鐵皮拉環套著連在「銀鍊」上。

馬大文剛剛在學校看了話劇《慾望號街車》，覺得這情形很像舞臺上斯坦利和他的酒友米奇、斯蒂夫、巴勃羅喝啤酒打撲克的畫面。

「哈囉！」馬大文背了雙肩包走進院子，和他們打著招呼。

「Howdy！」幾個打撲克喝啤酒的人把「哈囉」說成「好地」。

「各位玩兒得挺來勁兒啊！」馬大文又說了一句。

「Darwin，過來一塊玩兒吧！」保羅說，右手握著一罐米勒，左手的袖子空著，是個殘疾人。聽諾爾曼說保羅的那隻胳膊是在越戰中失去的。

「我不會玩兒高深的，只會打娘娘和抽王八。」馬大文說。

「那你看看我們的玩法你會不會。」約翰說。他的胳膊上刺了紋身。

馬大文不想冷場，湊過去看他們打撲克。

「你們這是玩的什麼牌戲？」馬大文問。

「我們玩兒的是I Declare War！」諾爾曼說。

「喔，是『我宣戰』。」馬大文說。又琢磨了一下他們的玩兒法，覺得和中國的「抽王八」差不多，「中國人叫Chou-wang-ba，意思相當於Catching the turtle，『抽王八』。」

「嗯，抽王八，這名兒比『我宣戰』好！」他們說。

「嘿，伙計，你來個啤酒吧！」蒂姆說著，從腳下的冰盒裡抽出一罐「米勒」遞上來。

蒂姆的臉上貼了塊膠布，大概是刮鬍子時刮破了。

馬大文接過米勒，拉掉拉環。喝了一大口「米勒」，冰涼得令人頓時精神一振。

丹尼爾戴著棒球帽，留了小鬍子。他在一塊很小的白報紙上撒了些什麼，熟練地捲成了一支小喇叭筒，舌頭舔一下那紙塊，封了，點火吸了一口，傳給旁邊的蒂姆。蒂姆也吸了一口，又傳下去。

馬大文想起剛來美國時參加同學派對的經歷，猜想丹尼爾的煙裡是摻了大麻。

「空邦哇！」保羅說，「我說得對嗎？」

「Nope，你說的那是日語。」約翰說，又轉向馬大文：「你是韓國人吧？」

「我是中國來的。」馬大文說。

「Oh？那你看看我的紋身，整得對不對？」約翰伸出胳膊，讓馬大文看。

紋身是一個女人的裸體，頭髮散著，比例不大準確，還有三個中文字「我愛妳」。

「I love you，我愛妳，還是正體字呢，沒錯啊！」馬大文說，喝了一大口啤酒，「你去過中國？」

「No，我去過越南。」約翰說，「那個女人，她死了。」

馬大文想，這是個參加過越戰的美國老兵。「那個女人」，是個越南人吧。「她死了」是說她在戰爭中死掉的吧？至於這紋身，想必是在中國人的店裡刺的。馬大文想問，卻止住了。他記起弗雷德說過，樓下的幾個人是越戰老兵，性格有些怪癖，是戰後綜合症，特別是約翰，遇到偏激的事兒就會情緒激動，並本能地進行抵抗，還說他有好幾把槍，這麼多年能夠挺過來完全是槍械帶給他的安全感。每當情緒不穩定時，就會到野外開上幾槍，發泄心中的苦悶。

「性格扭曲了。」弗雷德曾經這樣說過。

「該死的戰爭。那天坐著大卡車路過Hien Luong Giang，我把那些獎章啥的通通扔了進去。我不想再見到那些玩意兒。」約翰說。

「Hien Luong Giang是什麼？」馬大文問。

「江，River呀！江。」

「Hien Luong Giang聽起來像是賢良河。」

除了諾爾曼，其餘的幾個都是參加過越戰的退伍軍人。諾爾曼說，這些人戰爭中受了很大的刺激，回來後就不大說正經話了，而且，特別愛開笑談。

原來這些伙計們是一群「侵略者」，是一群「美國野心狼」。

一罐米勒喝完，馬大文學著他們，把拉環接在「銀鏈」上。

「Yoose！幹得好！」丹尼爾伸出手掌，和馬大文行了個棒球禮。

約翰遞給馬大文一個新鮮的西紅柿。這院子裡種了菜，有西紅柿、茄子、黃瓜和雪豆。馬大文有時會收到一個西紅柿或一條黃瓜。有一次，還收到了一隻有點鹹辣味兒的螃蟹。

「謝謝！那個……嗯，我得回去做功課去了。」馬大文不好意思再喝他們的啤酒，背上雙肩包上樓去了。

四周的蟬鳴響成一片。這裡離鐵路近，偶爾會有火車經過，由遠而近，發出單調的轟隆聲。火車經過「海藍路」和「愛我思路」上的拱橋，再由近而遠。車輪壓過鐵軌，金屬的撞擊聲顯得格外沉悶而空曠。

一天夜裡，馬大文正在弗雷德的書房做功課，忽聽外面傳來「砰」的一聲悶響，幾乎是同時，發出一聲慘烈的叫聲，就沒了動靜。有幾個男人女人走出來，議論了一陣。不多久，馬路上就傳來喧鬧的警車警笛聲。

諾爾曼上來說，約翰已經死了，是飲彈自盡。那槍聲是從他那隻勃朗寧裡發出來的。

第二天早晨，諾爾曼拿著一份當地的報紙上來，頭版頭條就是約翰自殺的報導。照片上的約翰和真實的他有點不一樣。

馬大文讀了關於約翰的報導，連查字典帶猜，他慢慢地看到了一個戰火中滿身血跡和炮灰的美國大兵，二十歲出頭，那就是約翰。報導中說，約翰和所有的越戰軍人一樣，在戰場上奮勇殺敵，手上卻沾染了太多的鮮血，經歷了太多的生離死別，見證了戰場的殘酷、無情和絕望。戰爭結束之後，這些血腥的一幕幕就變成了揮之不去的夢魘，令他們無法承受，而患上「戰後綜合症」。

夜色又籠罩了院子。滅蚊燈閃著暗藍色的光，飛蟲在周圍飛來飛去，不時地向那光亮撞去，發出噼噼啪啪的聲響。撲克啤酒派對停了幾天後又開始了。圓桌旁少了約翰，剩下的保羅、蒂姆和丹尼爾，他們仍然繼續著美式的「抽王八」——「I Declare War，我宣戰」。諾爾曼對「抽王八」失去了興趣，才九點十分，就回到自己的房間睡下了。

樹枝上掛下來的啤酒罐拉環在風中搖晃，收音機裡播放著電影《畢業生》的主題曲，在一片蟬鳴聲浪中，聽不清歌詞，但感覺得到保羅・西蒙和加芬克爾的〈寂靜之聲〉：

People talking without speaking
People hearing without listening
People writing songs that voices never share
人們說而不言
人們聽而不聞
人們創作歌曲卻不去分享
……

09 清爽的風 The Refreshing Wind 公元一九八三年秋

馬大文近來課程太忙，每天帶便當，連著帶了一個月的自製三明治，吃得倒了胃口。他在學校餐廳Skibo買了十三週的餐券，花了一百六十六美元，每週五餐，每餐合兩元五，有點貴，但為了保證營養，就顧不上那麼多了。好在每餐不限量，他吃得很多，恨不得把全天的營養一次吃完。

「又來了一份！」眼見著馬大文一次次端來牛排、豬排、羊排、火腿，桌子對面的布朗說。

布朗是同系的本科生，非裔，學的也是設計。他也一次次端來牛排豬排羊排火腿，外加火雞和冰可樂，還吃掉了兩盤沙拉和一盤蛋炒飯。

「We are the same！」馬大文本想說「你這是五十步笑百步」，卻不知道用英文如何表達，就說，「彼此彼此！」

馬大文又要了份牛排，見布朗又在看他，說道：「你知道Skibo的中文叫什麼？叫『伺機飽』，意思是，有了機會就拼命吃飽！」

「Oh，上帝啊！多麼恰如其分的翻譯！」布朗說。

馬大文吃得太飽，容易發睏，但沒有時間回家休息，就在圖書館打了個盹，再回到工作室繼續做模型。

為了設計畢業劇目《希臘人》，馬大文昨夜在學校的工作室做了一夜模型，只在天亮時分趴著桌子睡了一會兒。

「工作室」在MM大樓的地下三層。沿著黑幽幽的樓梯向下走六十步臺階，進入一片空場，黑幽幽的，沒有人。為了壯膽，馬大文高喊了一聲：「哈嘍！」

從遠處的水泥牆傳來同樣的回音：「哈嘍！」

空場是軍事學校練習射擊的靶場：天花板下拉出一條條鋼絲，掛了一塊塊靶牌，前後錯落，隱約可見的彈痕令人彷彿聽到子彈的飛越。遠處亮著一線微弱的燈光，給一根根水泥立柱投下一道道黑影，不時的金屬撞擊聲，從說不出的方向傳來……

「Yes！」這情景突然給了馬大文一種設計上的靈感。

他摸索著拐進靶場的轉角，藉著微光，把鑰匙插進工作室的門鎖，推開門，掰開閉火[33]，天花板上的日光燈頓時亮得人睜不開眼睛。

馬大文和另外一個研究生Forest「森林」合用這間工作室，但她很少過來。

「每次下來都要鼓足勇氣，因為一想到地下三層，就感覺不太舒服，像是下到墳墓中一樣！」森林說。

工作室裡，兩張大繪圖臺上堆滿了舞臺模型和雜物。馬大文好不容易才清理出一塊空間，重新做起了《希臘人》的模型。他的設計屢遭導演的否定，沮喪之餘，決定採用極簡主義的方案，把舞臺空間做出門外靶場似的感覺。

他把一盤音樂磁帶放進盒式錄音機「磚頭」，工作室裡便響起日本作曲家喜多郎的〈穿越時空〉。

---

33 老北京話，閉火指「開關」，掰開閉火即「打開開關」。

喜多郎的音樂彷彿流雲越過時空隧道，商隊、河川、城堡、鐘樓、古道……時間和空間的錯序，生出了一種繁華的綺麗和神祕的蒼涼。

「嗯，要的就是這種打靶場的感覺！」馬大文說。

他先做出總體設計，把整個舞臺用斜平臺填滿，兩邊側幕用黑色立柱替代，黑色塗料如鏡子般光可鑑人。

他又做了分場設計：表現伊莉克特拉因父親被王后及其情夫殺害而悲憤欲絕時，光潔的地板即被一片褶皺的黑色塑膠布覆蓋，布滿了汙穢。當伊莉克特拉鼓勵弟弟俄瑞斯忒斯進宮復仇時，橫貫天幕的巨大黑色嵌板便徐徐壓下，在滾滾的濃煙中，姊弟二人浴火重生。

待黑色嵌板全部落下，天幕上驀然出現一個嶄新的世界，是紐約的摩天大樓群，在夕陽下發出海市蜃樓般的光華……

模型做得差不多時，設計助理司哥特來了，協助馬大文做了些調整，又請來指導教授克里特斯・安德森聽取意見。

克里特斯是位灰白頭髮灰白鬍子的紳士。他襯衫領帶金絲邊眼鏡和結婚戒指，穿戴得中規中矩，一絲不苟，手中永遠端著一杯咖啡。

馬大文從頭到尾講述了他的設計理念。講得克里特斯露出了笑容，灰白鬍子也抖動了起來。

「What kind of paint would you use for the floor?（地板打算用什麼塗料？）」克里特斯有點老派，總是把「What什麼」說成「華特」。

知道是要用汽車噴漆，做出光亮亮的效果，克里特斯便啜了口咖啡，和藹地說：「嗯，我看這個方案可行！」

週六食堂不開伙，下午兩點，馬大文回到住所，烙了餡餅，喝了一罐米勒，飽餐了一頓後睡了一會兒，又返回工作室繼續做模型。

導演梅爾終於認可了設計方案。

「Yeah，為什麼要用紐約的摩天大樓做背景？Why？」梅爾有老派紐約口音，把Why說成「華哎」。

「我想把舞臺加進些穿越時空的要素。我很喜歡這種空靈的感覺。」馬大文說，事先記住了「穿越時空」和「空靈」這兩個詞。

說著，他按下了錄音機「磚頭」的PLAY鍵，正是喜多郎的〈穿越時空〉。設計助理司哥特請梅爾看了靶場，一邊將一塊掛在鐵索上的靶牌向遠處滑去，發出子彈飛過般的聲響。

「Yeah，這回我接受你的方案。我想把開頭和結尾做成古希臘的感覺，而中間，則插入當今的時事：貝魯特大屠殺、馬爾維納斯群島事件，說不定把你們中國女排大戰秘魯隊也加進去，用幻燈和道具來表現。」梅爾說得興奮，卻話題一轉，說：「這音樂很好，不過，你這磚頭放出來的音響效果我不敢恭維。磁帶能借我聽聽嗎？我的音響是索尼立體聲的！」梅爾露出了笑容，臉上和禿腦門上浮現出火燒雲般的光采。

梅爾的肯定令馬大文如釋重負。知道他偏愛斯特勞斯，忙說：「我還有一盤〈藍色多瑙河〉，歡迎你拿去聽！」

忽然想起，他的〈藍色多瑙河〉比起梅爾的激光唱片和索尼立體聲喇叭，實在不可同日而語。

「No，不，謝謝！」梅爾說。

馬大文搭同學的車回到住所時，已經過了凌晨一點。見到桌上一封航空信，附了一張卡片，是神田千冬從日本寄來的。神田是他在北京進修英語時認識的日本留學生，中文很好。讀了她的中文信，才知道今天，不，昨天，是中秋節。

很想吃塊月餅卻沒有，就熱了一個餡餅吃，心想，都是圓的，又都有餡兒，還算比較接近月餅和天上的月亮吧。

第二天傍晚，老徐打來電話。老徐會理髮，還特意從國內帶來了一套理髮工具。這套理髮工具可做到了物盡其用，大陸來的留學生和訪問學者，差不多都請老徐理過髮，大家叫他「快樂的巡迴理髮師」。這天，新來的留學生金順德和黃國平請到了老徐。

老徐拉著馬大文一塊去，說金順德和黃國平是從上海來的，你們都屬於文科，你去認識認識？

金順德和黃國平住在聯盟大道3515號。馬大文跟著老徐給金順德和黃國平理完了髮，喝著他們的Mtn Dew（Mountain Dew）「激浪」，聊了一會兒天。

金順德和黃國平也都是77級，他們在上海華中師大時是同學，但不在同系，金順德在英語系，黃國平在政教系。來美國後，金順德在P大學讀語言學，黃國平在D大學讀心理學，側重弗洛伊德的研究，是很偏的學科。這個專業的英文要求很高，每週都要交上一篇論文，還要用打字機打出來。黃國平的英文有限，打字時用一個指頭，是「一指禪」，很慢，書讀得十分辛苦。黃國平的英文名叫Howard，借用了中文「黃」字的首字母H。金順德沒有英文名，但在學校時，別人都叫他Kim，聽起來有點像韓國人。知道馬大文是學戲劇方面的，金順德和黃國平說他們也喜歡看影劇，說前幾天還去「國王宮廷劇院」，看過希區考克的電影《後窗》呢。他們又說，希區考克，臺灣人叫「希治閣」。

大家談得十分開心，說以後看電影時一塊兒去。馬大文說，學校有演出時，歡迎你們也來看。

這學期，馬大文選修了「導演入門」。老師叫麥修，長頭髮，大鬍子，人很隨和。教室就是小劇場。麥修端著一杯自動咖啡機裡買的咖啡，坐在舞臺的邊沿，搭拉著雙腿，輕輕晃動著。學生們坐在觀眾席，書包放在舞臺上，嘴裡嚼著口香糖，看起來都很隨意。

麥修有時會叫學生上臺，組成不同的舞臺畫面，表現「均衡」、「對稱」、「強調」、「分散」，與繪畫中的「構圖」和「布局」有些相似。學生大多是設計專業的，都沒有表演經驗，有些笨手笨腳，這門導演課果然是「入門」。

到了期末，按麥修的要求，每人要在舞臺上展示一段自己導演的莎士比亞戲劇片段。

這天，展示的是《羅密歐與茱麗葉》、《第十二夜》、《暴風雨》和「The Scottish Play」。

「The Scottish Play？蘇格蘭劇？」馬大文沒聽說莎士比亞寫過這麼一部劇，問旁邊的同學。

「就是《麥克……》」那個同學欲言又止。

「噓……」另一個同學馬上制止了他。

原來，劇場裡有個不成文的規定，凡是要演《麥克白》，在說話聊天時就不能說是演《麥克白》，而要說「蘇格蘭劇」，否則，厄運就會降臨。

「喔？」馬大文聳了聳肩，這樣的事聽起來雖然不可思議，卻有些令人興奮。

終於到了「蘇格蘭劇」的片段演出。

演員由班上的同學充當。雖然都不是學表演的，卻因為學的是設計，有人便玩起了道具方面的花樣。「蘇格蘭劇」的學生導演大衛在舞臺上架起三堆篝火，用煤油做燃料，調暗了劇場的燈光。三個女巫穿著黑衣，圍著篝火，像三隻蝙蝠一樣翩翩起舞，一邊說：

何時姊妹再相逢
雷電轟轟雨濛濛
且等烽煙靜四陲
敗軍高奏凱歌回
中山夕照尚含輝
何處相逢
在荒原
麥克白將在此會
我來了
狐狸精
癩蛤蟆在叫我
來也
……

臺上三女巫旋轉著，正要說出最後一句臺詞：

美即醜惡醜即美
翱翔毒霧妖雲裡
……

突然，不知何故，三堆篝火中間的一堆「呼」地一聲失去控制，一大團火苗躥了上去，篝火的三角木架也燃燒起來。

三女巫大驚失色，觀眾席中的學生們也神色大驚。麥修回轉身去，打翻了咖啡杯。大衛尖叫起來：「Oh！My God！Oh！我的上帝！」

幾個男生跳上舞臺，掄起書包向火苗撲打。眼看那火苗要躥上舞臺的沿幕，有人拎過一桶冷水，「嘩」地一聲向篝火和周圍潑去。

有人跑出去給消防局打了電話，一邊喊叫：「Fire！Fire！失火了！失火了！」

待消防車呼嘯而至時，大家已經用書包撲滅了篝火。

「女巫的詛咒，看來確有其事！」馬大文對旁邊的同學說。

「據說要破解魔咒，你須離開劇場，關上門，轉三圈，發誓，敲門，再進去。」旁邊的同學說。

「據說還有一個辦法，就是說一句《哈姆雷特》的臺詞『Angels and ministers of grace defend us！』天使保佑我們吧！這樣就安全了。」旁邊的另一個同學說。

「看來，為了安全起見，我寧可導《哈姆雷特》，也不導蘇格蘭劇！」馬大文說，他相信，《哈姆雷特》裡的天使，定能擊敗「蘇格蘭劇」中的女巫。

……

下一次的導演入門課改在打靶場，在MM大樓的地下三層。馬大文的工作室就在拐角，路過時常常激發他設計的靈感。

果然，馬大文的導演作業沒選「蘇格蘭劇」，而選了《哈姆雷特》，是第一幕第四景中的片段，上場的是哈姆雷特和他的朋友赫瑞修和馬賽洛。

打靶場低矮的棚頂、灰暗的水泥牆、幽暗的燈光、狹長的深度、滑動的槍靶、空洞的回聲，這些都營造出一種詭異而沉重的氣氛。

「鬼魂」是事先錄製的錄音，錄音機放在靶場盡頭的牆邊，聲音沙啞而憂怨。

錄音機裡先傳出了一陣號聲和炮響。

赫瑞修：「看！殿下！它來了！」

哈姆雷特：「老天保佑我們！」

手電筒照在遠處的錄音機上，表示鬼魂。

哈姆雷特：「無論你是良魂或惡鬼，你所帶來的是天堂之香馨或地獄之烈焰，你的存意是惡毒或慈善，你的形象令我要問你：我要稱呼你為哈姆雷特、國王、父親、丹麥之皇，告訴我們為什麼？你要我們怎樣？」

錄音裡的鬼魂似乎在召喚哈姆雷特。

鬼魂：「你聽我言。」

哈姆雷特：「好的。」

鬼魂：「天快亮了，那時我又要回到那被硫磺烈火燒灼的地方。」

哈姆雷特：「唉，可憐的鬼魂。」

鬼魂：「你別可憐我，但請注意聆聽我將揭發的這些事。」

哈姆雷特：「請說，我一定會聽。」

鬼魂：「聽了之後，你會不會去復仇？」

鬼魂講述了他在花園內午睡時，被叔父謀殺的故事，並要哈姆雷特為他復仇：「且慢，我可嗅到清晨的氣息，現在我須匆匆地與你告別。螢蟲之光已黯淡，黎明已近。再會，再會，再會，請記著我。」

錄音機裡鬼魂的「請記著我」迴盪在打靶場，鬼魂的蹤影也消散在黎明的霧氣之中。

……

住喬・翰墨廣場的幾個訪問學者在報上看到一則廣告，說城中心一家大商場要倒閉，關門前要做一次大減價大甩賣，立體音響之類的電器很便宜。當天，這一帶的好幾個老中進了次城，每人買回了一套「山水牌」立體音響。

馬大文的《哈姆雷特》演出成功，心情很好。經訪問學者們的鼓勵，他也買了一套「山水」，還沒等拆箱，就打電話給金順德和黃國平，請他們過來聽音樂，開一個音樂派對。「山水」音響包括收錄音機、電唱機和兩個大音箱，馬大文連接好線路，調到ＦＭ「永遠的古典音樂」臺，一上來就是斯特勞斯的〈藍色多瑙河圓舞曲〉：弦樂碎弓像多瑙河的水波在閃爍，圓號像一道霞光穿過冬霧，呼喚著春天……

「山水的音響效果蠻好蠻好，一分錢一分貨呀！」黃國平說。

「和原來的單卡『磚頭』三洋不可同日而語！」金順德說。

每人都喝了一杯清涼飲料「激浪」，馬大文又在錄音機裡放進一盒磁帶，是一個臺灣朋友送的校園民謠。磁帶不是原聲帶，而是轉錄的，但盒子上寫了每首歌的名字：〈蘭花草〉、〈蝸牛與黃鸝鳥〉、〈在這個時刻〉、〈偶然〉、〈妳那好冷的小手〉、〈小祕密〉……

磁帶緩緩轉了幾下，音箱喇叭中傳來悅耳的吉他前奏，接著，聽到了一個少女甜美的聲音：

我從山中來，帶著蘭花草
種在小園中，希望花開早
一日看三回，看得花時過
蘭花卻依然，苞也無一個
……

聽說那個歌手叫「銀霞」，是位年齡比他們小五、六歲的女孩。

接下來的音樂是劉文正的〈秋蟬〉、潘安邦的〈外婆的澎湖灣〉、葉佳修的〈赤足走在田埂上〉、蔡琴的〈恰似你的溫柔〉……

來到美國前，馬大文和同學們在校園裡常聽鄧麗君，那甜蜜蜜的歌聲令人十分舒暢。現在，才知道臺灣還有一種音樂叫「校園民謠」。這些民謠給人以一種審美上的衝擊和瓦解，完全不同於大陸的「戰地新歌[34]」和「樣板戲[35]」。這樣的歌聲，和鄧麗君的歌聲一樣，親切、質樸、清新、明亮，充滿了詩意和鄉愁，如一陣陣清爽的風，在盛夏的上空吹過。

---

34 戰地新歌：文革時期的歌曲集。

35 樣板戲：文革時期被樹立為「革命樣板戲」，以戲劇為主的舞臺藝術作品俗稱。其代表性的作品有京劇《智取威虎山》、《紅燈記》、《沙家浜》、《杜鵑山》和芭蕾舞劇《紅色娘子軍》、《白毛女》等。

10 躲進小樓成一統 Sunset in the Penthouse

公元一九八四年春

P大學並沒有真正的「校園」，學校的房舍散落在奧克蘭鬧市區的馬路上。P大學有一個很大的圖書館，叫希爾曼圖書館，座落在C音樂廳和美術館的對面。

希爾曼圖書館的每一層樓都有各自統一的色調：橙色、綠色、黃色、紫色。東亞圖書部在二樓，二樓的色調是綠色：沙發、座椅和牆壁上的裝飾，都籠罩在一片和諧的嫩綠色調中，令人感到舒適而愜意。

散落在落地窗前的大小沙發上，常常坐滿了中國留學生和訪問學者。這裡的中文書籍報刊似乎永遠比專業教科書還吸引著他們：從《紅樓夢》、《三國演義》、《金瓶梅》、《醜陋的中國人》、《毛澤東出世》到《人民日報》、《中央日報》、《世界日報》、《華僑日報》、《七十年代》、《中國之春》、《連環畫報》、《美術期刊》、《光華雜誌》、《大眾電影》等等等等，五花八門，應有盡有。《人民日報》、《光明日報》和《中國青年報》海外版有厚厚幾大摞，擺在報架上，很少有人問津。

大多數大陸學者留學生讀的是美國華界報紙《世界日報》和《華僑日報》。從他們的穿著打扮和言談舉止上，一下子就看得出是大陸來的。他們都穿著深色西裝外套或灰色夾克衫、黑色皮鞋、花色尼龍襪子，戴黑邊眼鏡。

讀臺灣《中央日報》和《光華雜誌》的多半是臺灣留學生，他們從來不看大陸的書報。從他們的穿著打扮和言談舉止上，一下子就看得出是臺灣來的。他們都穿著淺藍色牛仔褲、白色網球鞋和白色棉線襪。他們的格子襯衫掖在褲腰裡，戴的眼鏡一看就不是北京大光明的「江青式」和「林彪式」。大陸的簡體字和許多用語會令他們「一頭霧水」和「不敢恭維」。

偶爾也有偷偷抓了一張《中央日報》的大陸訪問學者，全身蜷縮在牆角的沙發裡，費力地讀著那些豎排版的「繁體字」，見到有亞洲面孔過來，就用報紙遮住了臉，二郎腿輕輕地搖晃起來。

看《中國之春》的就更加隱蔽了。這本雜誌是民運人士辦的，和《人民日報》的宣傳截然不同，中國學生學者聯誼會特地囑咐大家要提高警惕。這時看雜誌的人就把雜誌放在書桌上，巧妙地把周圍蓋住，留出一點空隙，移動著悄悄地看。

馬大文強忍住沒去碰中文書籍，而是實打實地讀了兩個小時的劇本。他望了望窗外，發覺天色已暗，肚子餓了，該回家了。

這時，老徐來了。希爾曼圖書館在C大學和老徐的住所之間，是老徐每天的必經之路。老徐當然也是走路去學校，單程二十五分鐘。下了班，若時間還早，他就會順路去希爾曼圖書館的中文部坐上一小時，瀏覽一遍中文報刊，特別是美國的中文報紙《世界日報》。

「老徐，要是有便宜的房源，還得請你給推薦喔！」馬大文說。老徐認識人多，消息靈通。

在弗雷德家住了兩個月，馬大文覺得不太方便，主要是離學校太遠，平時還可以，趕上學校有演出製作時就太辛苦。比如夜裡十點半收工，走夜路不安全，騎車要爬坡，也挺吃力。搭校車則要按路線去送，繞來繞去終於在午夜時到家，最後洗漱睡覺，看看錶，已經是凌晨一點了。於是，他決定搬到奧克蘭區，換個近一點的住處。

老徐果然有個房源，是梅朗路一座舊房子的一間小閣樓，月租五十元，大概是這一帶最便宜的住處了。

聖誕節一過，馬大文就搬家了。

房東叫哈菲茲，是個五十多歲的敘利亞老頭，白鬍子，身材短粗。哈菲茲的英語十分有限，大概除了「房租」和數字外，他只會講自己的語言，阿拉伯語。

「房租？塞克斯忒！」哈菲茲說，一邊伸出一隻手，張開五個短粗的手指，另一隻手伸出一個指頭，表示「Sixty，六十」，六十美元一個月。

「No，吐馬吃，太多了。佛忒發哎唔！」馬大文按老徐的指點討價還價，張開一隻手，四根手指伸直，又張開另一隻手，五指伸直，表示「Forty-five，四十五」。

「No no no！費福忒！」哈菲茲伸出五個手指，表示「Fifty，五十」。

「OK，費福忒！」馬大文說。

「OK！巴特……No波訥，no波訥！」哈菲茲說。

「No波訥？什麼？」馬大文一頭霧水。

「呀！No波訥！」哈菲茲不耐煩了，大吼起來，「No波訥!!」

雖然還是沒聽懂「No波訥」究竟是何物，房租還是按「費福忒」五十元成交了。

一分錢一分貨，五十元的小閣樓約四平方米，只能容得下一張床、一張桌、一個雙肩包、一個收音機、有限的生活必需品和一摞子書本。沒有椅子也放不下椅子，就只能坐在床上看書做功課。馬大文把皮箱寄放在黃國平的住處，山水音響放在學校的工作室，開始了「極簡主義」的生活。

「這是一間名副其實的斗室！」馬大文說。這間「斗室」是他到美國後的第八個住處。

「我這斗室小得是『未敢翻身已碰頭』！」馬大文帶金順德和黃國平參觀了這間閣樓，說了句魯迅的詩〈自嘲〉。

「儂……你這是『躲進小樓成一統，管他冬夏與春秋啊』！」金順德和黃國平說。

閣樓裡暖氣不足，但多穿件衣服也過得去。存在的問題是沒有廚房，解決的方法是在學校食堂包伙，每天一頓，餘下的兩頓飯湊合著吃三明治。沒有冰箱，就把「大老鷹」買來的果汁和水果放在桌上。100％的純蘋果汁1.27元，蘋果一袋十三個0.99元，如果在兩三天內吃完，有沒有冰箱也無所謂。沒有電話，就只好借用黃國平或老徐的了。

好在三樓有廁所，隔壁的美國人很少在家，所以也沒感到不方便。廁所的窗朝西，每到下午三點一刻，一輪金燦燦的太陽便準時掛在遠處的屋頂上。陽光透過窗，又落在廁所的門上，把掛著的紫紅色絲絨睡衣和藍灰色的羽絨服也染上了一層濃濃的金色。

剛住過來時，馬大文覺得這個「成一統」的閣樓挺有意思。斗室雖小，照樣可以畫圖做功課吃飯做操聽音樂。

一扇不大的窗朝東。早晨醒來，陽光斜射在牆面，憑窗下眺，見馬路上的行人車輛慢慢活動起來，這種感覺很好。

前一陣子超市「大老鷹」鬧罷工，周圍的人只好到旁邊的小店去購買食品。二十天後，勞資雙方終於達成了協議，「大老鷹」又開業了。到了週末，學校食堂不開，馬大文從金順德黃國平那兒借來電爐子，決定做點好吃的。這次，他不但想起了斯諾的《西行漫記》，還想起了毛主席詩詞〈念奴嬌・鳥兒問答〉，不但做到了「星期天我們改善伙食」，還做了道「土豆燒牛肉」，正如詩詞中說：「土豆燒熟了，再加牛肉。不須放屁，試看天地翻覆。」此外，他又拍了黃瓜涼拌，吃了掛麵，喝了一罐「米勒」啤酒，美美地改善了一次伙食。

收拾好電爐子和碗筷，擦乾淨桌子，馬大文開始做功課。最重頭的功課是一個法國喜劇的服裝設計，劇名叫The Madwoman of Chaillot，不知道是什麼意思。琢磨了一陣，猜想大概是《查洛特狂婦》。他好不容易找到了這個劇本，抱著一本《新英漢字典》，連猜帶蒙地讀了一遍，對情節只有個模糊的概念，就馬不停蹄地找資料畫圖了。

收音機FM頻道的古典音樂雖然好聽，卻令人犯睏。馬大文放下手中的功課，開始在中短波上仔細搜尋。心想，興許能調出中文節目呢！他調轉旋鈕，調著調著，還真在短波頻道上調出了一長串遙遠而神祕的聲音，是中文：

「……5568號同志請注意，您要的木耳已經準備好……以下是中央給您的指示：3362、3362……7718、7718，1539、1539……」整篇稿子完全是數字，分明是用密碼在呼叫。但是「木耳」又是什麼？

「是臺灣的電臺！」馬大文想。這大概是用數字組成的密碼，將任務傳遞給潛伏在大陸的情報人員吧。

聲音消失了。

再調轉旋鈕，調出了一陣鐘聲。仔細轉動天線，傳來了中文的聲音。那聲音字正腔圓，像是中央人民廣播電臺的節目，又不完全像：

「這裡是自由中國之聲，在中華民國臺北發音。」

「臺灣的自由中國之聲，敵臺！」馬大文感到了一種「偷聽敵臺」的緊張和興奮：在十年前文革時，這可是會被以反革命罪拘留、判刑，甚至槍斃的。又轉念一想，那已經是過去式了。據說改革開放後，國內取消了對「敵臺」的干擾，並取消了「收聽敵臺」的禁令。

信號不好，聲音斷斷續續，但聽得出那是南懷瑾的《論語別裁》。

馬大文在文革時沒上過幾天中學，古文只學過列子的〈愚公移山〉，是借了毛主席的光。毛主席的《老三篇》裡也有這麼一篇〈愚公移山〉。而對於孔子，知道的就只有「批林批孔」時的「孔老二」，記得的《論語》，就只有「溫故而知新」和「不恥下問」這兩句。聽南先生這麼一講，原來「任重而道遠」、「逝者如斯夫！不舍晝夜」也出自《論語》。看了看桌上床上攤開的書本和作業，便自語道：「果然是任重而道遠，不舍晝夜啊。」

聽著聽著，信號變弱，《論語別裁》聽不到了，遂重新調整收音機和天線的方向，終於，在短波5.0和6.3之間，一個清晰的女中音從遙遠的地方傳來：

「……第四，凡是駕機或者策動起義來歸者，依照下面標準發給獎金：轟六型獎黃金八千兩；殲七型獎黃金七千兩……」

聽起來有點兒……那個，像是在看電影《永不消失的電波》。

一陣悲惘的胡琴曲後，收音機裡傳來一個緩慢的男中音：

「您想知道中……的內部信息嗎？請聽三家村夜話。」

接著是一個緩慢的女中音：

「您想瞭解大陸的軍幹群、老中青各種意見的反映嗎？請聽三家村夜話。現在播送：三家村夜話……」

馬大文一邊聽著，一邊飛快地畫手中的服裝設計圖……

幾段政治性的評論過後，《自由中國之聲》轉向軟性的節目：是《甜蜜家庭》、《今日臺灣》和《為你歌唱》：

隨著音樂，響起一個甜美的女聲，有點像鄧麗君：

我要為你歌唱
唱出我心裡的舒暢
只因我帶給你希望
帶給你希望
我要為你歌唱
唱出你心裡的悲傷
只因我帶給你希望
……

「我是崔苔箐……今天我願意將我的歌曲介紹給您，並且表達我對您的愛……」

忽然崔苔箐的歌聲被門外一陣沉重的腳步聲打斷，憑以往的經驗，應該是敘利亞房東哈菲茲來了。果然，短粗胖的哈菲茲正向二樓走來，沉重的大頭鞋踏在木製樓梯上，發出「咚咚咚咚」的聲響，整幢房子似乎也搖晃起來。

哈菲茲喘著粗氣，凶神惡煞般地衝向每一個房間，敲著每一扇門，大聲吼叫：「……彎漢德瑞德唉忒刀勒！彎漢德瑞德唉忒刀勒！一百八十元！一百八十元……」餘下的阿拉伯語就聽不懂了。

有人開了道門縫，探出頭來，是一個印度人，學生模樣，戴著大包頭。見哈菲茲手裡捏著一張電費帳單，知道他這是在查電，聽口氣，看表情，像是在說：「這個月的電費是一百八十元！蒼天啊！」

見印度房客沒有反應，哈菲茲大吼：「波訥！悠害物？」

印度房客似懂非懂地攤開雙手，表示：「I have nothing to say，無可奉告！」

另一間房裡剛探出的頭立即縮了回去，門也關上，任憑哈菲茲怎麼啪啪地敲，也不再有回應。

哈菲茲上了三樓。

三樓只有兩間房，第一間仍然沒人應，第二間的馬大文探出頭來，說：「哈嘍，瑟！有什麼要幫忙嗎？」

「……彎漢德瑞德唉忒刀勒！彎漢德瑞德唉忒刀勒！」哈菲茲聲嘶力竭地吼叫著。

馬大文索性打開房門，做了個「請看」的手勢。

哈菲茲四處查看了一遍，嗅了一遍，又盯著桌上的收音機看了一眼，吼道：「波訥！波訥！悠害物？」一邊用雙手比劃出一個圓，又咧著嘴，做出燙手的動作。

馬大文明白了，哈菲茲原來是在說：「Burner！Burger！You have？」也就是說：「你有電爐子嗎？」

馬大文攤開雙手說：「這是瑞丟，Radio，收音機啊！」又表示「波訥」只用了一次，不可能用了一百八十元的電費。

正要再向哈菲茲解釋，樓下傳來一陣騷亂，一股濃煙飄了上來，繼而聽到有人在喊叫：「Fire！Fire！失火了！」

原來是一樓在用電熱風爐，烤著了鞋子，燒著了地毯，那個叫查克的房客光著膀子[36]，正抱著滅火

---

[36] 光膀子即光脊樑，裸露著上身。

器，朝著地毯狂噴猛射，一團團泡沫把地毯弄得汙穢不堪。一個肥胖的女人，大概是他的女友，正把一桶冷水向地上潑去……

「No no no！」哈菲茲大聲吼叫：「Oh波訥！Oh波訥！悠害物！悠害物!!悠害物!!! Oh，馬唉號絲，My house，我的房子！Oh，馬唉府潑，My floor，我的地板啊！」

原來是查克和那胖女人在用「波訥」，一個大號的電熱風爐，把屋子燒得像烤箱一樣熱，怪不得常見查克光著膀子，胖女人穿個胸罩進進出出呢。

等消防車呼嘯著趕到時，火已經撲滅，只是那房間裡樓道上到處是水漬和泡沫，已經一片狼籍、一塌糊塗了。

「Oh，no，no，no！馬唉號絲，My house！我的房子啊……」哈菲茲的吼叫聲有些有氣無力，後面的一大串阿拉伯語就聽不懂了。

折騰了一陣，房子裡終於靜了下來。夜深了，窗外飄起了雪花，紛紛揚揚的，在街燈的光照下，顯得寂寥而無奈。

「波訥」事件令馬大文有些沮喪。在閣樓斗室裡住了兩個月後，他又做出了搬家的決定。

這次是經一個留學生的推薦，找到了一個臨時住處，每月只收六十美元，是在梅朗街盡頭的貝茨街上，一棟舊宅中的一間小屋。小屋裡破敗不堪，除了一隻破舊的沙發和一把跛腳的椅子，剩下的就只有灰塵和蜘蛛網了。

二房東是個大陸來的留學生，電話裡說了，那間屋沒有暖氣，會有點冷。馬大文說我大半時間在學校，回去後多穿點兒衣服，睡覺時多蓋條被子，應該沒事兒。

打掃乾淨後，牆上掛了張油畫風景，覺得這間屋還不錯。不料，當夜就飄起了雪花，天氣變得奇冷。馬大文穿著羽絨服，裹著全部的鋪蓋，腳上套了兩雙襪子，在沙發上蜷縮成一團，凍得瑟瑟發抖，昏睡中彷彿夢見了安徒生童話中的火爐，那裡面的火燒得正旺。然而，火苗熄滅了，火爐不見了，只剩下一堆燒過的火柴梗……

11 雨傘和便當 The Umbrella and Lunch Box

公元一九八四年春

好不容易捱到天亮，馬大文走過幾個街口，繞到喬・翰墨廣場，敲開了老徐的門，說那小屋實在太冷，受不了了，問能不能先在老徐的屋裡打幾天地鋪，暫時棲一下身。

老徐說沒問題，就打地鋪吧，說他的屋裡正好多了張床墊，看起來還挺乾淨。

地鋪打了幾天，馬大文發現老徐這個人挺有意思。

老徐是C大學材料科學系的訪問學者，和另外八位中國訪問學者住這幢舊房子裡。所謂的「喬・翰墨廣場」，實際上是一條普通的街道。

老徐是重慶人，來自重慶某大學冶金及材料工程系。

老徐方頭大臉，兩鬢參白，黑紅面龐上架了一副黑色寬邊塑料眼鏡，常年穿一件深灰色西裝上衣，拎一個黑色塑料提包。和多數經過文革的中國知識分子一樣，老徐的顯著特質，除了多年形成的勤勞節儉美德，還有對世事永遠保留著的一份警惕和審慎。

其實老徐本該當上了教授，至少當上了副教授。然而，文化大革命以來，大學不搞教學也不評職稱了，於是，老徐就還是個講師，還是個「徐老師」，而在C大學這樣的地方，就被中國來的訪問學者和留學生們稱為「老徐」。

臺灣和香港來的，卻不這麼稱呼老徐，而叫他「徐先生」，聽起來像是個舊社會過來的黨外人士。

不過，老徐對「老徐」或「徐先生」這兩個稱呼都不在意。老徐生在民國，直到解放那年，也就是民國卅八年，人們還稱他「徐先生」呢。他那時十五歲，在省城讀中學。解放後，他就是「小徐」了。經歷了無數次運動，「小徐」慢慢變成了「老徐」。再後來，他就很習慣被人稱為「老徐」了，因為這樣的稱呼，或者叫法，很有些「工人階級」的意味。毛主席說：「工人階級必須領導一切。」工人階級比知識分子吃香，所以，老徐就很樂意接受「老徐」這個稱呼。

在C大學的「老美」則稱老徐Professor Xu，徐教授，老徐也覺得這無可厚非。按老徐的年齡和資歷，他是夠格的。他在C大學的「老闆」，也就是他的導師Williams博士，比老徐還小九歲呢。

唯一令人哭笑不得的是，美國人不會發老徐「Xu」的音，每次都叫錯，要嘛是「Professor Su」，要嘛是「Professor Zoo」。後來老徐就說：「You may call me Professor X，你就叫我『艾克斯』教授吧。」於是，美國人就「Professor X，Professor X」地叫著，樂此不疲。

後來老徐知道有個美國電影叫X-Men，裡面也有個Professor X，就自嘲地說：「乾脆就叫我X-Man得了。」

P城的中國公費留學生和訪問學者不少。他們都很會節省，很能吃苦。特別是訪問學者們，他們年紀大了，出國不易，都想回國時多帶回點東西，因此一個比一個能吃苦，一個比一個會過。

為了能節省在美國的開支，來美國那天，他們拎著沉重的行李箱，其中鍋碗瓢盆、刀剪針線、四季衣物、床上用品、牙刷牙膏、書籍文具……一應俱全。他們巧妙裝箱，見縫插針，可謂是只有想不到的，沒有容不下的。

「吃」的方面不能太省，他們就盡量在「住」的方面節省。本來三房一廳的公寓四人住，四房一廳的公寓五人住，其中的一人住客廳。住客廳的就少付錢，或客廳輪流住。他們特別突出了總路線時「多快好省」的「省」字精神[37]。

如果一套房裡住了四個人，第一人就被稱為「全樓第一省」，第二人就被稱為「全區第一省」，第三人就被稱為「全市第一省」，第四人則被稱為「全州第一省」了。

老徐更是這樣，是「全樓省」、「全區省」、「全市省」和「全州省」的總和。他的箱子裡不但容下了這所有的一切，還容下了一斤掛麵、一瓶辣醬、一袋花生米、一包花椒大料，還有一套理髮工具包括圍裙，連廁紙「草紙」也帶來了一摞。不過，國內的草紙不是水溶性，擦完屁股丟進馬桶，終還是把馬桶給堵了。

據說訪問學者中更省的老邱，甚至把蛤蜊油也帶來了一打。蛤蜊油裝在蛤蜊殼裡，油光滑亮，是國內最便宜的擦手油。老邱把其中的十盒蛤蜊油帶到實驗室，桌子上一放，對美國同事們說：「一人拿一個吧。」

這把美國人驚訝得睜大了眼睛說：「Oh上帝啊，這太可愛了！」

此外，更更省的不但衣食住行樣樣精打細算到了極點，連炒菜都捨不得用菜油，而用雞屁股上煉出來的「雞油」代替。省下的錢，不但買了全部的「八大件」，回國時還去歐洲旅行了一圈，最後坐火車回了北京。這樣的省法，就被稱為「全國第一省」、「世界第一省」和「宇宙第一省」了。

老徐每天早晨去實驗室時，總不會忘記在黑提包裡裝上便當、蘋果和摺疊雨傘。「便當」的叫法是從實驗室的老中那兒學來的。「老中」其實是「老臺」，臺灣來的老中。材料科學系有好幾個老中，大

37 「社會主義建設總路線」，指1958年中國共產黨第八次全國代表大會第二次會議上提出「鼓足幹勁、力爭上游、多快好省地建設社會主義」。

半來自臺灣。

老徐的便當內容主要是三明治和蛋炒飯。三明治就是兩片麵包，中間抹了黃油，夾了奶酪和果醬，是中飯。蛋炒飯是晚飯，裡面加了雞蛋、火腿和雜菜，都是老徐自己做的。偶爾，老徐也會在三明治裡抹些辣椒醬，在蛋炒飯裡拌些黃油，說：「這是中西結合！」

老徐的摺疊傘是在「歐氏」亞洲中心買的，花了三美元。歐氏的老闆歐先生也是從臺灣來的「老中」。

如果有人問：「老徐，今天可是個大晴天兒啊！你帶著雨傘……」

老徐笑笑說：「晴帶雨傘，飽帶乾糧，未雨綢繆，防患於未然嘛！」

老徐的便當盒是從國內帶來的鋁製飯盒，「金杯牌」。飯盒裝得滿滿的，晚飯吃不完，連加班的夜宵都帶出來了。

實驗室裡有冰箱、微波爐和烤箱。老徐在冰箱裡存放了大罐的牛奶和大盒的雞蛋。上午十點，老徐在微波爐裡加熱了牛奶和雞蛋吃，算是「加餐」。這時，老徐就會笑笑說：「在國內呀，這可算是部級幹部的待遇啦！」

「看來老徐是被三年自然災害嚇怕了！」旁邊的老惲說。老惲是他的室友，是從武漢來的訪問學者。

「啥子自然災害，那都是人禍嘛！」說起這個話題時，老徐竟毫不顧及，不過聲音卻不大。

老惲高個兒，已經中年發福，長得也富態。別人說他有點像毛主席，有帝王相，問他：「老惲你肯定在伙房待過，偷吃過不少紅燒肉和臭豆腐吧？」

老惲笑著說：「不瞞您說，伙房還真待過，五七幹校那會兒。紅燒肉和臭豆腐都沒有，倒是偷吃過糠窩頭兒和紅薯乾兒。那時實在是太餓了。」

「對頭！大家還不是一個樣？都是從苦日子走過來的。晴帶雨傘，飽帶乾糧，是餓怕了！」老徐說。

老徐的意思大家都理解。無論是訪問學者還是留學生，大家都經歷過「挨餓那年」。還有那一場場的運動，那五花八門的糧票、肉票、蛋票、油票……對於饑餓和貧窮，人人都記憶猶新。

「晴帶雨傘，飽帶乾糧。」這是老徐的格言，是他的人生哲理和感悟。天有不測風雲，身帶一把雨傘，即使路上突然落雨，也能安然無恙；盒中一份便當，即使在實驗室做得再晚，也不至餓了肚子。老徐的話是對的。

其實，每一個中國來的訪問學者，差不多都像老徐這樣，會照顧自己和保護自己。他們經歷了無數次運動和磨難，已經積累了足夠的生存經驗。

馬大文覺得老徐的話很有道理，便也試著帶過雨傘，但帶了雨傘的時候，從來都不會下雨，而忘記帶雨傘的時候，卻偏偏下起雨來。後來，索性就不帶了。

喬・翰墨廣場這幢房子裡只有一部電話，裝在樓道裡。白天還好，到了晚上，電話便沒有閒著的時候。打電話最多最長的是老惲。電話機旁，常常有老惲的身影，要嘛是他給別人打，要嘛是別人打給他，講的是中文，所以，電話那邊的肯定也是老中。

「這兒的秋老虎太厲害了！」老惲光著膀子，對著電風扇，一邊呼呼地吹著風，踱著步，一邊打著電話，從氣象變化、國內外新聞到家用電器便宜貨信息及至港臺電影無所不談，捲曲的電話線被扯得筆直。

P城的秋天又熱又悶，公寓裡捨不得開空調。訪問學者們寧可待在有空調的實驗室、計算機房和圖書館，睏了就在沙發上睡一覺，一回到住處，就人人光起了大膀子。

樓下傳來了砰砰的敲門聲。

老惲放下電話問：「Who is it？哪一位？」

「Good evening！」答話的是個沙啞的男人聲音，濃重的外國口音，問了晚上好之後就又說了一大串話，聽不懂。

「是房東來了。」老徐說。

房東Gino被大家叫成「吉諾」，是義大利人，英語十分有限，常常不管你聽懂聽不懂，他只是自顧自地說義大利語。

樓下的老惲聽得一頭霧水，一個勁兒地解釋說房租已經交過，吉諾卻還是說個不停。

「Five room, how many guy……」吉諾好不容易說了些英文，老惲終於明白了一些。吉諾說的，大概是這套房只有五間屋，現在住了許多人——其實是九個人。

「Sorry sorry sorry，實在對不起。多出來的人頭，每人再加你五十美金，費福忒，OK？」老惲說，一邊抓起旁邊的《人民日報》和圓珠筆，飛快地寫下一個數字：50，五十，舉起來，給吉諾看。

吉諾又說了一串義大利語，聽不懂，但是聽口氣，是同意了五十美金，「費福忒」。

老徐從學校回家的路上，常常進Atwood街的亞洲食品店轉轉。他給Atwood起了個中文名兒，叫「林間道」。

亞洲食品店的隔壁是習武館。習武館是美國人開的，櫥窗裡貼著李小龍的電影海報，掛著功夫衫、擺著功夫鞋和雙節棍。海報上的李小龍叫Bruce Lee，面相冷酷而堅定。

亞洲食品店雖小，貨品卻不少，從豆腐乳、餃子皮到鳳梨酥韭菜花，從新東陽肉醬、肉鬆，到味王醬油、八寶粥，什麼都有。

每到傍晚下課時分，這家店裡就擠滿了中國人老中，認識的就互相打著招呼。

「這兒的國寶米好吃啊！」幾個訪問學者每人拎了一袋大米，邊走邊說。大米的袋子上寫了KOKUHO ROSE——國光玫瑰，中間一塊玫瑰紅色的圓底上，寫了漢字「國寶」，看起來很精緻。

「是國寶米！人家這米是加工過的，清爽得很！袋子裡舀出來根本就用不著淘米，直接下鍋煮好就吃。」

「從來沒吃過這麼好的大米。在國內，這可是主席級別的人才能吃到的。」

「這是日本人用來做壽司和飯糰的！」

「就是有點貴。我這二十磅裝的是七元五。」

「我這一百磅裝的是二十元，上次買的一袋吃了九個月才吃完。」

旁邊又走過來兩位女士，中國面孔，但看樣子不像是大陸來的。

「秀瓊嗎？是來超市買一些好吃的嗎？」一位女士對另一位女士說，聲音有些發嗲，尾音拉得很長，一聽就知道是臺灣來的。

「喔，是靈慧呀？我是來買些吃的，給我先生準備明天的便當！」叫秀瓊的女士說，聽起來聲音也有些發嗲，也像是臺灣來的。

「這樣子啊！」靈慧說，又注意到了秀瓊的背包，「唉，妳的包包好漂亮！」

「謝謝啦！我也好喜歡妳的包包！……有空過來玩喔！」

「一定啦！OK，拜拜！」

旁邊又傳來討論吃韭菜的對話，一聽就知道是北京人。

「喲！您這兒買了韭菜？敢情是烙韭菜盒子包韭菜餡兒餃子吧您？」

「韭菜盒子和韭菜餡兒餃子都太麻煩，我今兒來個雞蛋炒韭菜！」

老徐沒打算烙韭菜盒子包韭菜餡兒餃子和來個雞蛋炒韭菜。就一個人兒，韭菜盒子烙完了，韭菜餡兒餃子包好了，雞蛋炒韭菜擺上了，人就累得不想動筷子了。

「今天回來早，帶去的便當還沒吃完呢，放進學校的冰箱，明天吃。回去煮碗麵打個雞蛋就行了。」老徐說。

老徐常常煮麵，是「四川辣麵」。他自己吃的時候是熱麵，學生會有聚餐或者有派對時就涼拌花生醬，再澆上自己炸的辣椒油，是拿手絕活，很受歡迎。

「老美老中都愛吃喔！」老徐說，還加了句，「又省錢！」

「老美」這種叫法是跟當地的華人學的。中國人在美國落腳，聽到當地的華人說起美國人，就一口一個「老美、老美」地叫著，說老美從來不喝熱水，更不用暖壺，說老美女人坐月子照樣喝涼水加冰塊兒，說老美吃米飯要撒鹽加胡椒粉，說老美賣魚把魚頭剁了扔掉，說老美如何如何，說得很親切，就好像「老中」之間互相說著「老張老王老李老趙」一樣。

「老中」是相對「老美」而叫起來的。老中有臺灣來的，雖然也講中國話，講著講著，就察覺出有些說法並不一樣。比如說到「和」，臺灣的老中就說「漢」。說到「包括」，臺灣的老中就說「包瓜」。說到「普通話」，臺灣的老中就說「國語」。

說得深些，若說到「北京」，臺灣的老中就說「北平」。說到「京劇」，臺灣的老中就說「平劇」。說到「解放後」，臺灣的老中就說「淪陷後」。而說到「國內」，臺灣的老中就說「大陸」。說到「故宮」、「清華」和「派出所」兩邊就都有。還有，中國的老中之間都「老趙老錢老孫老李小周小吳小鄭小王」地叫著，對臺灣來的學者學生也這麼叫，他們就很不習慣了。他們叫「先生太太小姐令尊今堂令媛家父家母」，都是解放前和老電影裡的叫法。

至於香港的老中，他們大多不會講普通話「國語」，他們只會講英語和粵語廣東話，就多了一些距離感。他們不說「普通話」，覺得那是「左仔」，也就是左派的說法，而勉強說上幾句「國語」，比如說「不要開飛車」，卻說成：「不要咖啡吃」，完全搞錯了。

這時，希爾曼圖書館的東亞圖書部又來了幾位訪問學者，擁著一位美國老太，是他們的業餘英語老師，金女士，金一梅。他們一路說笑著，英語已經不那麼「啞巴」了。

P城還有一個美國人叫韋儒哲，住在松鼠山，家很大。他的一隻眼睛失明，中文說得相當好。韋儒哲幫助過中國抗戰，做過飛虎隊的翻譯，還受過蔣委員長的接見。他的眼睛就是在抗戰期間，被砲彈皮擊中失明的。韋儒哲有時過來也和中國人對話英語和中文。

深夜，馬大文從學校製景車間回來，剛進門，就聽到老惲在打電話。

「Not A Love Story，本來還以為會有什麼驚世駭俗的看點，結果也沒什麼！」老鄆說。

老惲說的是下午在學校看的電影《不是愛情故事：一部關於色情的電影》。電影是免費的，大禮堂裡黑壓壓地坐滿了人，間或看得到中國人的面孔，大概大陸臺灣香港的全體老中都到場了。說也奇怪，放電影前接連上來五個教授模樣的人依次講話，大概是說明或者輔導之類。但禮堂裡有些吵，加上麥克風效果不好，他們講了些什麼根本就聽不清。

「電影好像是個脫衣舞娘探索色情世界的故事，還有些同性戀方面的內容。可惜就是聽不懂乾著急啊！」老惲很是遺憾。

馬大文說他也聽不懂。洗了澡，吃了點東西，見老徐已經躺下。

老徐的頭上戴了一頂白布帽，國內醫生戴的那種，是防備夜裡著涼的「睡帽」，和他「晴帶雨傘、飽帶乾糧」的人生理念一脈相承。

老徐躺在床上，正瀏覽著一本英文雜誌。

老徐的目光停在一張彩色照片上：一個身姿妙曼的金髮女郎，穿著黑色蕾絲胸罩和三角褲，修長的雙腿套著網襪，十分性感。這女郎應該是在做內衣廣告。

老徐在女郎身上的目光久久沒有移開，看得出，他偶爾還發出輕輕的嘆息。

老徐來美國已經快兩年，很快就期滿回國了。他今年四十九歲，說要趕在五十歲生日前回國。

「哇，Big fifty！五十大壽啊！」他的美國同事們說。

早在三個月前，老徐就把「美國付款，國內提貨」的「八大件」置辦妥當，該買的禮品也買得差不多了。在美國當了兩年訪問學者，老徐省吃儉用，不但省出了「八大件」，還攢了些美元。

「美元，臺灣那邊叫美金，這可是絕對的硬通[38]貨幣，和金子等價！」老徐流露出因為擁有「美金」而生出的感動。

「八大件」是彩電、冰箱、洗衣機、照相機、收錄音機、自行車、縫紉機和手錶。除了自行車是國產的「永久」或「鳳凰」，其他都是免稅日本進口原裝，市面上根本就見不到，更買不到。光這個免稅的額度，就可以賺個幾千塊錢人民幣。更重要的是，以國內的工資，就是十年不吃不喝，也買不起這些玩意兒。

「我訂的電冰箱是雙門無霜的！」老徐說，又加了一句，「日立牌！」

[38] 指國內信用較好、幣值穩定的貨幣。

「是不是很耗電呀？」馬大文問，邊躺了下來。床墊子雖然是舊的，但還乾淨，也很舒適。

「管不了那麼多了。主要是得回去了。學校要分房，福利房，分的可是樓房啊！上下水道，獨立廚房獨立衛生間，接條水管子就能沖澡！另外，離學校又近，千載難逢，機會難得啊！」老徐說，「只不過是僧多粥少，狼多肉少，學校裡每個人都在盯著呢，回去晚了就撈不著了。你想想，光我的八大件就得佔一間屋子，要是沒房，這堆東西該往哪兒擺？」

「能分套三居室嗎？」馬大文問。

「三居室怎麼可能？只有黨委書記院長才夠資格。不過，對我來說，能分套兩居室就不錯了。」

「老徐等你分到了房，我給你畫張畫，油畫風景！」

「那我得先謝謝你啦！」

「像你這種資歷，又留過美，回去後正教授怎麼也能評上了吧？」

「嗯……得花上點功夫。你曉得國內的事情不那麼簡單。說穿了，三分靠能力，七分靠人脈，就是人際關係。」

「三七開，我們的一貫說法。那……就疏通疏通吧。八大件……」

「這個可捨不得。我這兩年辛辛苦苦口積肚攢，好不容易置齊了這八大件。你也知道，像我這樣年紀的人，出來一趟多不容易。我小時候倒是去過教會，學會一些簡單的英文，可上了中學，就一邊倒學蘇聯老大哥，學的是俄語，英語沒機會學。聽說有出國的機會，我決心突擊英語，靠的是死記硬背，可以說是付出了難以想像的努力和代價，經過了煉獄般的磨難。最後，我抱著本《新英漢字典》，能讀能寫了，講話卻不行。那時候，我十二點之前就沒睡過覺，很少有週末和節假日……終於能來到美國，多少人羨慕嫉妒著呢！這樣的機會恐怕不會再有了。」老徐滔滔不絕地說了這些話。嘆了口氣，又說，

「國內的工資太低。我出來時每月七十元剛過，合十美元左右。」

「那倒是。現在美國的最低工資是每小時三塊三毛五，相當於二十二元人民幣。」

「也就是說你在美國打黑工，三個小時多點兒，就賺到你一個月的工資。」

「當然這兒的消費要比國內高，不過總地來說，差距還是相當大的。」

「還不如我小時候，解放前。我父親在國小當老師，一個月可以拿到四十塊銀洋，縣長一個月才拿二十塊銀洋，就別說大學講師和教授了。」老徐沉浸在對民國的回憶中。

「怪不得魯迅那時候活得挺舒適，住大房子，家裡雇了幾個僕人，他一個人靠寫文章掙錢就能養活全家。」

「解放那年我十五歲，完全記事兒啦。」

「我看老徐你就別回去了。不是說你老闆能給你找到基金嗎？」

「還有別的門路。不瞞你說，還真有人找過我。不過，那人好像有點背景。」老徐壓低了聲音，樣子有點兒神祕。

「喔？」馬大文似乎很感興趣。

「有一個朋友的朋友，從香港來美國多年，找我吃過幾回飯，說了不少他怎麼勾引女人的事兒，又說了些他怎麼投資賺錢的事兒。我這人膽兒小，不敢再理他了。龜兒子來歷不明嘍。」

馬大文覺得這事兒挺蹊蹺。

老徐又把話題轉了回來：「老闆那邊基金倒是沒有問題。可那怎麼行？我這老婆孩子全在國內，八大件也訂了……」

「八大件倒次要，關鍵是你的家眷。」

想了想，老徐還是鬱悶，就說：「已經到了這一步，以後就看我兒子的啦。」

老徐的兒子在國內上大學，讀的是計算機專業。

「那也是一個考慮。等你的兒子大學一畢業，爭取馬上來美國吧。C大學的計算機專業全美領先啊！」

「對頭！我已經和這邊兒打過招呼。國內的計算機專業才起步，四十多個學生，等著上一臺計算機，一個月也就摸過兩回！我剛來時到我的美國家庭家去吃飯，那對夫婦八歲的兒子正在玩蘋果計算機，玩兒得還挺溜，這真嚇了我一跳，因為出國前我這個大學老師都沒見過計算機的模樣，但在美國，一個普通人家的娃兒都能操作自如，這就叫差距啊！」

「我的老師都會擺弄計算機搞設計啦。」

「這兒的華人管計算機叫電腦。我感覺到，總有一天電腦會改變人類的生活。」

說起要回國了，老徐放下雜誌，塞到枕頭下，嘆口氣：「老實說，我還真有點兒沒待夠。」

「你那著名的老徐的便當，回國後，品質可就要下降囉！」

「那當然！到時候，果醬黃油牛奶就沒有了。」

「等你兒子來了，學成後站住了腳，再把你和夫人接來，北上長征抗日，曲線救國救民，麵包會有的，牛奶會有的！」

「謀事在人，成事在天，希望能如願。」老徐說著，關掉床頭的燈，沉靜下來。

馬大文扭亮手電筒，寫起日記，他感覺到老徐並沒有像平時那樣說睡就睡，老徐是有點失眠了。

公元一九八四年秋，在馬大文回國後不久，曾收到老徐從重慶寄來的一張明信片。明信片小，寫不了幾個字，又是開放的，誰都能看到，說話也不方便。

「平信八分，明信片四分，老徐不會是為了節省一張四分錢的郵票吧？」馬大文想。遺憾的是，馬大文沒有馬上回覆，而過了些日子，竟弄丟了老徐的地址，此後，就再也沒聽到老徐的消息了。如今，三十六年過去，算下來，如果老徐還活著，應該已經是八十四歲的高齡。可是，老徐還好嗎？

當年的老徐還不到五十歲，勉強還可以說是正當年。按老徐「晴帶雨傘，飽帶乾糧」的信條，老徐應該還健在吧。

老徐當年的「三大願望」：分房、教授職稱和兒子出國，這些應該都一一實現了吧，馬大文想。

也許，連老徐的孫子都已經出國了。

12 聯盟大道 The Boulevard of the Allies

公元一九八四年春

知道馬大文在找住處，金順德說：「黃國平在城裡找房子，大概很快就要搬家了。如果你不在意，不如搬過來住，咱們合住一屋，省點房租，大家也熱鬧點，不過不能讓房東知道。」

這兒離學校近些。馬大文想了想，第二天就搬了過來。

「該省的省，不該省的就不省啦！」大家說。

黃國平說他剛到的時候，曾和一些訪問學者住過兩天，那些訪問學者們太節省，招待他吃的頭一頓飯，竟是清水煮麵條，就放了點鹽，那邊的廁紙都是從試驗室拿回來的。

「比阿拉上海寧都節省！」黃國平說。

「這一代人受苦太多，習慣了按大躍進挨餓時的標準過日子。」馬大文說。

「這邊的房東是什麼人？」馬大文問。

「房東叫Jay，是個印度人，老印」。」黃國平說。

「Jay的意思是松鴉，羽毛鮮艷，鳴叫時聲音很大。」金順德說。

「那我們就把Jay叫『松鴉』，也算是個暗語。」馬大文出了個主意。

聽金順德和黃國平說，松鴉大概是經過多年的打拚，取得身分後留了下來。這房子是他買下的，房租算是一筆收入。松鴉有時過來打理房子，修剪草坪，一邊留意著房客的進進出出，不時露出疑惑的神情。

「房東的英文是Landlord，就是地主的意思。」

「松鴉就是地主，在中國就算是剝削階級。」

「屬於黑五類[39]啊。」

他們開著玩笑。

聯盟大道是一條高速公路，車流量大，終日響著汽車發出的呼嘯，路兩旁沒有什麼商店，感覺上有些荒涼。

搬過去後，黃國平睡床，金順德打地鋪，馬大文睡靠窗的沙發，沙發前有一張餐桌，放一盞檯燈，正好用來做功課。

二樓有兩間屋，一間住了個白人，身分不明。另一間住了個非洲來的留學生。名字很長，沒人能記得住，他就讓人叫他「桑塔・雅巴」，意思不詳。

白人從來不做飯，大概只用床頭的麵包和牛奶充飢。

桑塔・雅巴偶爾做飯，就是煮一大鍋豬骨頭，足足吃上一個禮拜。只是這鍋豬骨頭裡不知放了什麼特殊的非洲調料，散發出一股奇異的味道，很濃。他有時叫外賣要披薩，送披薩的Pizza man大聲喊著「桑塔・雅巴」，把門敲得很響。

---

[39] 黑五類是中華人民共和國在文革時期，對政治身分為地主、富農、反革命分子、壞分子、右派等五類人的統稱。

起初，三人一起燒飯，雖然是各燒各的，有時也湊在一塊兒吃。

三樓除了廚房，只有一間臥室，住了一個白人老婦，叫June，珠恩，「六月」。珠恩的房門從來都緊鎖著，即便在家，也是深居簡出，行蹤詭祕。不過，每當三人燒飯時，珠恩都會把房門推開一道小縫，探出頭來，左右張望，再一下子閃身關門，朝廚房喊一聲：「晚上好啊紳士們，味道不錯啊！」有時，還出來看著三人切菜燒飯，不時地和他們搭話。

金順德和黃國平說，來美國前，他們的七百元置裝費沒夠用，自己還貼了些鈔票。現在看來，有些東西沒必要帶來，不如在這兒買舊貨，能省不少錢。

「我還偷偷帶出來五十元人民幣呢，五元五元一張的。」馬大文說，「人民幣是不准許帶出來的，不過帶出來也沒地方用，只好以後再帶回去。」

「我來的時候，外婆怕我挨餓，讓我多帶上些上海糧票。」金順德說，「我說，那是出國呀，上海糧票不管用。外婆就說，儂就換些全國糧票帶上！」

大家說，全國糧票也「勿來塞」——不行，得換成世界糧票。又說，世界糧票？那就是鈔票，也就是美金了。

金順德說，他的一個朋友張林，很快就要從上海來了，三人決定要為張林接風。

按信中的指示，張林一路輾轉下了飛機，搭機場巴士到「大學中心大樓」的門口，附近有容易識別的國瑞豪生大酒店和超市「大老鷹」。

按預估的時間，金順德和黃國平、馬大文提前到約定的地點接站。

這時雖然仍是北方的四月，路上行人還穿著棉衣，見到張林從黃色出租車裡下來時，已經是大汗淋漓了。

「儂好儂好，個噻治安好勿好？」張林說，意思是「你好你好，這裡的治安好不好？」一邊掏出疊得整齊的手帕擦汗，汗卻不住地流淌下來。

大家說沒有什麼事啊，沒感覺什麼不安全啊。但是張林看起來還是相當緊張。

張林是中國科學院上海分院來的訪問學者，個頭偏高，短頭髮，穿著牛仔褲和皮鞋，襯衫掖在褲腰裡，人顯得很精神。他是教英文的，英語的電視節目和電影都看得懂。可令人不解的是，他十分緊張，不願和人打交道，連問路都打怵[40]。

「看起來張兄是屬鼠的！」馬大文開了個玩笑。

「嗯，倒不至於像老鼠那麼膽小！」張林這才放鬆了一點，笑笑說。

張林今年四十一歲，卻不是屬鼠而是屬羊。接著，他說起了在紐約機場取行李時的遭遇。

那天張林剛剛等到四個大箱子，正要尋找行李車，忽地被一群蜂擁而至的非裔男子圍上，不容分說地拎起箱子，跟著他找到機場大客車，塞進行李廂。張林連說：「謝謝，謝謝！」心想美國人可真助人為樂，比雷鋒還更像雷鋒，那邊卻伸出手來：「One dollar！」張林當然知道「One dollar」指的是一美元，連忙掏出一美元遞過去。不料，那幾個非裔男子異口同聲地說：「一美元一件，包括手提行李，一共五件，五美元！」張林身上僅有兩張十美元，掏出一張，被非裔男子一把奪過，激動地說：「Wow，你真慷慨啊！非常感謝！」一下子就消失在人群中。

「啊?!」大家說，「十美元就一下子沒了，等於國內一個月的工資！」

---

40 害怕的意思。

「看樣子不是Porter啊！」張林說，「更不是雷鋒！」

Porter就是機場的行李搬運工，出國前就有人提醒，說那可不是免費的，千萬要小心。

「冊吶！伊拉肯定是假Porter，假雷鋒！」黃國平說的「冊吶」雖是上海罵人話，這時就只是個感嘆詞，「伊拉」則是「他們」的意思。

「不過，真雷鋒還是挺多的。」馬大文說。

於是，他講起了遇到「真雷鋒」的經歷。

馬大文第一次上學時找不到學校。正在路口東張西望時，一輛私家車停下來，車窗裡一個美國人探出頭，問是不是需要幫助。馬大文出示了地址，美國人馬上說：「上車吧，我帶你去！」這令馬大文十分感動，心想，這就是雷鋒啊。

大家又講了各自遇見「雷鋒」的故事，從雷鋒講到道德，從道德又講到信仰，從信仰又講回到雷鋒。大家都說，在美國，還是真雷鋒多過假雷鋒。美國的雷鋒比國內的雷鋒還要雷鋒，因為美國是基督教國家，講的就是神愛世人，幫助你的鄰居啊。

馬大文說他小時候「學雷鋒」，在電影院給老太太讓過座位，還幫殘廢軍人老金推過輪椅車。

「老實說，那是為了得到表揚和上黑板報[41]。」馬大文說，「那時老太太覺得莫名其妙，說那麼多座位，不用你讓啊。至於那個老金，長大後才知道，他的殘廢軍人證是假的。他是因為逛窯子得了梅毒，生生爛了腿，最後不得不鋸掉！」

大家哄笑起來。

---

41 一種以黑板為媒介的宣傳形式。

三人招待張林，做了四菜一湯，比平時多了一道西紅柿炒雞蛋，還拿出了「米勒」啤酒和一小罐「新東陽豬肉鬆」。

珠恩闖了進來，懷抱了一堆舊衣服。

「下午好啊紳士們！味道不錯啊！聞起來像義大利餐！」珠恩說。

張林急忙起身行禮，十分客氣：「下午好！我叫Henry張。」

「Henry張，是個新面孔。我猜想你是廚師，是義大利廚師吧？」珠恩問。

「剛剛從上海來的，是家庭廚師！」黃國平替張林說。

「我說的嘛！真正的義大利廚師要比這位紳士胖些才對。」珠恩說。

珠恩說著，開始一件件展示這些舊衣服：「我想你們會喜歡這些衣服的：這件藍夾克給Howard，喔不，還是這件紅的吧。這條綠褲子給Kim，喔不，還是這件紫的吧。這件橙色罩衣給……」

珠恩指了指馬大文。

「伊是……大文。」黃國平提醒著。

「Darwin，達爾文，日本人，當然。」珠恩說。「不過，抱歉得很，今天沒有這位義大利廚師Henry的份兒！」

四人起身致謝。

張林在衣兜裡摸索了一陣，掏出一個鑰匙圈送給珠恩。

珠恩擺弄著鑰匙圈上的掛片，是一隻正在吃竹葉的大熊貓。

「喔，是一條狗在吃草！我也有過一條這樣的狗狗，叫Spotty！Dalmatian，喔，那可真是一條好狗！」珠恩說。

「Dalmatian，個……是啥麼子？」黃國平問。

「Dalmatian是一種狗，白底黑斑點，是斑點狗呀！」金順德說。

「不過，這是一隻大貓熊，大熊貓，Panda呀！」張林說的是鑰匙圈上的掛片。

「Panda，Dalmatian，我那親愛的狗狗！」珠恩仍然沉浸在對她那「斑點狗」的回憶中。

「紳士們，晚安！」珠恩向自己的房間走去，一邊說：「我以前有過一座大房子……」

「晚安，珠恩！」大家說。

「這位太太……」張林問。

三人把珠恩的情況告訴給張林。

「看起來好像是沒落的貴族？類似的人我在上海也見過的。」張林說。

馬大文點上了蠟燭，關了廚房的日光燈，餐桌上頓時有了氣氛。

「這令我想起了小時候媽給我過生日時的場面！」張林有些感慨。

「來，祝賀張林順利到達美國！」金順德舉起「米勒」。

「謝謝儂！我能出來是交關勿容易！」張林說，深深地吁了口氣。「交關勿容易」就是「相當不容易」，這句話也是每個人說起出國時的開場白。

張林來P大學訪問是金順德幫著聯繫的。張林的母親多年前有個教會裡的姊妹，姊妹的兒子在P城一家公司上班，找到了金順德，就幫他把所有的材料都辦齊了。

「小金，謝謝儂啊！」張林說，又轉向黃國平和馬大文，「能在異國他鄉認識你們，真是蠻好蠻好！」

剛吃完飯下了樓，老徐來了，帶來一張卡片，說是去年聖誕節時Ms King「金一梅」送的，是自製的聖誕卡，複印後送給每人一張。馬大文曾經給金女士畫過肖像，所以也收到一張這樣的聖誕卡。

金女士每週兩次去希爾曼圖書館，義務跟中國訪問學者們練習英語口語。金女士並沒有專門的教材，但只是和他們聊聊天敘敘話，就有一定的幫助，因為這些年紀較大的訪問學者大多只會「啞巴英語」，讀寫還行，開口說話就不行了。金女士偶爾會找個地方和大家聚餐，每人帶一道菜，叫Potluck，「一帶一菜」，金女士自己則帶甜點。至於老徐，當然還是帶他的四川拌麵。

馬大文接過卡片，見卡片上的內容豐富，字跡清楚，圖文並茂，還不時地夾雜些中文，很像圖書館兒童部牆上的掛圖，除了通常的聖誕祝詞，還抄錄了《聖經・新約全書》中《路加福音》的一段經文：

> 耶穌的智慧和身量，並神和人喜愛他的心，都一齊增長。

「教會的義工真是很有愛心！」張林感慨地說。

「這兒還有中文，還是正體字！」馬大文說，「重點句子還是中英文對照！」

不過，金女士的中文寫得歪歪扭扭，可能是誰幫助翻譯後照葫蘆畫瓢抄下來的：

My Wish

Not to follow

Not to walk ahead

But, to walk along side by side

我的希望：
不落後
不超前
只是並排走

「署名是：Edmamae King，愛德瑪・金……中文簽名『金一梅』。這個中文名不知道是誰給起的？」馬大文說，「還蓋了章，是中文，看不太清楚。」

「也許這位金一梅女士的實際文化程度並不高，但這幾句話是不錯的人生哲理啊！」老徐說。

「不落後，不超前，只是並排走，類似的話我早就聽過。」馬大文說，「那時我還在百貨公司站櫃檯。」

馬大文說起了當年的故事。

那是在七十年代文革時期，江青的「學習小靳莊大搞賽詩會運動」正方興未艾……賽詩會上，大部分「詩人」的詩都是「東風勁吹紅旗展，鑼鼓鞭炮鬧翻天」之類的假大空，唯有一個舊社會過來的小商人劉喜祿，不慌不忙地掏出一張紙，展開後，又不緊不慢地讀出他的打油詩：

幹革命，要勤力
踏踏實實使力氣
不耍奸，不耍滑
工作學習一手抓

不超前，不落後
穩穩當當向前走
不著急，不上火
細嚼慢嚥吃餑餑
……

「哈哈哈哈！要得，果真是打油詩。不過，大文的記憶力可真好，巴適[42]！這麼多年過去了，還清楚地記得！」老徐說。

「那時我們幾個小青年把這詩牢記在心，背後誦讀，還笑話人家迂腐呢！」馬大文說。

「這詩雖然談不上文采，卻是大實話！」老徐說，「和我那『晴帶雨傘飽帶乾糧』的說法一脈相承！」

「嗯，這句『和平、尊重、公平』也和我老師弗雷德的『和平、愛、理解』有共同之處，是普世價值觀！」馬大文說。

「這樣的話家母也說過。」張林說。

「請問令堂……」老徐說。

「我小時候，家母也是常去教會的。不過解放後不久，教堂就關閉了，洋牧師也走了，就像歌兒裡唱的那樣：帝國主義夾著尾巴逃跑了。」張林說。

42　四川地區方言，表不錯、很好之意。

「和我家的情況有點相似喔！我在解放前還上過幾年教會辦的主日學呢。美國人對我們也特別好，聖誕節還給過我們巧克力。」老徐說。

「聽說金女士做義工已經好多年了，專門幫助中國學生學者。不過開始時只有臺灣來的老中，後來來了老日和老韓。香港的老中英文好，不需要幫助。現在大陸的老中多了，就忙得不亦樂乎！」老徐說。

「我的老師弗雷德就對我特別好，老是問我中國的事兒，真希望有一天能帶著他遊長城！」馬大文說。

「這位金女士對中國人蠻好！」張林說。

「聽說金女士的先生是原飛虎隊隊員，幫助過中國抗戰。金先生過世後，金女士就一直幫助中國人。」

「怪不得！金一梅這個名字說不定是金先生給起的呢。」馬大文說。

「聽說那時的中國人對飛虎隊特別敬重，許多老百姓把飛虎隊員的畫像當成門神，貼在大門上。」

「了不起！飛虎隊的歷史我知道得太少。原來還以為是美國人侵略中國呢。」

「是啊，因為飛虎隊幫助的是中華民國，所以就不怎麼宣傳。」

「我還見過一個當年的飛虎隊隊員呢！」馬大文說起不久前在一個派對上，認識了一個美國老人，大約六十五、六歲的模樣。

「我去過中國！」老人說。

「喔？真的嗎？」馬大文還是頭一次遇到去過中國的美國人。」

「我去過Yun-nan，Kun-ming！」老人說的是「雲南，昆明」，發音很準。

「Guo-qiao-mi-xian！」老人說，「Ba-ba！」

「……」這次馬大文沒有聽懂。和旁邊的中國人討論了一會兒，才知道那是「過橋米線」和「粑粑」。

馬大文沒去過雲南和昆明，更沒吃過「過橋米線」和「粑粑」。但是，他相信這兩樣東西肯定都是好吃的。

「飛虎隊！我在飛虎隊服務過的。」看得出，老人有些激動。接著，老人講起了四十年前的故事。原來，老人曾經是飛虎隊隊員，幫助過中國抗日，還在戰後得到了中國政府的嘉獎。那時，老人應該才剛剛二十歲出頭。

馬大文聽說過飛虎隊，也見過「飛虎」的圖片：那飛機頭上畫了一個猙獰的鯊魚嘴，但那段歷史是「解放前」的，誰也搞不清是怎麼回事。而且，老人說的中國政府，應該是南京政府吧？聽了老人的話，他只能敷衍地說兩聲「喔Yeah喔Yeah」，就再也說不出什麼來了。

倒是那老人，仍然沉浸在對往事的回憶中。

老人紅鼻頭，兩頰和脖頸的皮膚鬆弛，理得很短的頭髮雪一樣的白，很難想像出他當年曾駕著飛機追殺日本鬼子的樣子。

「原來美國鬼子曾幫助我們打過日本鬼子。」馬大文想，「真得仔細研究研究歷史。」

見張林的一大堆行李，老徐說：「我看咱們不能光說話，張林該安頓安頓休息了。要是還沒有住處，就先到我那兒擠兩天，再慢慢找？」老徐是個熱心人。

「住處都幫張林找好了，就在旁邊的樓。」金順德說，又轉向張林，「你自己一間屋，跟別人合用廚房廁所，遠不如你家的花園洋房啊！」

「有自己的一間屋，已經比我現在上海的住處好了！」張林說。

「以後我們抽空帶你去城裡轉轉。」黃國平說。

「對了，下個週末一起去大瀑布玩吧！」金順德說。

聯誼會組織去尼亞加拉大瀑布一日遊，每人只收二十美元。馬大文、金順德、黃國平要拉著張林一塊去，說出去透透氣，還能看到對岸的加拿大，張林卻堅決不去，說寧可待在家裡寫寫信。他不想出門，什麼活動都不想參加。

「等你的頭髮長了，就言語一聲，我老徐可不是假雷鋒喔！」老徐說。

「還有學校的圖書館，除了英文書，二樓中文部的中文書也相當多，大陸的、臺灣的、香港的……用王小波的話說：淨是些好書！」馬大文說。

金順德帶張林去了住處：聯盟大道3509號，與3515隔了一棟樓。

13 花園洋房 The House with A Garden 公元一九八四年春

聯盟大道３５０９號也是一棟三層的舊屋，「二房東」王嘉國洪麗雅夫婦住在一樓。雖說是一樓，進門卻要登上挺高的水泥階梯。

王嘉國在C大學讀材料科學，洪麗雅在P大學讀幼兒教育。他們是從臺灣來的自費留學生，並不富裕。做二房東就是每到月底結算房租水電瓦斯，把明細列表貼在牆上，一筆筆費用收齊後寫張支票寄給房東，同時節省了一部分自己的房租。大房東是華人，從未謀過面，做二房東只是接管了前任二房東的交代。前任二房東也是華人。

二樓除了廚房和廁所，只住了剛到的張林。張林每天在學校聽完了幾門課就回家看書，偶爾到３５１５串門子「白相白相」，就是「玩玩」，和金順德黃國平講上海話——「上海五」。

三樓住了三個人：在P大學讀物理的李剛、馬來西亞來的女僑生李梅貞和一位來歷不明的男生，讀的是什麼沒有人知道。大家只在進出碰面時打個招呼，大陸來的講普通話，臺灣來的講國語，馬來西亞來的講華語，雖然講的都是中國話，卻還沒有機會坐下來好好聊聊。

這天，王嘉國夫婦召集大家聚餐，邀請一人帶一道菜，也把住３５１５的馬大文、金順德和黃國平叫了過來，叫Potluck，「一帶一菜」。

「大家也好互相認識認識！」王家夫婦說。

馬大文、金順德和黃國平從隔壁趕到王宅時，王家夫婦和3509的房客們已經坐在客廳，正邊看電視邊聊著天呢。

王宅沒有什麼像樣的家具，但有自己的獨立廚房和衛生間，收拾得也挺乾淨。客廳的一角，放了一張大書桌，夫婦各佔一邊，一人一堆書本、文具紙張和一臺英文打字機。唯一的奢侈品是一臺彩色電視機，看起來還挺新，是從一個要回臺灣的房客手裡買下的二手貨，打八折。電視正開著，屏幕上，一位灰頭髮的三年級老師瑪麗•薩爾迷慈正在為「海滋客」海鮮快餐做廣告：「Long John Silver's是你認識一美元價值的完美地方！小伙子們，對吧？」

王太太洪麗雅燒好的一道主菜「螞蟻上樹」和蒸米飯、飲料、一次性餐具整齊地排列在飯桌上，還有一大盤切開的白蘭瓜。

其他幾人也都是窮學生，沒帶來什麼了不起的「硬菜」。金順德帶了一道涼拌雞胗，就是把雞胗煮了，切成薄片，再拌了調料。馬大文帶了一道宮保雞丁，是跟原來的室友陳佳壁學的。黃國平帶了酒釀和一道黃豆肉絲湯。

馬來西亞的女僑生李梅貞好像年紀略大些，開始時只是坐在一張椅子上，不怎麼說話，別人說話她好像聽不大懂。偶爾聽懂了就笑笑，點點頭。問到李小姐燒的什麼菜，她指著桌上一個帶蓋子的玻璃飯盒說：「則是我做的乾咖哩牛肉，希望大家喜番。」李小姐的「華語」帶著廣東腔。

大家圍過來觀看，發覺這道菜的顏色味道很濃，說真有南洋風味，一定好吃。

張林燒的是一盤蟹粉蛋，是道上海菜，除了張林，只有金順德和黃國平吃過。

李剛燒的是一盤香椿炒雞蛋。P城見不到香椿，李剛說這點兒香椿是一個同學從北京帶來的。除了李剛，誰都沒吃過香椿，便說這可是遠渡重洋空運過來的珍品。

三樓「來歷不明」的男生照列有事，沒參加。

見金順德新理的頭髮挺整齊，洪麗雅問：「你的頭髮剪得不錯耶！」

王嘉國也說：「是不錯啊！比我的整齊多了。」說著，摸了摸前額的頭髮。

王嘉國新剪的頭髮深一塊淺一塊的，不但鬢角一邊長一邊短，額頭上還剪了個豁口，顯得十分滑稽，大家見了，都忍不住哈哈大笑起來。

黃國平說：「你這頭髮剪得可真不怎麼樣，勿來塞！像上海的小赤佬，小癟三。」又轉過身去看了一遍說，「儂在阿裡剪的？跟狗啃的一樣。」

「黃國平你可真會說話！在阿裡？就在這裡呀，是我的手藝。我是實習生，是第一次剪頭髮！」洪麗雅說。

「喔？那就應該說不錯了！蠻好蠻好，比我爸爸剪得好多了。」黃國平有些尷尬。又繼續說，「小時候有一次我爸爸給我理髮，說好了要剪分頭，剪了一會兒剪壞了，就說改剪一邊倒吧。又剪了一會，一邊倒也沒剪成，就說改剪平頭吧。平頭也剪壞了，又說改剪光頭吧。我說勿來塞，就是不行，光頭太難看了。但是潑水難收，剪掉的頭髮無法接上，最後就只好放棄，推成個光頭。我大哭了起來。我爸爸沒辦法，賠了我八分錢一根的奶油雪糕才算了事。

「聽你這麼一說，我的水平比起令尊大人來還算不上太差，至少沒剪成光頭呀！」洪麗雅說。

「關鍵是要剪得齊才行。」馬大文說。

「那金順德你是在哪一家理髮店剪的？」李剛也覺得金順德的頭髮剪得好。

「Xu Barbar，愛克斯、悠，徐氏理髮店，就在這一帶。」金順德賣了個關子。

「喔？是華人開的店。徐氏，X、U，聽起來是從大陸來的。」王嘉國問，「貴嗎？」

「不貴，不貴，其實是免費。徐氏，就是大陸來的老徐呀！就在喬・翰墨那條街住，四川重慶C大學的。」金順德說，「說來也巧，老徐的兒子和我同年同月同日生。」

「是徐先生徐啟昆吧？」王嘉國問。

「是啊，你也認識？」金順德問。

「何止認識，徐先生也是材料科學系的，老美叫他Professor X，我們在同一個實驗室。」王嘉國說。

「你們如果能找到理髮工具，推子啦，剪子啦，我也能剪。」馬大文指了指自己的頭髮說，「我的頭髮就是自己剪的。」

馬大文的頭髮很長，看起來並不整齊，倒很像藝術家。

「你要是能剪頭髮就再好不過了。我能找到一整套用具，不但有推子剪子，還有條圍裙呢。」王嘉國說。

「那我怎樣付你錢呢？」洪麗雅說。

「管飯就好！」馬大文說。

「那不成問題！我的螞蟻上樹只能越做越好！」洪麗雅說。

於是想起了吃飯，洪麗雅招呼大家：「你看你看，咱們把主要的節目忘了。」便拿起一個湯匙和一隻空碗，敲了敲邊沿說，「女士們先生們，Dinner is ready，晚飯時間到了！」

黃國平說：「切外切外！」意思是「吃飯」。

大家都餓了，連說好吃，每一道菜都好。螞蟻上樹好，涼拌雞胗好，宮保雞丁好，酒釀和黃豆肉絲湯好，香椿炒雞蛋好，乾咖哩牛肉好，蟹粉蛋好，都好。

「其實我不是很會燒菜。在家裡，小時候是阿姨下廚，後來就都是媽燒菜了。這道蟹粉蛋還是媽教我的呢！」張林說起媽，就像一個十歲的孩子說起媽一樣，「蟹粉蛋和魚這兩樣是我愛吃的菜，媽常常給我燒。可惜我燒魚勿來塞！」

「那這道菜裡肯定是放了蟹粉吧？」

「其實沒有。蟹粉蛋是地道的上海家常菜，做法非常簡單，就是把蛋黃蛋清分開，加點鹽。蛋黃裡加點生薑末，蛋清裡加點大頭蝦肉末，倒點醋。這樣，炒熟的蛋黃酷似蟹黃，蛋白酷似蟹肉，看起來吃起來都像用螃蟹做的，所以就得名蟹粉蛋。」張林說。

「和米飯拌著吃也蠻好，鮮美又開胃，老嗲額！」黃國平說。老嗲額就是極好的意思。

說到螞蟻上樹，黃國平大笑起來，說：「哈哈哈哈，妳這道螞蟻上樹可真是久仰久仰了。不過好像是螞蟻太多，樹太少！還有，醬油放多了些！」說著，夾起來的一筷子「樹」，就是粉條，「呲溜」一聲滑落到身上，醬油點子濺成一條完美的弧線。

「哎呦呦，實在對不住，看我這樹把黃國平的乾淨襯衫給毀了！」洪麗雅說，「這回我這螞蟻不但上了樹，還爬了牆呢！」一面遞過來一張紙巾。

黃國平並不在意，說：「沒問題，等下回去換一件襯衫。」一邊把「樹」送進嘴裡，「切切看，切切看！喔，蠻好蠻好！個則米道老靈額！」「切切看」就是吃吃看，「個則米道老靈額」就是味道很好。

「承蒙黃國平誇獎，不過，下回請黃國平切外，怎麼也得燒條黃花魚，大肘子啥的！」

黃國平說自己講話太直接，有啥講啥，一次在學校看電影《勁舞》，碰到系裡的女祕書，問儂幾歲了，掙多少鈔票？

大家笑他太不懂美國的日常禮儀，說對於女士，年齡是不便過問的，而別人的收入，也是不能打聽的。

「我一點勿曉得！」黃國平說，「在國內，這些都是很隨意的呀。」

「如果是張林，就肯定不會這麼說！」大家說。

「那當然，住花園洋房的和我們住弄堂的當然不一樣！」黃國平說。

「住上弄堂已經不錯了。我出來前結婚，學校借了我一間學生宿舍。想想那進進出出的都是學生，大家都很隨意，也沒學會什麼禮數啊！」馬大文說。

「有弄堂和宿舍住都算不錯了。我回上海後結婚都沒處住，恐怕得住倉庫了。」金順德說。

「住倉庫？」大家都很好奇。

「我岳父家附近，有間倉庫借給我們住，在廣靈一路友誼一村。但那倉庫太小，只有十平米而已，我們計劃把它上下隔開兩層，床放在上層，加個梯子，下層算作廚房和客廳，充分利用，是個立體複式的空間！」金順德說。

「太有想像力和創造力了！」大家讚歎道。

馬來西亞的李小姐似懂非懂地攤開雙手，也像是在讚歎。大家又想起來問李小姐在馬來西亞住什麼房子。

「我家住獨棟的房子。」李梅貞說，手在空中比劃了一下，是房子的形狀。

大家問可是花園洋房？

「發園洋房？沒有發園，不過門口擺了幾盆發的。」李梅貞說，「還有一棵芭蕉虛！」

大家猜想「發園」就是花園，「芭蕉虛」就是芭蕉樹。

這時黃國平已經換了件襯衫回來，是一件淺黃色的「波羅」衫，還戴了頂禮帽。

「這件襯衫蠻好，名牌呀！」大家說。

「舊貨而已，彎刀勒，一美元！」黃國平並不在意說出買了便宜的舊貨。

大家說，我們也在舊貨店買過東西的。又互相看了看，見只有張林穿得正式：一套三件式西裝，打了暗紅色領帶，黑襪，樣樣考究。

「儂蠻正式嗎！」黃國平說，「儂個傢伙是老克拉！」

黃國平講的是上海話，大家聽不懂。

金順德解釋說：「老克拉是上海話，意思是……喔，說起來還是句英文呢：Class，就是老有品味，老優雅，老上層社會的意思。」

張林有些不好意思了，說：「哪裡哪裡。」又對黃國平說：「儂……個傢伙也是蠻克拉！」

黃國平戴了一頂灰色粗呢圓頂禮帽，一看就不是舊貨，是新的。

「Eight dollars，八美元買的。」黃國平說。

洪麗雅看了看其他幾個大陸來的留學生，一個個要嘛穿牛仔褲，要嘛穿格子衫，看起來都不像大陸訪問學者那樣古板，就說：「我看你們還都蠻老克拉！」

「老克拉這說法我早就聽過。」馬大文說，「還在東北工作的時候，那是十多年前了，有幾個上海知青，家庭出身都是資本家，衣著打扮和東北當地人很不一樣，聽他們常常說起老克拉，後來才知道他們自己就是老克拉。」

金順德說：「張林才是真正的老克拉呢。」

大家問那為什麼呢？金順德說張林的家世背景可是顯赫著呢。

張林忙說：「不足掛齒，不足掛齒！」

大家好奇，便問張林可是出身政府高幹？

張林說：「哪裡哪裡，家父哪裡夠得上政府高幹，沒給打成階下囚就不錯了。」

張林講起了他家的故事。儘管在講這些的時候很是輕描淡寫，大家還是拼出了一個光彩卻泛黃了的畫面。

原來，張林的家世非同尋常：他的父親張沅炳曾任國民政府財政部華東地區鹽務局局長，母親本是滬江大學社會學系畢業的名門千金，外公吳笈孫曾任中華民國第二屆大總統徐世昌的祕書長，姊夫的叔父江一平是當年的著名大律師，曾任復旦大學副校長。民國卅八年初，在上海審判日本戰犯時，還做過岡村寧次的律師。

「都是些上了歷史的人物啊。」馬大文感嘆道。又問，「那大房子還在嗎？」

「還在。那房子直到現在我們還住著，不過只住其中的兩間而已。」張林說。

他在上海的「大房子」是一棟三層花園洋房，在黃浦區瑞金二路152號，屬於上海繁榮地塊，那一帶有過孫中山、周恩來、張學良、巴金等人的足跡。

「瑞金二路？聽起來像是紅色故都，國中之國蘇維埃政府所在地呀！」馬大文說。

「在解放前叫金神父路，洋文是Route Pere Robert，而瑞金一路叫聖母院路，洋文是Route des Soeurs，因為是租界，所以是白區裡的白區，後來才改成瑞金兩路。」張林說，瑞金「兩」路是上海話的說法。

大家模糊地知道，解放後，老上海的許多街道都改了名，有了「革命」和「人民」的色彩。

那時的張林是少爺，叫Henry，姊姊是小姐，叫Betty，都在香港讀過洋學堂，都是滿口的英文。專職司機穿著筆挺的制服，戴著雪白的手套，開著黑色的雪弗萊接送姊弟倆上下學堂，接送姊弟的音樂老師。Henry跟意大利人學小提琴，Betty跟白俄人學鋼琴。

「哇！張林什麼時候給我們演奏小提琴吧！」大家說。

「真不好意思，我的小提琴在文革時被抄家抄走了，後來有了把吉他，也只能偷偷彈。」張林說。

「你當初如果留在香港命運就不同了。」大家說。

「命運捉弄人啊！」張林感慨地說。

除了張林，在座的只有馬大文路經過香港，先後逗留了一個禮拜。香港的璀璨和繁榮令馬大文難忘：那是電影中的舊上海，夜上海。大街上見到的那些包頭的印度人「摩羅差」，就等同於舊上海的「紅頭阿三[43]」和「拿摩溫[44]」。相形之下，他們住的聯盟大道一帶，就顯得黯淡和蕭索了。

「那時府上會有下人服侍吧？」馬大文說。

「有。我還記得有一個傭人叫Ah Guy，中文可能是『阿該』，但我不肯定。是個很好的人，對我家忠心耿耿。」張林說。

昔日的張府中，光傭人就好幾個。不料，張家回上海不久後就「天亮了，解放了」，社會主義來了，一切就物是人非了。金神父路改名叫了「瑞金二路」，花園洋房充公，一樓二樓每層住了三戶「無產階級」，只給張家留下三樓的兩間屋，原來的傭人「阿該」也告老還鄉回了江西。

不過，蝸居在老宅的兩間屋裡四十年，經歷了無數次煉獄般的階級鬥爭，張家也變成了無產階級，習慣了粗茶淡飯和便服布衣。Henry和Betty那曾經優渥而快樂的童年成了恍若隔世般的回憶。

黃國平和金順德說那一帶他們曾經去過，屬於高尚住宅區。

---

43 紅頭阿三，上海公共租界時期，當地人對印度巡捕的俗稱，主要是因為他們通常佩戴紅色頭巾。

44 拿摩溫是英文NUMBER ONE的諧音，意即第一號，多指工廠中的工頭。

大家都很羨慕，紛紛說，以後去你們大上海，可有洋房住了。

「可惜今非昔比，那房子如今成了七十二家房客的弄堂大雜院，整天鬧哄哄的，我連吉他也沒法彈了。好在政府還講點政策，給我們留了兩間屋，你們去了，至少還能睡地板。」

「早點認識你就好了。我家可沒法和張府相比。那種洋房是阿拉可望不可及的呀。」黃國平說。

「我將來回上海，歡迎各位光臨我十平米的『複式樓』！」金順德說。

「當然，也歡迎各位光臨我曾經的花園洋房。」張林說。

「你們都是最後的貴族！」馬大文說。

王夫人洪麗雅說：「怪不得嘛！張先生特別準時，是踏著鐘點到的，分秒不差。說了是五點聚餐，本來是個大概齊，哪承想五點整，就聽到有人輕輕敲門。應聲開門，見門口站立著張先生。令人感動的是，光是從二樓下到一樓，人家都要西裝革履，一身齊整地正式赴約，一邊鞠了一躬，說王先生好！王夫人好！我們忙接過張先生帶來的菜，還收到一份禮物，這樣的講究和教養可真不一般！」

馬大文注意到旁邊的書桌，有一打廚用毛巾，像是剛剛拆開的包裝，猜想那就是張林帶來的禮物。

張林連說：「不足掛齒，不足掛齒！」

馬來西亞僑生李梅貞似乎聽懂了，插嘴說：「我還沒去過中國。聽說那邊的Public toilet……」忽然想起大家在吃飯，立刻把話嚥了回去。

那邊的李剛知道，她說的是臭名昭彰的北京公共廁所，便哈哈大笑起來。

電視屏幕上出現了「芝麻街」的主持人弗雷德・羅傑斯，他的節目《羅傑斯先生的街坊四鄰》開始了。

笑容可掬的羅傑斯先生唱起了開場主題曲，歌聲溫和、輕鬆、親切：

街坊今天真美好，
四鄰興致也甚高。
你想當我，你能當我的鄰居嗎？
四鄰和睦，街坊真美好。
……

羅傑斯先生把手臂伸進一件大紅色毛衣的衣袖裡。

「給你們看一樣東西！」馬大文突然說，拿出一個小電話簿，翻到一頁給大家看。

「咦？是弗雷德‧羅傑斯？就是電視上的Mr. Rogers嗎？哇！這是他的家庭住址，是他親筆寫的吧？還居然給你留了他家的電話號！」大家十分驚訝。

果然，電話簿上寫著羅傑斯先生的詳細住址和電話號。

「當然，這是羅傑斯先生親筆寫的！」馬大文說，「去年到朋友家參加獨立節派對，朋友是演員，認識羅傑斯先生，把他也請去了。但我那時剛來美國不久，不看電視，也不知道羅傑斯先生是誰，只是在想，多個朋友多條路，就問他：能把電話號給我嗎？」

「哇！」大家愈發驚訝。

「羅傑斯先生沒猶豫，就把住址和電話號全部寫給了我。我那位演員朋友說：喔Fred，你的簽名那麼潦草，讓人家怎麼辨認？羅傑斯先生笑了笑，就又在旁邊工整地寫下FRED ROGERS大寫字母！」

「羅傑斯先生可是受全美國甚至全世界愛戴的主持人，能這樣平易近人，真是難得。」王夫人洪麗雅說。

「跟電視裡看到的羅傑斯先生一樣！」

「他的名言是我的座右銘：Often when you think you're at the end of something, you're at the beginning of something else——翻譯成中文就是：常常當你覺得你走到盡頭時，你其實是在另一旅程的起點。」

「儂……後來打電話給他了嗎？」黃國平問。

「多虧我沒打電話給他，沒請他開車帶我去超市買菜！」馬大文說。

「他的這個簽名就夠值錢了！」大家說。

馬大文趕緊把那電話簿小心收好，又吃了塊咖哩牛肉。

電視屏幕上，紫色小恐龍「巴尼」正在給羅傑斯先生一個大大的擁抱。

……

公元一九八七年的一個春天，馬大文去上海公出，離開前特意抽空到「瑞金二路」見過張林。那時馬大文已經回國近三年，正聯繫著重返美國。

那天，馬大文拎了一袋蘋果，從靜安寺搭公交車來到瑞金二路。找到「瑞金二路152號」的綠色門牌，透過精緻的烤漆圍欄，見到一棟紅頂的三層洋房，也就是解放前的張府。

二月的上海雖然已經不再寒冷，昔日張府的「花園」尚在，卻已衰落得面目全非：門口停放著破舊的自行車、遊樂器械和亂七八糟的雜物，斑駁陸離的樹影落在年久失修的灰牆上，搖動著，彷彿在訴說著過去了的傳奇和曾有過的優雅。

馬大文對著洋房，大喊「張林」，不一會兒，三樓的窗裡就出現了張林的身影。

像三年前張林在P城時所說的，這座本屬於張家獨有的洋房，如今住了「七十二家房客」和一家托兒所。解放後，在留給張家三樓的兩間房裡，如今住了張林夫婦、兒子張驊和老母親三代四口。金神父路上的傳奇和優雅，還有在花園裡迴盪過的鋼琴小提琴琴聲，如今只能從失修的地板、天花板和樓梯的雕花扶手上去想像了。

張林說他除了工作，還在外邊教英語，賺些外快，以補貼家用。

馬大文也說，每月的工資一百元人民幣共十張「大團結」，隔幾天抽出一張，不到月底就抽沒了。「大團結」就是人民幣上的各族人民大團結畫面。「現在的大團結真不經用！」他們互相感嘆著。

「你離開P城回國那天，把我送你的拖鞋忘在了床底下。」張林說。

馬大文記起來，張林剛到美國時，曾送給他一雙棕色皮拖鞋，是從上海帶去的，回國前收拾行李時怎麼也沒找到。

張林執意要送馬大文一程，一邊說：「我們走路到你轉車的那站吧，路上吹吹牛。然後你坐車，我走著回去，因為我不太會坐車，對上海也不熟悉。」

果然，張林對他生活了幾十年的上海仍然陌生，就像他對這個變化中的世界仍然陌生一樣。他把馬大文送到轉乘站，說：「下邊就靠你自己了。」

「再會！」

「再會，後會有期！」

道別後，本想天長地久海角天涯總會再聚的。不料，那次見面，卻成了最後的一次。

公元二〇一九年九月，多年失聯後，再次得到張林上海的住址，馬大文立即寄了封航空信，附上自己的電郵地址和微信號，期待著不久後，微信電話中傳來張林的聲音。

不料，寄出的信如石沉大海，不見回音。直到一個半月後，收到了張林兒子張驊「Henry」的微信，才得知張林已經於三年前病故了。

「Henry」本是張林小時候的洋名。張林的兒子張驊也叫Henry，當年馬大文去張家拜訪時曾見過，那時才九歲。如今的Henry已經四十一歲，剛好是張林當年初到美國時的年齡。

Henry發出幾幅張林夫婦的照片，其中的一張傳神地拍出了張林生前的狀態：一張深紅色皮質沙發上，張林滿頭白髮，懷抱著他的白色寵物犬「貝貝」。他閉目後仰，嘴角下壓，一臉的憤世嫉俗。而旁邊的張夫人則低垂著頭，彷彿是在嘆息。

照片的背景不再是「瑞金二路152號」的老宅，而是他後來自購的新居。這時的老宅已經完全歸公，告狀都沒處告了。

「照片應該是令祖母過世後拍的吧？」馬大文在微信裡問張林的兒子Henry。

「是的，那時我們住在上海冠生園新邨，我已經上高二了。」Henry說。

馬大文記起了張林信中的一段話，信是在一九九四年寫給當年的二房東王先生王太太的：「說實話，這個月我的心情壞到了極點，媽去世了。我這輩子還從來未這麼傷心過。媽從搬家後就不大走動，衰老得很快，只是精神尚可，一點也不糊塗……每逢見到媽遺留的字條，便想起小時候的往事。那時我還沒放學回家，媽出門時，在我的書桌上留下字條，常常寫的是：回家先洗手，再吃點心。乖，媽回來帶好東西給你。」

「如今，張林也走了。」張林當年在美國時的室友們又唏噓不已。

「張林的公子對自己家世這麼清楚，真是難得。」

瑞金二路、金神父路、那座花園洋房、門前的雪佛萊、迴盪的琴聲，還有整條外灘，乃至大上海，這些影像彷彿都變了顏色，變成了黑白的老照片，又手工塗上了顏色，亦真亦幻，顯得無限久遠。而出入在畫面上的人，也都變成了那些西裝革履、頭戴禮帽的「老克拉」……

大家很快就發現，張林自己就是他說的「沒落的貴族」。不同尋常的家世使他常常憤世嫉俗，什麼都看不順眼，卻什麼都不去爭。不過，張林跟大家相處很好。

不久，張林居然花了近五百美元買了臺大彩色電視，並且訂了有線頻道和《電視指南》，看起橄欖球賽超級盃和電影來。有線節目中不但看得到很多G級PG13級片，還能看得許多R級片。

很快地，這臺彩電吸引了整座樓的房客。兩層樓裡所有的老中留學生們都圍到張林的電視機旁，一個接一個地看電影，沒日沒夜地看，書也不讀了，覺也不睡了，飯也不吃了，連廁所都顧不得去了。

那是個大雪天。

凌晨三點左右，幾個中國留學生還沒睡覺，正坐在張林的彩色電視機前，興致勃勃地看著電影《飄》，忽然，有人見到有黑煙從樓道裡飄過來。開始時還以為是電影中的「飄」穿越了時空，令人產生了錯覺，接著就聞到了刺鼻的焦糊味兒，便警覺起來：「咦，是誰的飯鍋燒糊了吧！」

大家互相看了看，誰也沒在廚房燒飯，黑煙和焦糊味兒是從哪兒飄過來的呢？

正喝著可樂的李剛探出身去：「喂！不對勁兒呀！煙好像是從外面飄進來的！」

大家急忙下樓，推開房門出去察看。他們不看則已，一看嚇了一大跳：滾滾的黑煙從旁邊的房子撲面而來，透過窗，見得到裡面熊熊的火光。

「不好，失火了！」大家驚叫起來。

「馬上通知房東！」

「二房東」王嘉國夫婦就在樓下，聽到敲門聲，連忙從床上爬起，撥通了警察局的電話。警車鳴著警笛，很快就到了。緊跟著，兩輛龐大的消防車也一路呼嘯著趕來。

儘管消防車的水龍頭噴出條條水柱，火勢卻絲毫不減，而肆無忌憚地燃燒著。

兩個小時後，火總算是滅了，總算沒有蔓延到兩邊的房屋。好在那整棟房子沒有人住，就沒有傷亡。然而，消防局的水龍頭還是沖碎了隔壁兩棟房子的玻璃，水灌進了屋裡，澆在天花板上，又澆在床上，鋪蓋和地毯都濕了個通透。

好端端的一棟房子被燒得只剩下一個磚房架子。而兩邊的房子已經被燻黑，就像二三十年代被鋼鐵工廠的滾滾黑煙「洗禮」過一樣。

周圍觀望的人群中有人議論，說這是房東自己蓄意縱火，是為了騙取保險公司的巨額保險。

「巨額保險是多少呢？」有人議論起來。

有人說並沒有多少，這一帶住的都不是富人啊。

聯盟大道3509號慘遭水淹，幾個留學生被送到城裡的青年會住了三天，每人補貼了一百零八美元，還發了麥當勞的餐券。

房子清理後，他們搬了回來，張林卻險些出了事。

那天張林從學校回家，走在林間道上，突然眼前「呼」的一聲，一個黑影從天而降，接著聽到一聲巨響，一陣灰塵撲滿而來……他下意識地停住腳步，聽到有人在大吼：「喔我的上帝！」

聲音從高處傳來。原來是兩個非裔男子正站在旁邊一棟舊房的屋頂上，戴著手套和頭盔，像是在修房。再看看腳前，一堆被燻黑的紅磚已經摔成碎塊，還有一個破舊的鐵管，正在向馬路邊滾去，知道那本是一個煙筒。

「You，你你……沒事吧？」屋頂上的兩個非裔男子嚇得說話都結巴了。

張林掏出手帕擦了擦臉，頓時被眼前的情景嚇出一身冷汗：若快走一步，今天就算不被這煙筒砸死，也定被砸得頭破血流。

待那兩個非裔男子從屋頂爬下來，才知道他們是在拆煙筒，不知怎麼搞的，剛一動手，那煙筒竟自己摔到地上。

後來張林寫信把這件事告訴了在上海的母親。老太太說，那天我就感覺要出點什麼事，為此特意做了禱告，心裡才平安下來。

張林有驚無險，更加深居簡出，他多半坐在房裡看電視和讀書，除了到學校聽課和買菜，哪兒都不去了。

14 千山獨行不必相送 Goodbye But Not Farewell

公元一九八四年春

五月初的一天，馬大文接到弗雷德打來的電話，說他就要離開ＰＳ大學，搬到西海岸舊金山了。他不再教書，新的職位是做劇場諮詢顧問。弗雷德的聲音仍然令人感到放心和踏實。

自從到Ｐ城的第一天起，馬大文就深得弗雷德的照顧，一下子要分別了，不禁有些感傷。臨行前，弗雷德特意繞回Ｐ城看望馬大文。

這一天馬大文在住所為弗雷德餞行，金順德和黃國平坐陪。

聯盟大道３５１５號的住所雖然寒酸破舊，經一番打掃和整理後還是有了些新的氣象。金順德騰出了他的書桌，蠟燭光下，滿滿當當地擺了油炒雪豆、土豆燒牛肉、肉炒蘑菇、蛋炒西紅柿、油炸蝦片、炸雲吞、米飯，還有一打「米勒」啤酒。

餐後的幸運餅乾是在亞洲店買回來的。

「我知道幸運餅乾並不是正宗的中國食品，而是美式中餐裡的文化。」弗雷德說。他女兒瑞琪爾的男友菲利普・陳是ＡＢＣ，美國出生的華人，父母開中餐館，見面時曾討論過這些。

「Yeah，阿拉在上海根本就勿曉得有個種餅乾！」黃國平說。發覺自己又說了上海話，就改口用英語說了一遍。

「我的一個美國朋友曾問過我Fortune cookies是不是中國的傳統，你們是不是每餐飯後都會吃，當聽到我說不是，我來美國前從沒看過和吃過這餅乾，而且臺灣朋友也這麼說，都覺得既訝異又有趣。」馬大文說。

「不過，Fortune cookies裡面的籤語倒蠻有意思的。」金順德說。

「有人還特別相信那紙條上的籤語呢！」馬大文說，「現在，我們可以看看自己的籤語了。」

馬大文說著，掰開了自己分到的幸運餅乾，抽出的紙條上印著一行紅色英文字：「You will be awarded some great honor，您將被授予一些榮譽。」

「這次實在是太準了！大文剛好明天要參加畢業典禮！」馬大文的籤語令大家嘖嘖稱奇。

金順德掰開他的餅乾，發現紙條上的籤語比較長：「港口的船隻很安全，但這不是建造船隻的原因。」

黃國平琢磨了一下，說：「好像有點語焉不詳，似是而非。」

弗雷德說：「嗯，這也許跟你的論文有些關聯吧？」

金順德拍了下腦門，說：「Yeah！我的論文正在經歷一個重大的Dilemma，這個籤語正是我需要的心靈雞湯！」

「Dilemma是啥麼事？」黃國平問。

「Dilemma指的是一個人面對選擇，進退兩難，不知所措啊。」金順德說。

「也就是哈姆雷特的名言：To be, or not to be, that is the question！」弗雷德說。

「生存，還是毀滅，這是一個問題。」馬大文用中文重複了一次。他在學校看過好幾次《哈姆雷特》的演出，還特意把這句臺詞記在本子上。

「我原來在C大學的同事大衛・鮑爾還專門訂製了車牌：2BONOT2B。」弗雷德說。

「那就是To be or not to be，生存，還是毀滅啊！」大家連連稱讚。

「我眼下面臨的是畢業回國還是繼續讀博的問題，也就是停留在港口還是揚帆遠航的問題。」金順德說。

「OK，該我的了。」黃國平說，掰開手中的餅乾，那籤語是：「謝謝你把我從這塊餅乾裡拿出來。」

大家笑了起來。

「得到好運氣的是我的餅乾，而不是我自己呀！」黃國平說。

「咦，你得到了好運氣的餅乾，那不就是得到了好運氣嗎？」金順德說。

「嗯。這個，我看看能不能用弗洛伊德的理論解析出來！」黃國平說。

「我是最後一個，也是最幸運的之一！」弗雷德說著，掰開自己的餅乾，抽出裡面的紙條讀道：「您尋求的財富在另一個餅乾中。」

弗雷德大笑起來，又傳給大家。

馬大文遞過另一個餅乾說：「喔？那就再試一個吧！」

弗雷德卻收回自己的紙條，說：「No，我相信上面說的完全正確，也正是我去加州的原因：我要尋求的財富在另外一個餅乾中，這個餅乾就是舊金山呀！完美，不是嗎？」

他把那紙條小心地收在錢夾子裡，有透明薄膜的那一層，剛好露出他的籤語。

弗雷德在馬大文這裡整整逗留了五個小時，離開的時候已經近午夜了。

明天，馬大文就要穿學位袍戴學位帽領取畢業文憑，和兩年半走過的路程說再見了。他也把他的籤語收好，小心地夾在日記本中。

……

六年後的一九九〇年，在馬大文重返美國的第三個年頭，終於擁有了第一座屬於自己的住房和院落，雖然很小，卻終於和家人團聚了。

一天，他收到弗雷德女兒瑞琪爾的來信，說：「爸爸已經於不久前因心臟病突發，在舊金山過世……」

弗雷德生於一九三〇年，正是美國經濟大蕭條時期。算下來，去世時，他剛剛六十歲。

瑞琪爾在信中還說：「在整理父親的遺物時，發現了許多你送給他的東西，這令人想起你們之間的友誼……」

「許多東西」，大概是指一枚中文圖章、一張中國唱片、一塊中國手錶、一幅藍色調人物白描和許多的信件吧。圖章是馬大文親手刻的，上面是「弗雷德」三個中文篆字；唱片是中國古典音樂，有古箏和琵琶曲；東風錶則是十六歲參加工作那年，母親為他買的，是上弦的機械錶，一次見弗雷德喜歡，就摘下來送給他；白描則是一幅線描人物，是一個古代的隱士；信件就很多了，每一封的結尾都學著弗雷德的口氣，寫上「和平、愛、理解」幾個字……

馬大文給瑞琪爾回過信，說：「本來想著後會有期，計劃去舊金山看望他，還想著有一天帶他爬長城呢，想不到他這麼快就走了……」

最後一次和弗雷德見面是在舊金山。

那是在一九八四年春，弗雷德給馬大文買了張到舊金山的「灰狗」長途車票，路上走了三天。在舊金山住的三天中，弗雷德開車帶他去過不少地方。

馬大文自己也逛了唐人街，走進一家電影院，看了《楚留香大結局》。雖然電影的對白是粵語，一句也聽不懂，然而，電影的「大結局」，卻給他留下了深刻的印象：那是一種與江湖告別時的釋然和放下，就像電影主題曲中所唱：

湖海洗我胸襟
河山飄我影蹤
……
就讓浮名輕拋劍外
千山我獨行不必相送

那次回程的路上，馬大文還在芝加哥短暫停留，就住在弗雷德的女兒瑞琪爾家。

馬大文給瑞琪爾的信，結尾時加了弗雷德每次來信的結尾語：

Peace，love，understanding，和平、愛、理解

馬大文想起半年前和弗雷德通電話時，還聽到他的笑聲。他怎麼也想不到，弗雷德竟這麼快就走了。

從此，就再也沒有聽到瑞琪爾的消息。

……

聽說張林已經在二〇一六年過世的消息，當年住在「聯盟大道」3509和3515的室友們都十分難過和惋惜。

「聯繫晚了。」現住香港的馬大文在微信裡懊悔地說。

「我記得離美前三年還互寄賀年卡的呀！怎麼我一告訴他，我們要回臺灣，他就走了？」現住臺灣的洪麗雅在微信裡說。

「太可惜了！」現住美國俄亥俄的金順德說。

「想想人生中的滄海桑田，真是不可思議！」大家感嘆道。

「張林在信裡從來就不快樂，真可謂牢騷滿腹。隨著大陸的變化，他看不慣的東西愈來愈多，每次來信都是一紙的憤慨！」

「我想張林是甚麼都看不順眼，卻也什麼都不爭。」

「所以活得不開心，別人做事不合他的標準，他也會很在意。」

「他也說過他身體不好，還進醫院開過刀。但是他的字寫得又小又多，還很有力氣，完全看不出來是生病的人。加上他每天兩次遛狗，所以從來沒有想到，他竟然說走就走了。」

老友故去，大家都實在難掩感傷。

「在最後給我的信裡，他說他在P城的時候，其實並不相信我告訴他有關家父和抗戰的事，但是隨著資訊的開放，他終於恍然：我說的是真的。」洪麗雅說，指的是國軍將士浴血抗戰可歌可泣的事跡。洪麗雅的父親是黃埔六期生，與戴笠同學，在廣州黃埔軍校舊址的校友紀念碑上，還鐫刻著她父親的名字。

「張林當然是明白人！」

「這一點我倒是嚇了一跳，因為他的客氣把他的懷疑隱藏得很好。另外以他的家世，我以為他對國民黨可能多少有一點瞭解。而事實上是他到近年才有所發覺。希望這個『原來如此』起碼帶給他晚年一些慰藉。」

「是啊，歷史終將會被正視的。」

「若有機會見到張夫人，去吹吹牛，談點當年張林的往事，還請煩你代我謝謝她，當年他們寄給我和王嘉國各一件毛衣，至今還穿著呢！」

「張林的母親其實很想移居到美國，可惜沒有機會，是一件相當遺憾的事。」

「老太太也於一九九四年過世了，走完了她八十七歲命運多舛的人生。」

對於當年張林在P城時的室友們，張林的音容笑貌仍然歷歷在目，記憶猶新。

金順德學成後離開P城回上海，過了很長時間才有信來，字裡行間流露出不順心和不愉快。「即使還有一道門縫，我也要拼了命鑽出來。」他說。

最後，他終於又回到美國。這次還是讀書，因為這是能回到美國的唯一途徑。不過他放棄了原來的語言學，改學了電腦，而且畢業後很快就找到了工作。

惟有黃國平和大家失聯多年，特別是都換了智能手機後，電話號也換了。馬大文最後一次和黃國平通電話，至少是二十年前的事。黃國平說，他本來要讀博士，把所有的功課都做完了，就差論文沒寫，卻不了了之了。他開著摩托車「透悠踏」，載著全部家當離開P城去了費城，告別了他的「弗洛伊德心理學」。他為生計打了一陣子短工，甚至騎著他的「透悠踏」送過快餐。一個偶然的機會，他給人修理了一臺顯微鏡，結果歪打正著，人家很滿意，此後，不斷地有人找上門來。他慢慢積累了經驗，開了個顯微鏡修理部，竟然做得風生水起了。

雖然沒有黃國平的消息，大家都相信他會做得很好。

「修顯微鏡和弗洛伊德沒任何關係吧？」

「這……大概就只有黃國平和弗洛伊德才知道吧。」

終於到了馬大文快要「學成回國」的時候了。兩年半前來美國時，戲劇學院的李暢老師送了他一套中文的《莎士比亞全集》，是朱生豪的譯本。現在他把這套書贈送給了希爾曼圖書館的東亞部。館長Dr. Hong謝過，也拿出一本書答謝，是他自己寫的英文書叫T. S. Chen & the CCP，幾個很小的中文字註明：陳獨秀和中國共產黨。

Dr. Hong說：「這位陳先生，是貴黨的創始人，是貴黨史中一個非常重要的人物！」

「貴黨……」馬大文一時語塞。

夕陽從落地長窗灑進來，在Dr. Hong的眼鏡上，反射出一道耀眼的光芒。

一對夫婦模樣的中國人走了過來，男的個子很高，比女的高出一頭，看上去有三十二、三歲的樣子。兩人在靠窗的一張空桌前坐下，放下了各自沉重的大書包，又轉身到旁邊的書架，抽出一大堆書刊，放在一張靠近沙發的書桌上。

「這類東西在國內可絕對看不到。」男的說一口北京話。他歪著頭，一綹油膩的長髮垂在額前，看起來好幾天沒有洗過。他的嘴闊大，嘴唇發黑，就像這座城市的老房子，飽經了三十年代鋼鐵工業的煙霧，被燻得變了顏色。

他是王小波，剛剛從中國人民大學過來，秋季開始讀P大學東亞研究中心的課程。

「沒錯兒，這兒什麼都有！」說話的那位留齊耳短髮的年輕女士，叫李銀河，也是北京口音，兩年前從北京中國科學院來到美國，在P大學讀社會學，「英文書報更多！」

「嗯，我那天還看到了一八一五年出版的英文報紙，報導萬國工業博覽會，還配了插圖，是在倫敦海德公園舉行開幕式的場面。那報紙可是原件啊！我捏著那張報紙，感覺是在觸摸歷史！」

「不過小波，這裡還沒有你那本《綠毛水怪》呀！」

「以後會有的。而且，我將來完成的書《黃金時代》，還有以後要接著完成的《白銀時代》、《青銅時代》、《黑鐵時代》……這兒也都會有的。不過，這個圖書館的藏書倒真是厲害，令人想起我在《綠毛水怪》中描寫的『新大陸』，那個中國書店的舊書門市部！」

《綠毛水怪》是王小波在七年前寫成的小說。書中的主人公陳輝和妖妖逛舊書店逛出了極大的興致，先後買了一百二十五本舊書。

那個舊書門市部裡，「滿架子書皮發黃的舊書，什麼都有，而且可以白看，根本沒人來打攪你。淨是些好書，……安徒生的無畫的畫冊、謎一樣的威尼斯、日光下面的神話境界！馬克・吐溫的哈克貝利・芬……還有無數的好書，書名美妙封面美好的書……我要是有錢的話，非把這鋪子盤下來不可。」

《綠毛水怪》裡這樣寫道。

王小波抱來的是一大堆港臺出版的書。

「妙不可言！要是陳輝和妖妖這會兒在這兒，指不定就住下不走了！」說著，王小波堂而皇之地坐下，架起二郎腿，抖了幾下，在書堆中揀了一本臺灣出版的《嘿，中國人！》，端詳了一下封面，毫無顧忌地舉起，眼睛一眨不眨地看了起來。

……

「是學成回國，還是滯留不歸，這是一個問題。」雖然在美國學習期間非常辛苦，但真到了做選擇的時候，馬大文像舞臺上的哈姆雷特一樣，不禁開始猶豫。

這時，白敬周來了。白敬周從南伊利諾州搭長途大客車「灰狗」到P城，此後再沿途去華盛頓特區、費城，最後去紐約。

黃國平把他在城裡的住處讓給了馬大文，說你來了客人，這裡的條件好些。黃國平的住處叫Efficiency，就是「一居室」，自己獨用衛生間和廚房，每月房租一百五十元，是留學生中最貴的。他把鑰匙交給馬大文，自己開著摩托車「透悠踏」，回到聯盟大道1515住。

馬大文帶白敬周逛了P城，照了相，看了電影，參觀了美術館，看了莫內的環形油畫《睡蓮》。

「是學成回國，還是滯留不歸，這是一個問題。」馬大文向白敬周說出了自己的猶豫。

白敬周曾講過他被下放到農場勞動改造四年時的一段經歷。

一九六九年末，他在接受莫名其妙的勞動改造，妻子徐盤溪去探望他。月色中他們在農場散步，被解放軍看守看見並端起槍大聲呵斥：「你們這對狗男女！半夜三更幹什麼鬼勾當？」白敬周說我們是夫妻，我們只是散步，但那解放軍不依不饒，說你怎麼證明你們是夫妻？最後鬧到了場部，雖然不了了之了，卻令人非常不快。

「這真是豈有此理！」白敬周憤憤地說。

又說起曾經遭遇過的種種不公和不快，說著說著，白敬周竟失聲痛哭。馬大文被他的哭聲感染，也痛哭了起來。

白敬周也說出了自己的猶豫。不過，他的情況有些不同。他在入學後沒幾天，就放棄領取領館的生活費，和領館沒有關係了。

他是學校藝術學院唯一的中國留學生。第一次上課，他就因超常的繪畫功底，以及對肖像藝術深刻的感悟力和準確的表現力，震驚了每一個老師。學校請他為該校歷代校長畫肖像，條件是免去他在校期間的全部學費和食宿費用。

「學校為我提供的生活費比原來的要高出一大塊！」白敬周說，「我把這事兒跟別人說了，他們眼饞得不行，讓我請他們吃了好幾次披薩。我想留下來，靠畫肖像畫在美國謀生，應該不是大問題。」

馬大文則終於學成回國，做了第一批「海歸」。

第二年，白敬周買了輛舊車，載著畫箱和行囊，隻身闖進了紐約。紐約的九百多間畫廊，大多門檻極高。然而，不久後，憑著自己的實力，白敬周終於擠了進去。

白敬周過世的消息，馬大文直到一年多後才知道。

那是二〇一二年夏，馬大文從新加坡去北京，和周圍的人聊起了白敬周，說要去看看他，卻聽說他已經在北京去世了。

這怎麼可能？上一次見到他時，明明還好好的，怎麼說走就走了？

除了白敬周自己，馬大文並沒有他家人或朋友的電話。也正因為如此，才沒收到通知。本來還相信來日方長，什麼時候到北京，打個電話，隨時過去就是，預約都不用。

上一次也就是最後一次見面，離開時互道珍重，肯定地說：下次北京再見，不料，那句「再見」竟成了永別。

網上搜索後，才知道白敬周真地過世了，在二〇一一年六月二十三日，因突發性心臟病。

上次見白敬周，馬大文在他京郊的家裡待了一整天，吃了兩頓飯。算下來，那僅僅是他過世五個月前的事。在日子過得越來越快的今天，五個月前，就彷彿是昨天一樣。

但是，想起白敬周談話時嘻嘻笑的樣子，想起他談到他寬敞的畫室，說那房子是「小產權」，但手續齊備，不會有麻煩……這情形如今仍歷歷在目，怎麼也無法把他和「死亡」連在一起。

網上見到了白敬周的最後一張照片：他靜靜地躺在花叢中，除了臉頰稍顯浮腫，雙目緊閉，看上去神情安詳，甚至還有些幽默，和不久前談笑風生的他一樣。他彷彿只是熟睡了，待休息好，他一定會再醒來。

多年來，馬大文和白敬周一直保持著聯繫。不過，那時人們還沒有使用智能手機，還沒有如此便利如此頻繁地發帖子發訊息。

上次見面時，白敬周還說：「我在電腦裡還保留著一份給你的Email，寫了幾年，一直沒寫完，原因就是我這二指禪，打起字來太慢！」說著，嘻嘻笑了。他是用兩隻手指打字，比黃國平略勝一籌。他的雙手生下就只是用來畫畫的。

他與馬大文同一架飛機去的美國，又隻身在紐約闖出一片天地，最後還是回到了北京。

網上的另一張照片，白敬周在紐約皇后區的家中，在那張有灰色條紋的沙發上，馬大文曾經睡過一夜。那是在一九八八年的暑假期間，馬大文第二次赴美的第二年。

「家裡太小，只好沙發上將就一下了。」白敬周的夫人徐盤溪拿來了鋪蓋。

第二天早上，徐盤溪在餐桌上擺放了早餐：牛奶、包子、麵包、稀飯、奶酪、果醬、鹹菜，還有一碟豆腐乳。

「我這是中西合璧，土洋結合！」白敬周夾了一小塊豆腐乳，放在麵包上，嘻嘻笑了。

白敬周的女兒白丹，那個小女孩，在機場送別白敬周時才九歲。三十八年過去，如今已經四十七歲，是三個女兒的母親了。

在白敬周的紀念網站上，馬大文發現了他的生前好友王懷慶在追悼會上說的一段話：

赫爾岑說過：當一個人故去，除了他的親人之外，只要還有一個人為他流下真誠的眼淚，這個人就沒有白活。

今天，這麼多小白生前的好友、同學、老師和學生聚集在此，用最真誠的情感、最真心的哀思來追悼他、追思他、敘述他，我想最後對小白說一句：小白，你沒白活！」

法國畫家畢沙羅說過：我知道，我必須走了……我愛過大自然，愛過藝術……我享受過朋友們的友誼，我沒有傷害過別人，我的生命是圓滿的。我從心底裡渴望在天國也有繪畫這門藝術。

白敬周生來就是一塊藝術家的料。他離去得突然，沒有痛苦。「他的天國裡，一定也有繪畫這門藝術，也一定有一間大的畫室，他可以脫離任何約束，無需做任何妥協，完全隨自己的心靈感受而任意馳騁，去享受一個藝術家真正的自由和快樂。」馬大文想。

說話間已經到了五月九號。春天，似乎還沒有在香港站穩腳步，就突然變了臉色，一下子跌進炎熱的夏天中。溽暑逼人，炎日之下，也許是病毒終於感到疲憊，香港已經連續十幾天沒有新增病例，而在大洋彼岸的紐約，這座淪陷於重災中的悲情之都，也「即將進入低水平傳播期」，疫情似乎終於出現了

「拐點」。

77級的微信新群「我們是一群好爽兵」，近來似乎也有了沉靜的跡象。

「味兒……好像有點兒不正？」

「或者套句英文：It smells fishy，聞起來有點兒魚腥味？」

一種莫名的氣氛，似乎從字裡行間飄出，令人生出幾分不安。

有人在私底下議論起來。

有人乾脆就消音噤聲了。

有人根本就沒被拉入群內，而遊離在外了。

馬大文蝸居在家中三個月整，除了每隔十天出去買一次菜，只能在家裡踱步，從東牆走到西牆，再從西牆走到東牆，兩百個來回，不足三千步。想起幾年前在新加坡，下班後還健步如飛般地走路回家，享受著行走的自由，他終於決定走出家門，去呼吸一下新鮮的空氣，吹拂一陣涼爽的海風。耳機裡羅大佑的〈東方之珠〉舒緩悠揚，如春風拂過。然而，香港，這顆曾經璀璨奪目的「東方之珠」，也已經失去了她的光澤。歷盡了這場曠世瘟疫，世界已經不是從前的世界，香港已經不是從前的香港了。

天氣很好，天空很藍，海灣旁的樓宇倒映在水面上，如果不是見到人人戴著口罩，很難想像香港和這個世界，正飽受著疫情的戕害，懷揣著對明天的不安。

馬大文斷斷續續在香港生活了近十二年，想到即將離開而遷居去上海，突然間生出一種感動。

15 早安，六月 Good Morning June

公元一九八四年夏

聯盟大道3515號金順德的屋子除了自己，還住了馬大文和黃國平。黃國平在城裡的一居室租約到期沒再續，也搬了回來。三人擠進一間屋，彷彿又回到了在大陸學生宿舍的日子。

「反正我們都在國內住過學生宿舍，比起六人一間屋，這裡要好多了。」大家說，「分擔房租，也熱鬧，離學校也近一些。」

金順德睡在床上，馬大文仍然睡沙發，黃國平打地鋪，睡床墊子。

白天，馬大文就把鋪蓋捲起來，放在壁櫥裡，黃國平把床墊子掀起來，靠牆立著。

三人雖然節省，卻都很隨意，互相之間也不計較，相處得便很和睦。後來他們說，咱們早飯一般都是抓兩片冷麵包就一杯冷牛奶隨便吃吃，午飯也是在學校湊和，晚飯就不如搭夥，一起燒，吃好點兒，省時間，也熱鬧，大家都很贊同。

又說既然搭夥，就索性一塊兒買菜，一塊兒燒飯，一塊兒洗碗，各盡所能，按需分配，費用均攤，辦一次大躍進人民公社大食堂，提前進入「共產主義」。

就這樣，三人辦起了「共產主義大食堂」。「大食堂」一開張，果然效果不錯：三人邊說笑邊燒飯，一小時後，三菜一湯一飯上桌，吃得熱鬧，且十分開心。

冰箱在一樓臥房裡，廚房在三樓。每次燒飯，都要把油鹽醬醋菜肉米麵裝進一個大籃子，拎著上三樓，上上下下，雖然不太方便，但沒過幾天，就習以為常了。

這天，住在二樓的非洲留學生桑塔・雅巴在他的屋子裡開派對，一下子大人小孩來了一堆，都穿著鮮豔的衣服，伴著重金屬音樂，大聲說笑喧鬧著。小孩們吹著玩具喇叭，樓上樓下地跑著，踩得樓梯板吱吱作響，吵得人心煩意亂。廚房的大鍋裡燒著豬骨頭，一定是放了許多非洲調料，濃烈而奇異的氣味四處瀰漫。

到了馬大文、金順德、黃國平燒晚飯的時候，見桑塔・雅巴的派對沒有結束的跡象，就說，沒辦法等他們了，我們燒我們的飯吧。三人就提了籃子，路過珠恩的房間，正好見她的房門半開著。他們迅速向裡面瞥了一眼，見黑暗中堆滿了舊衣服，掛著的、摞著的、堆著的、散著的，從上到下，滿山滿谷，看不見家具，也看不見珠恩，一股說不出來的怪味兒撲面而來，像Goodwill舊貨店，也像廚房裡的垃圾桶。

沒等他們看個仔細，那房門「砰」地一聲關上了。

「珠恩在裡面！」三人聳了聳肩。

「珠恩每天到底在幹些什麼？」馬大文一邊切菜，一邊說。

「我勿曉得。我有幾次窺到伊……」黃國平說。發覺自己在講上海話，就改了口：「伊拎著大包小包，應該都是衣服，舊衣服！」

「她的屋裡堆滿了衣服，下不去腳！」金順德說。

「一直堆到門口，進不去屋，珠恩就爬著進去。」

「珠恩是靠救濟金過活吧？」

沒有人知道。三人一邊燒飯，一邊議論著珠恩。

「珠恩好像從來不燒飯。」

「也許去吃麥當勞吧，但沒有人見過。」

「珠恩好像也沒兒沒女！」

「就是有也不會管她的。美國人不講那一套。」

……

「冊吶，味道不對呀！」黃國平說，嗅了嗅。

一看，爐子上桑塔．雅巴的豬肉骨頭已經燒乾了鍋，發出一股刺鼻的惡臭，遂急忙下到二樓。敲門，震耳欲聾的重金屬音樂像一股滾熱的巨浪撲面而來，差點把人打個跟斗。

珠恩終於忍不住了，也下到二樓，揮著雙手，對著跳舞的人群大聲喊叫：「Oh上帝啊！上帝啊！這是第三次世界大戰的砲聲來了……」她的喊聲卻被音樂和喧鬧聲吞沒了。

快到了午夜，吵鬧聲才停了下來。

金順德花了近一百美元買了臺電視機，架在牆角。晚飯後，大家都不情願馬上去做功課，就看起電視來。

電視機雖然是九吋黑白的，看起來其貌不揚，卻調著調著，調出了功夫片《唐山大兄》。三人大喜過望，一邊看，一邊端著大桶冰激凌，用湯匙一下一下挖著吃。

《唐山大兄》也許是彩色的，看到的卻是黑白的，英文講得聽不大懂，但同樣看得人有些激動，有些摩拳擦掌和躍躍欲試，恨不得也要站起來踢打上一番似的。

「看些功夫片蠻好！」金順德說。

「嗯，不過沒看夠，再調個什麼片子看看吧！」馬大文說。

「找個００７看看也蠻好！」黃國平說。他幾天前看過一部００７的片子，叫Octopussy，《八爪女》，因為對話沒聽太懂，很想再看一遍。

很快，晚飯後看電視就成了每天的節目。三人下課回來，照例燒三菜一湯，蒸「國寶」米飯，洗了碗筷後，就回房間看起了金順德的黑白電視。因為並沒花錢訂節目，免費的電影不多。儘管如此，三人還是看得興高采烈，每晚看到深夜。

看著看著，看得餓了，就下了掛麵，每人加個荷包蛋，打開一罐豆腐乳就著吃。

「Lü-fu蠻好吃！」黃國平說。

「哈哈哈哈，乳腐的事真是鬧了個笑話！」大家想起了買腐乳的經歷。

昨天去林間道那家亞洲食品店買菜，黃國平要買腐乳，沒找到，就問老闆：「呂勿有勿啦？」

老闆聽不懂。

黃國平發覺自己可能說錯了，就又說了一遍：「呂勿有勿啦？」

老闆還是聽不懂。上海話的「呂勿」就是「乳腐」，兩個字顛倒過來，就是「腐乳」。

金順德又說了一遍：「乳腐，上海話叫呂勿呀。」

老闆仍然聽不懂：「呂勿？是鋁壺嗎？有的！敝店麻雀雖小，五臟俱全，鋁壺當然有，還是你們那邊造的呢！」說著，真地拿過一隻銀色的鋁壺來，是中國製造。

見用普通話「國語」實在難以溝通，金順德只好用英語說了一遍：「Preserved been curd，乳腐呀！」

老闆說：「喔，豆腐乾嗎？」

馬大文哭笑不得：「是腐乳。」

老闆說：「濕腐乳？不是豆腐乾？」一邊從一個貨架的角落裡翻出一個小玻璃瓶，「這是豆腐乳，肯定是濕的！」

那是一瓶「古早味豆腐乳」，臺灣製造，「濕腐乳」。

這場莫名其妙的口誤吸引了周圍的人。

一對美國年輕人也湊了過來，伸出大拇指。

男的說：「窩們去過臺灣，這個臭豆腐，窩很喜歡吃喔！」

女的說：「真的喲，窩們很愛這個臭豆腐，好好吃耶！」

周圍的人都被逗笑了。美國人講的是中文，卻不是北京的「普通話」，而是臺灣的「國語」。

「他們的普通話……國語，大概是臺灣腔吧？主要是美國腔，有點兒四不像！」有人低聲地議論起來。

乳腐的話題開了大家的胃口，他們又翻出幾片麵包，摳出「古早味豆腐乳」，抹在麵包上，吃得津津有味。

金順德又調了一會電視，終於調出又一部功夫片，卻沒看到片頭，不知道什麼名。片子太舊，英文更加難懂。不過這無所謂，看著打得熱鬧就行。

三個人看完了才說，還有成堆的功課沒做呢。

不久後，黃國平買了輛摩托車，成了公費留學生中少有的有車階級。

黃國平對摩托車情有獨鍾。剛來美國時，看到人家的摩托車，他羨慕得不得了，還特意在別人的一輛紅色TOYOTA前照過相。現在，他終於有了自己的摩托車，就馬上拍了照，給家裡人寄過去。照片上的黃國平戴著頭盔，穿著皮夾克，很威。

「Vehicle owner，車主啊！儂下一個目標應該是小汽車，Car，卡！」金順德對黃國平說。

「出國前上英語課時，Car這個詞被英語老師解釋得十分明白：Car，就是首長幹部們的交通工具：卡。」馬大文說，「妙的是，『幹部』一詞的英語是Carder，『卡得』，不正是包含了『卡』和『得』，就是『幹革命，得卡坐』嗎？」

這個故事把他們逗得哈哈大笑。中國留學生中的「車主」鳳毛麟爪，知道的就只有李銀河。李銀河不久前買了輛二手車，銀灰色，四門，計劃和丈夫王小波利用假期，駕車跑遍全美國。

黃國平沒開過摩托車。車子推回來後完全靠自學。他雖然重重地摔過幾次，但總算是學會了。摩托車是TOYOTA，黃國平稱它「透悠踏」，是二手車，八成新，火紅色的，戴上頭盔，穿上皮夾克，開起來嘟嘟響。

摩托車剛買來時停在貝茨街上的兩座房子中間。兩家房主都很不高興，隔著窗等著車主。待黃國平終於在摩托車前現身，兩家房主一齊走出來，一個是敘利亞男子，一個是幾內亞男子，說話完全聽不懂，但從架勢上看，肯定是在說你的車不能停在我家房前。

推著透悠踏回到自己的住處，發現樓下有一間小倉庫，黃國平徵得了房東松鴉的同意，把透悠踏塞了進去，免費。

只是透悠踏經常出故障，最主要的問題是電池動不動就耗盡，無法啟動。這時，透悠踏就成了「頭又大」，而不得不去維修部充電。

「冊吶！透悠踏的電池又沒電了，成了頭又大！」黃國平氣喘吁吁地跑回來，找金順德一塊去了透悠踏拋錨的地方，費了九牛二虎之力，把這龐然大物推到修理部。修理部在東圖書館那一帶，半個城以外，路很遠。

這樣折騰了一些時候，黃國平對摩托車的興趣大減。他得出了一個結論：「透悠踏勿來塞，摩托果然不如『卡』來得方便！」

沒有派對的時候，房子裡倒是風平浪靜，馬大文、金順德、黃國平三人便消消停停地在廚房裡燒晚飯了。

「晚上好啊紳士們！味道不錯啊！」珠恩又走了進來，「聞起來像義大利餐！」

「哈囉，珠恩！妳晚飯吃的是什麼？」黃國平問。

「吃了一個巨無霸！」珠恩是去了麥當勞。

「珠恩，妳為什麼叫珠恩，June，妳是六月出生嗎？」黃國平問。

「我是六月一日出生。至於哪一年，那是個人隱私，我可不能告訴你！」珠恩說。

「珠恩妳是哪裡弄的生活費？」黃國平問話常常很直截了當。

「這也是個人隱私，不能告訴你。」珠恩說。又想起了別的，「我從前有過一座大房子。」

「大房子？You must be a noble lady！」黃國平說珠恩肯定是一位「貴婦人」。

「哈哈哈哈……貴婦人，那當然。我從前有過一座大房子……」珠恩笑了一陣，又誇讚起黃國平，「Howard是一個Good fellow，好小子！」

「妳還有很多……衣服！」黃國平說，省略了「舊」字。

珠恩轉身回房，說：「Oh，of course，當然。我等一下就回來！」

黃國平掏出顆香煙，點火抽上。香煙是美國的「駱駝」。捏扁了煙盒，吐口煙霧，他嘆口氣道：

「冊呐，最後一顆香煙了！」

在美國抽煙太貴，抽煙的中國人都從國內帶來了三毛五一包的香煙「大前門」，待抽完最後一顆，就把煙戒了。黃國平也戒過幾次，但每次都只戒一天。

「不抽香煙，論文就寫不出來。」黃國平說。

「抽個煙斗也蠻好，上海的老克拉都抽煙斗！」金順德說。

「煙斗嗎？蠻好蠻好。」黃國平說。又問，「珠恩的舊衣服是阿裡搞來的？」

「Goodwill買來的吧！」馬大文說。

「我不認為她肯花錢在Goodwill買舊衣服，肯定是Free，免費的！」金順德不認為那衣服是花錢買來的。

晚飯好了。照例，晚飯做了三菜一湯。馬大文做了肉絲炒鮮菇，金順德做了榨菜炒肉絲，煮了豬肚，切成片兒蘸醬油吃。黃國平做了雪菜湯，放了味精，挺鮮，也挺鹹，蒸了米飯，用的是「國寶米」。

過一會兒，珠恩回來了，抱著一條燈芯絨褲子，棕色：「這褲子給Howard，是返校禮物。」又看了看金順德和馬大文說，「今天沒有你們的，你們不可以嫉妒啊！」

褲子質料很好，卻發出一股霉味，式樣很老舊，如今已經看不到有人穿了。黃國平謝過珠恩。馬大文和金順德表示肯定不會嫉妒的。

廚房裡的燈光太暗，馬大文索性關了燈，找了一截蠟燭，用打火機點上。

「蠻好蠻好，是燭光晚餐啊！」金順德說。

「Candle light dinner！」珠恩也這樣說，「我以前有過一座大房子，餐廳很大，每晚都有燭光晚餐，常常烤火雞。Oh，味道好極了！」

他們今晚已經是第三次聽珠恩說起她的「大房子」了。

「這很像話劇《玻璃動物園》裡的場景，劇中的阿曼達就這麼說話。」馬大文說。

馬大文正在做話劇《玻璃動物園》的案頭設計作業，就跟黃國平和金順德說了幾句故事梗概。劇中的阿曼達也曾有過「輝煌的過去」。而《玻璃動物園》的作者田納西・威廉斯已於幾個月前在紐約的公寓去世了。「我終未有機會與此人見面。」馬大文在日記裡居然這樣寫道。他在來美國前就知道威廉斯的作品，還希望有機會見到這位劇作家呢。

「珠恩，妳那時有過許多的追隨者，Followers吧？」

「Followers？那當然了。我那時每個週末都去參加派對，我的探戈跳得很好呢。」說著，珠恩就在廚房裡跳起了探戈。

「確實像《玻璃動物園》，挺有情調的。」馬大文說，想起了舞臺上在燭光中翩然起舞的阿曼達和她賴以生存的幻夢，站起身來說，「我去拿啤酒吧！」就下樓梯去房間的冰箱裡取啤酒。

剛下到二層，就見有人開了門，從玄關走上來。一看，是印度房東松鴉來收房租了。

「松鴉」果然名不虛傳：他上身穿了件黑白藍相間橫條紋夾克，下身穿了條葡萄紅燈籠褲，灰白的頭髮有點凌亂，頸上一條紅黑相間的大圍脖極為醒目，令人想起一種五彩繽紛的大鳥：松鴉。

「不好！不能讓松鴉看見！」馬大文急中生智，轉身躲進後面的廁所裡，鎖上了門。已經遲了。

「哈囉！」松鴉對著廁所問道。

馬大文沒應聲。

「哈囉！Who are you？你是哪一個？」松鴉又問，喉嚨中帶著「嘎嘎」的迴響。

馬大文佯作沒聽見。他在廁所裡撒了泡尿，一邊聽著樓下的動靜。又在馬桶上坐了一會兒，還是沒有動靜，馬大文心想莫非松鴉已經走了？他便沖了馬桶，打開門，悄悄地閃出身去，快步跑下樓梯。

「嘿！You！你！你是哪一個？你在這裡住？」躲藏在樓梯暗處的松鴉一個箭步衝向前去，叫住了馬大文，是濃重的印度口音。

「I，I，I……我是Kim的朋友，過來吃晚飯而已。」馬大文撒了謊，誑了房東，臉不覺紅了起來。

聽到樓下的聲音，金順德和黃國平急忙趕下來。

「你的屋子裡到底住了幾個人？」松鴉問金順德。

「就我和他呀，他已經付了額外的房租！」金順德說。

「他是誰？誰是他？到底是哪個他？」松鴉分不出馬大文和黃國平的區別，大概是因為他們都戴著眼鏡，個頭也差不離。

「他們都是我的朋友，也住在這條街上，今天是來作客，Oh，開派對的。以後搬過來住也說不定！」金順德說。

「當真？你確定嗎？我很快就要有空房了。」松鴉一臉的疑惑，又說，「你們好像天天在開派對！」

「只是過節才開。看，快過中秋節了，Mid-Autumn Festive！」金順德說，在空中比劃出一個圓圈，代表月亮，一邊跑下樓梯，回屋取來個信封，遞給松鴉，「Here you are，這個月的房租。」

「Butaaa……可是……你們中國人的節日可真多呀！」

「Yeah，還有端午節、清明節、重陽節、五一勞動節、六一兒童節、七一建黨節、八一建軍節、十一國慶節，最重要的是春節，還有二月二龍抬頭……」金順德說，「美國的節也過……」

「Oh？跟我們印度很像呢！我們也有很多節。我都記不過來了。但是，我們有一個全世界獨一無二的節，叫『戈爾哈巴節』！」松鴉說。

「那是什麼節？」金順德黃國平馬大文都很詫異。

松鴉解釋了一會兒，金順德明白了，說這是潑糞節，說這一天，人們會盡情地互相潑牛糞，因為他們相信牛糞能治病。

這話差點把黃國平笑得岔了氣，好不容易才止住。

松鴉四處巡看了一遍，並沒發現什麼可疑之處，又不甘心，聳了聳肩，意思是：「諒你們沒有潑糞節！」

「不過，我們的傣族有潑水節。」馬大文說，「我們正吃著燭光晚餐派對呢。您來瓶啤酒？」

「No，謝了。」松鴉皺了皺眉說，仍然是一臉狐疑，又看不出破綻，就搖了搖頭，向二樓的兩個房間喊道，「嘿，繳房租嘍！」

珠恩下來了。二樓的非洲人桑塔・雅巴也下來了。桑塔・雅巴繳了房租，珠恩居然也繳了房租。

桑塔・雅巴說昨夜聽到搬東西的聲音，隔壁的史坦利大概是搬走了。

「史坦利？原來他叫史坦利！史坦利Piss off了。」黃國平剛學了一個新句子，想試試說出來。

「Piss off？」馬大文轉向金順德，小聲問。

「意思是滾蛋了。」金順德說。

「Oh，shit，臭大糞，我被Piss off了。」松鴉大叫道。

「他說的我被Piss off是什麼意思？也是滾蛋嗎？」馬大文又問了金順德。

「Sh……這裡是說氣死我了。」金順德小聲地說。

「你扣了史坦利的押金吧？」珠恩問松鴉。

「押金只扣了他半個月的房租，五十元而已。」松鴉沮喪地說，「Oh shit，臭大糞，我的五十美金沒了！」

有人敲門，一邊喊著「桑塔・雅巴」，黃國平探出頭去：「送披薩的人來了。」

「桑塔・雅巴又在改善伙食了。」馬大文說。

「伊拉有幾鈿花幾鈿額，鈔票亂花額！」黃國平說，大意是：「他們有多少花多少的，胡亂花錢的。」

非洲人桑塔・雅巴除了偶爾煮一大鍋豬骨頭吃上一個禮拜，大概就是不時訂個披薩「改善伙食」了。送披薩的騎著摩托趕過來，打開保溫袋，拿出裝披薩的紙盒子，從縫隙裡冒出熱氣，這不禁令人流下口水。

「桑塔・雅巴這傢伙好像有點錢。」三人說。

「Mmm，人家時不時地開派對，看樣子是非洲的富人吧。」

「說不定是酋長的子弟。」

「我們也開派對，提前慶祝中秋節吧。」馬大文說。

「買幾塊月餅？」黃國平用手比劃出一個圓，像一個小月亮。

「月餅太貴，又不實惠。」金順德說。

「訂個披薩送過來吧！」馬大文說，也伸出手比劃出一個圓，像一個大月亮。

「Good idea，好主意！」大家說。披薩要便宜多了，也更好吃。

金順德的電話打了不一會兒，送披薩的就來了。

「也是圓形，代表月亮！」看著冒出熱氣的披薩，三人嚥了下口水。沒有訂飲料，冰箱裡有大瓶的可樂「激浪」，這樣就省了錢。

三人還沒吃上幾口披薩，就聽見了猛烈的敲門聲。

「是房東Jay，松鴉吧？」馬大文一下子躲進了壁櫥裡，屏住呼吸。

「哪一位？是……Jay？」黃國平喊。

「我，June！」

聽說是樓上的珠恩，馬大文鬆了口氣，一轉身，從壁櫥裡閃了出來。

黃國平給珠恩開了門。

「怎麼回事兒？」三人問珠恩。

「怎麼回事兒？你們在抽大麻，吸食Marijuana吧？」珠恩問。

「Oh？麻瑞哇呐？沒的事兒！」三人互相看看，十分詫異。

珠恩探進頭，見三人在吃披薩，嗅了嗅，退了出去：「喔，不是大麻，是披薩？」

過了一會兒，又聽到敲門聲，還是珠恩：「你們在抽大麻，吸食Marijuana吧？」

「莫非是珠恩吸食了Marijuana，產生了幻覺？」三人小聲說。

「Why？是有什麼味道不對嗎？」黃國平問。

「味道很不對！要嘛是有人吸食了大麻，要嘛是有人放了屁，Break wind！」珠恩說。

「伊港的Break wind是啥麼子？」黃國平問，「伊港」就是「她講」，「啥麼子」就是「什麼」。

「是放屁呀！」金順德說，「英語就是Break wind，放屁。」

「喔，毛主席詩詞裡說：不須放屁，Don't break a window！」黃國平說，意思是「別砸碎玻璃窗」。

珠恩聽見黃國平錯把「Beak wind」說成了「Break a window」，便笑得前仰後合，假牙也笑掉了，一邊捂嘴戴上，一邊說：「Oh，我的上帝啊，這小子是神經錯亂了！Crazy！Crazy！」

黃國平掏出香煙，劃火點燃，一股刺鼻的硫磺味道撲面而來。

「終於抓住你了！這是Marijuana，原來你在吸食大麻呀！」珠恩說。

「勿是大麻，這是自來火，是一根『賣吃』，Match，火柴呀！」黃國平喊了起來，用上海話。

「他講的是義大利話。」珠恩指著黃國平說。

「他？Howard？妳說他是義大利人？」馬大文問。

「他是義大利人，你是日本人。哈哈。」珠恩說。

「由她去吧。珠恩很可能剛剛吸食過Marijuana也說不定。」金順德說。

「儂窺，這哪裡是Marijuana？」黃國平給珠恩看了手裡的火柴和香煙，「駱駝牌呢！」

「Camel？A real camel does not smoke，真正的駱駝是不吸煙的。上帝啊！」

珠恩走了，一邊喃喃自語：「我從前有過一座大房子。」

馬大文、金順德、黃國平看了一陣子黑白電視，覺得不過癮，遂看起了電影。他們每人花二十元買了一本電影票優惠券，共十張，合下來是兩元一張。電影院在福布斯路上，離P大學圖書館不遠，叫「國王宮廷劇院」。這座石頭建築古色古香，很像中世紀的城堡，據說建於十九世紀九十年代，原本是座監獄，先後改成警局、消防站和零售商店。六十年代中，這座奇特的建築改建成了電影院。

「國王宮廷劇院」每晚放的電影不一樣，都是些好看的老電影：《教父》、《甘地傳》、《巴黎的最後探戈》、《烽火戰車》、《發條橙》、《畢業生》、《巨星80》、《危城十日》……十張票很快就用完了。這些電影雖然沒有中文字幕，對話只能聽懂一小部分，但情節還是跟上了。故事、畫面、色彩、構圖、音樂……都令人感動。

看完了十場電影，三人說見好就收，適可而止吧，該做功課了。

他們都在忙著寫論文。金順德的語言學原本研究的是廣東話，但因為周圍沒有廣東人可以交流，就改成了上海話。馬大文的論文和演出設計有關，劇目叫《希臘人》，包括了十一個短劇，要演出九個小時。黃國平的論文是做心理學案例分析，晚飯後就躲進三樓的廚房去做，在打字機上熬了個通宵達旦，抽上半包「駱駝」，終於用一根手指敲出了整整四頁紙的論文：《Mr. Cox's Confusion about His Dreams——考克斯先生對於夢的困惑》，副標題是對「對新弗洛伊德主義的另類思考」。

他點了一顆「駱駝」，深深地吸了一口，忽然想起，已經有一些時候沒見到珠恩了，但路過時仍聽得到她房間裡電視的聲音，便覺得有些不大對勁。清晨見到房東松鴉，便跟他說起這事，松鴉也覺得奇怪，說珠恩的房租已經拖欠一個禮拜了。

松鴉去敲珠恩的門，敲了半天，沒人應，卻有一股怪異的惡臭從門縫裡散出，直覺告訴他這是不祥之兆，就報了警。

兩個肥胖的警察跌跌絆絆地上了樓，把樓梯踩得吱吱作響。翹開門鎖，一摞舊衣服「呼」地一下倒下來，掀起一片灰塵。兩個警察被嗆得咳嗽起來，費了好大的氣力才從上面爬了進去。

拉開厚重的窗簾，陽光「嘩」地一下照射進來。

他們發現了珠恩的屍體。珠恩靠牆坐在一堆舊衣服上，頭垂下，假牙掉了出來，臉上爬著一隻蟑螂，見有人來，立即鑽進了珠恩的鼻孔裡。她的屍體已經開始腐爛，看來已經死去多時。

在壁櫥裡，警察發現了許多罐頭，有空的，也有沒開過的，還有一次性的紙杯、紙盤子，殘留著食物和咖啡。成群結夥的蟑螂開始四處逃竄，很快就不見了蹤影。

在珠恩的衣袋裡，胖警察們還發現了一些小紙包，裡面暗綠色的粉末，是傳說中的Marijuana，大麻。這天，正是六月的第一天，也就是「珠恩June」的生日。但是，珠恩今年到底是多大年紀，六十多？七十多？就沒有人知道了。

陽光照在那臺破舊電視的屏幕上，反射出強烈而耀眼的光芒，使人看不清畫面，辨不出那是彩色的還是黑白的，但聽得出主播吉布森和蘭登正在熱烈而輕鬆地談論著即時新聞，是大眾喜聞樂見的早間節目：Good Morning America，《早安美國》。

馬大文、金順德、黃國平聽到的卻彷彿是：「Good Morning June，早安，六月。」

16 雪夜朵頤法拉盛 Dinner in Snowy Flushing

公元二〇〇七年春

馬大文不記得這是第幾次來紐約了。

自從公元一九八二年二月八日，馬大文第一次踏上美國的土地，他已經自費或公費來過紐約N次。二十八年前，他跟著一群國內來的訪問學者住在領館，逛了眾多景點和「紅燈區」，後來飛到P城，就一頭栽進學業中。再後來回中國，三年後，又應聘到美國，又去香港，又再回美國，換來換去，如今已經在四所大學教過書，有了二十三年的教齡。

近些年為招生，馬大文每年春季都要奔走於美國的幾座大城市之間。不過，不同於從前的學生時代，因為是公出，旅費、酒店、交通和每日三餐都由學校支付，完全不必再去打擾白敬周或別的朋友。再說，白敬周已經回大陸發展，一切都時過境遷了。

紐約是招生的第一站，馬大文下榻在皇冠假日酒店，位於曼哈頓時代廣場附近的百老匯大街1605號。

「百老匯大街，正所謂『百家老戲院匯集之街』，或按國內解放前的說法，是梨園一條街。」馬大文自語道。

再次站在百老匯大街，馬大文又想起了英若誠的話。

當年英先生坐在戲劇學院辦公樓四樓，那間悶熱無比的禮堂，對著臺下滿滿一室的莘莘學子說：

「所謂的百老匯Broadway，意思是『寬口的大道』，翻成咱北京話就是『寬街兒』！」

那時，馬大文的腦中便想到美術館後街，也就是「寬街兒」。在「寬街兒」街口，有一家副食品商店，門前常堆著山樣高的大白菜。剛下過的雪化成了水，過往車輛行人在掉落的菜幫子菜葉子上踩過千百次，終於踩成了爛泥。

馬大文如今拉著一箱子招生文件，走在紐約「百老匯寬街兒」上，見不到大白菜堆菜幫子菜葉子和爛泥，卻又一下子想起了英先生的話。

招生地點在不遠處的戲劇家工會，門廊牆上掛滿了工會會員的照片，大半是幾十年前的老黑白照片，不少是耳熟能詳的著名影視劇演員。

招生面試一系列瑣事完畢的當晚，馬大文應老同學「老街」揭湘沅的邀請，去和另外幾個在紐約的老同學聚餐。

差十分到五點，馬大文就下了樓，等在皇冠酒店門口的百老匯大街旁。

五點整，見一輛銀灰色「本田」輕緩停下，車窗中老同學揭湘沅揮手示意。

打開車門，馬大文一屁股坐在前面司機旁的空座，興奮地叫了聲：「嗨，老街，怎麼樣？」是潛意識中的英文習慣：「Hello Guy！好啊您？」

相互寒暄了幾句，馬大文發覺後座上有響動，才記起回過頭去，原來後面座位上還坐著二位女士，是揭夫人和湖南老鄉吳老師，便忙不迭地點頭問候。

「本田」穿行在夜幕初下的曼哈頓，如梭般的車流中，給人一種時空穿越般的錯覺。

「我們畢業離開學校已經二十九年了。」馬大文說。

「歲月如流，就像飛駛在這車流中。」揭湘沅說。這時的揭湘沅已經是迪士尼資深動畫設計師和美術師，參與《獅子王》、《冰川時代》及《木蘭》的製作了。

「我們在動，窗外的風景也在動，這就是所謂的動畫吧？」馬大文說。

想起入學前揭湘沅曾在長沙某汽車大修廠當過氣缸檢修工，馬大文又不失時機地誇獎起他的本田：「你這車的氣缸不錯。」

揭湘沅大笑。

事實上，馬大文根本就不知道氣缸究竟是何物，便問：「老街，到底什麼是氣缸啊？」

揭湘沅剛要解釋，說氣缸是發動機上的一個部件云云，後面卻有一輛豐田「透悠踏」突地插在前面，馬大文見狀忙說：「Oh老街，那輛透悠踏可能是氣缸失靈？」

終於在混亂中開出曼哈頓，找到高速道，一小時後進入法拉盛唐人街。老舊的街巷中，街燈幽暗，在寒風中走動的多半是華人。

「這裡華人很多。」揭湘沅說，「當年一些畫界的藝術青年們多半就住這兒。」

十年前馬大文幾次來紐約，都曾在這一帶住過，打擾過幾個藝術圈的朋友。在香港住了七年後，今天又舊地重遊，便生出一種恍若隔世般的感覺。

停車場上見到老同學滕沛然夫婦已經從「臥而臥」下來。滕沛然住長島，也在大學教書。見他手中提了一隻黃色塑料袋，咧嘴笑著，還是在學校時那樣，一點兒看不出是New Yorker「紐約客」。

大家跟著揭湘沅來到一家四川餐館，擁進門，帶入一股強烈的法拉盛寒流。

站在門口，等候服務員領位的當兒，老街撥通了校友盧賓的電話。盧賓是戲文系的，和他們同時入學。

滕沛然眼快，一下子就發現餐館的玻璃窗上，紅色油漆赫然寫著四個大字「朵頤酒家」便說：「哎呦喂，這不是大快朵頤嗎？大快朵頤，大快朵頤。哈哈！」

這令人想起剛入學第一天在宿舍，滕沛然在鋪床的草墊子上發現一隻臭蟲，遂大聲喊叫：「哎呦喂，一隻臭蟲！」又急忙抓起一支拖把，使勁砸了過去，結果臭蟲沒砸著，差點把草墊子砸爛。

「朵頤酒家」生意很好，天花板上掛著的小紅燈籠把「朵頤」中的華人映照得紅光滿面，精神煥發。

不一會兒，盧賓夫婦也到了。想不到盧賓手中也提了一隻黃色塑料袋。

滕沛然向領位員說：「我們已多年沒見，請給找個好位子吧！」

領位員招呼他們在裡面的一張「好位子」坐下。

「好位子好就好在桌面上裝了轉臺！」馬大文說。

「哈哈！老馬一有機會就調侃。」大家說。

「轉臺」是舞臺美術中時常涉及到的專業名詞。

揭湘沅帶頭點菜，一邊開始閒聊。不多時，「轉臺」上呼呼啦啦上來夫妻肺片、孜然牛肉、蒸牛蹄筋、油燜扁豆、灌湯小包、麻婆豆腐等等目不暇給。

大家開始寒暄，說又是有一陣子沒見了。其實畢業後，馬大文曾與幾個同學分別在香港北京廣州和肯塔基相遇過。

首先是揭湘沅的女兒小晴路經香港，在馬大文新海旁的公寓樓「曼哈頓大廈」住了兩天。後來馬大文同太太去廣州，又見到揭湘沅夫婦。揭湘沅在一家湘菜館請客，吃的是「毛家菜」，點了毛主席的油炸臭豆腐和紅燒肉。臨走前，老闆向每人贈送了一枚毛主席像章。他們手捧虛擬的紅寶書，在毛主席塑像前擺出造型合影留念，表示「毛主席的書我最愛讀，千遍那個萬遍呀下功夫」，引起周圍的人竊竊私語，懷疑他們的腦筋出了問題。

後來滕沛然回北京，也曾順路到香港，住在馬大文的「曼哈頓大廈」。馬大文帶他乘「臥而臥」雙層巴士，逛了西環永安百貨公司。滕沛然隨手抓起兩件「波羅」襯衫，也不看價，逕直奔到收銀臺交錢，順便學了句廣東話「否幕布」，就是「服務部」，算是在香港的「到此一遊」。

再後來，也就是一年前，馬大文去肯塔基路易否開會，在下榻酒店的電梯口，又與滕沛然巧遇，說咱們到免費酒吧喝一杯吧。

侍者過來問：「請問二位紳士喝點兒什麼？」

滕沛然開口就說：「Martini！」

馬大文的記憶中，滕沛然在喝酒方面不是高手，就問：「馬兒踢你？沒想到老滕對洋酒也如此精通？」

於是，馬大文也要了杯「馬兒踢你。」

不料，滕沛然半杯「馬兒踢你」喝下就上了臉，說：「我其實不善喝酒，只模糊記得有馬兒踢你這一會事兒，順口說出，沒承想歪打正著，這臉就真像被馬兒踢了一樣，火燒火燎的。」

不久，來了在聖路易斯教書的戴敦四和夫人，帶了女兒Mona。見馬大文滕沛然已經喝得精神煥發，就說：「我帶你們去吃點東西，壓壓酒。」遂駕車帶他們去了一家中餐館「皇中皇」，請他們吃了一頓自助餐「巴呔」。

「巴呔，Buffet？」滕沛然說，「翻譯得好啊，我猜想是我那善本字典上的譯法！」

滕沛然那時學英語，從家裡帶來一部清朝出版的字典《英華合璧大字韻府》，是線裝書。大家圍攏過去，說多新鮮吶，英語用漢字注音。有人提議說，查查「Good」一詞吧！結果一下子就翻到「G字頭」，找出「Good」，讀出聲來：

Good，古德。古，去聲，德，輕聲。好、妙、佳、良、優、甲、強之意也。

又舉例說明：

Good morning，古貌林，早安，早晨吉祥之意也。

「馬大文的這個笑話已經說過N次啦！」大家笑了一陣。

「可惜我那《韻府》和線裝本《大學》、《中庸》，本來放在畫室，現在可能也不見了。」滕沛然說。

滕沛然又說起在山東老家的老宅，土改時被貧農會分了。大家說那實際上就是明搶。你真該回趟老家，把房子找回來。

「有跟他們扯皮的功夫，一棟新房子都建起來了！」有人說。

轉臺轉來轉去，大家大快朵頤飽餐了一頓。

見滕沛然和盧賓兩人在忙著交換各自帶來的黃色塑料袋，馬大文說：「咦，這有點兒像阿爾巴尼亞電影《地下遊擊隊》，地下黨交換情報的鏡頭！」

馬大文正疑惑袋內究竟裝了何物，卻見滕沛然從中亮出一塊光盤來，才恍然大悟：「喔，是『帝為帝』！二位原來是在進行電視劇光盤交流啊！」

這幾年，大家都忙裡偷閒，看了不少連續劇。

「我那兒還有不少呢，是從香港帶來的！」馬大文說。不過，說出了劇名，大家說都看過了。

「法拉盛有唐人美食一條街，肯定也有唐人影視一座城，國產影視帝為帝肯定不少！」馬大文說。又說起了陳丹青，近期被國內《魅力先生》雜誌盤點為二〇〇六年度「十大魅力先生」之一，說他住在紐約當紐約客的十八年中，曾觀摩過一千多部電視劇。

「這話聽起來就很有魅力！」大家說。

「老馬搞純學問，不看這種玩意兒吧？」

「當然看啊！一邊搞學問，一邊看光盤，叫抓革命、促生產。」馬大文說，「《大偵探波羅》、《福爾摩斯探案》，還有希區考克的懸疑驚悚片《迷魂記》、《後窗》、《鳥》，我全部看了，而且反覆看！」

「看來老馬要轉行搞偵探！」大家說。

「等積累了一些經驗，我就把三十年前的電視機失竊案給破了！」馬大文說。

三十年前他們在學校讀書時，每星期都有影視劇觀摩，都是些外面看不到的內部參考片。至於電視劇，他們只看過《大西洋來的人》，不過沒等看完，電視機就被盜了。他們錯過了結局，留下了遺憾。

「你們還記得小那，那樹峰吧？」馬大文問。

「記得呀，那樹峰在湖南瀟湘電影廠做美術指導。」揭湘沅說。

馬大文說起去年夏天在湖南，曾經邂逅老校友小那，那樹峰。

那天馬大文和另外兩個老校友，陶前陸和胡安娜，吃完小那招待的豪華大餐後，又拜訪了那府，見那府中擺了清一色的硬木家具，鏤花窗櫺，小紅燈籠，老式電話，頃刻間那夫人又送上清茶黃瓜蘸大醬。而那樹峰本人剃光頭，留鬍子，鬍子有點像李大釗，還有點兒像列寧，十足的民國三十年代人物，令人疑惑這會兒是不是來到了攝影棚。

「當時忘了問上一句，憑您這造型，何不在《林海雪原》中友情出演，客串個威虎山土匪，三五九旅旅長什麼的？」

聽馬大文說想看他設計的電視連續劇《林海雪原》，小那即刻打電話給瀟湘電影廠的哥兒們，那哥兒們便駕車專程送來一套光盤帝為帝。臨走，那樹峰給馬大文留了地址和電話號。見那樹峰三字寫成了「那樹瘋」，便問怎麼改名了？小那說，這幾年忙啊，忙得快發瘋了。

「聽說在國內搞電視劇的都發了財。」有人問。

「好像比我們這些在國外的過得舒服。」

「比起那些粗製濫造的片子，小那的設計把他們甩出好幾條街！」馬大文說。

馬大文說小那為《林海雪原》設計的「舞美」，那木頭屋、大車店、雪爬犁、麅子皮、煤油燈、炕席炕琴糧食囤，樣樣地道，「味兒全對！」

「聽老范說，他剛到美國時找工作掙生活費，人家見他申請表上『專長』一欄填的是Painting，還真給了他一個對口的活兒：Painting，油漆，就是刷牆！老范到那兒一瞧，見有一個老中留學生，渾身上下沾滿了油漆，正掄著傢伙幹著活兒吶。那人就是王洛勇，在《林海雪原》中演偵查英雄楊子榮！」

「他出演的《西貢小姐》我看過。一個老中能擠進百老滙，不容易！」

「看點光盤是不錯的！我周圍的老中各個都看。」

「據說畫家高更在大溪地的居所，那個大草棚的門口掛了幾塊木頭牌子，像是中國的對聯，刻了自己的法語書法，上聯：『保持神祕』，下聯：『談點戀愛是幸福的』，橫批：『歡愉之屋』。依我看，這兩句不妨略加修改，掛在我們這些電視劇愛好者的客廳，上聯：『保持交流』，下聯：『看點光盤是不錯的』，橫批：『帝為帝之屋』。」

「老馬淨整么蛾子[45]！」

大家談興未盡，侍者上來詢問各位可有需要？實際上是在提醒客人：留意牆上的電子鐘和窗外墨一樣黑的夜空。揭湘沅點點頭，大家也覺得時間不早，站起身，說下次再聚。

揭湘沅說老馬我送你回酒店吧。馬大文見夜已深，跑一次要消耗兩個來鐘頭，便說老街你來個「常青指路」吧，指給我地鐵站的方向，我自己回去，你小心開車。

果然，揭湘沅認真地做了個「常青指路」的造型，指向前方說：「燈火闌珊處。」

這時的紐約地鐵裡已經不再擁擠，寥寥無幾的乘客，有的在打著瞌睡，有的在看著窗外的夜空。突然間傳來一陣響亮的口哨聲，竟然是〈歌唱二小放牛郎〉，抗戰時期的民謠。

馬大文朝著聲音的方向瞥去，見前面走來一位華人老者，年紀大約七十幾歲，衣衫不整，鬍子拉雜。他頭上戴著雷鋒式棉帽，兩隻帽耳朵一隻放下，另一隻捲起，晃動著。這種帽子即便在中國也幾乎絕跡，此刻在紐約地鐵裡見到，顯得十分詭異和突兀。

華人老者吹罷口哨，開口自言自語，說的是英語，很流利，似乎在說紐約的天氣，卻聽不大清。

「是流浪漢？還是當年的王二小？還是神經有問題？」馬大文不得而知。

車上的其他乘客仍在打著瞌睡，或看著窗外的夜空，對於這樣的人和事，他們似乎已經司空見慣，見怪不怪了。

出站時，洛克菲勒中心前的溜冰場上，一群溜冰的青年人，伴著斯特勞斯的〈冰上圓舞曲〉在冰上

---

45 中國北方地區方言，意即出鬼點子，出餿主意等。

翩然起舞。那座橫臥在溜冰場旁的巨大金像上，已經落上薄薄的一層雪花，那是盜火者普羅米修斯，他曾為人類從奧林匹斯盜取了火種，而被宙斯鎖在高加索山的懸崖。

走在百老匯大街「寬街兒」上，見到巨大的音樂劇霓虹燈海報《媽媽咪呀》、《塔山》和《悲慘世界》，閃爍在滿街飛舞的雪花中和被燈火映照得有些發紫的夜幕前。

「紐約客」行人們豎起黑呢大衣衣領，衣領上纏著圍脖，又不時地用手捂著耳朵，口中呵出一團團白氣，艱難地蹒跚在落了一層薄雪的人行道上。眼前《悲慘世界》中的小女孩珂賽特睜大了眼睛，在風雪中注視著百老匯「寬街兒」上的行人。

這令馬大文想起了小時候家鄉的大雪，也想起了後來讀大學的戲劇學院。

一次，在「有天窗的畫室」樓下，一間不大的燈光實驗室裡，慕百鎖老師正給他們介紹燈光特技，特意強調了歌劇《白毛女》中的雪花，說楊白勞從懷中掏出紅頭繩，正要給喜兒紮上時，舞臺特技燈就會打出漫天飛舞的鵝毛大雪。

慕老師的話帶濃重的陝西口音，有詩韻，很好聽：「伯毛女，伯風吹，雪發飄飄！」

馬大文鑽進皇冠假日酒店的旋轉玻璃門，自語道：「其實，《悲慘世界》中漫天的『雪發飄飄』，用的也是同樣的手法。」

17 天窗外的畫室 The Studio beyond the Louver 公元二〇〇七年夏

「嘟——」77級「爽兵」微信群中飛出一張油畫照片：蒼茫天地間疾風捲起黃沙，一群美國牛仔揚鞭躍馬，豪情揮灑、氣勢如虹……

大家立刻認出，這是張翔的作品I'll Race Ya to the Cantina，畫的是收工後的牛仔們奔向酒館，要「喝一杯」的場面，中文叫〈奔向酒吧〉。

「尼古拉大門裡誕生的又一佳作啊！」馬大文伸出拇指，連按三讚。

「尼古拉大門？」有人不解地問。

幾分鐘後，馬大文傳出一張照片：一張鄉間土路，一扇暗綠色的鋼管大門在陽光下閃閃發亮。站在一旁的張翔頭戴牛仔帽，正笑容可掬地伸出手，像是在說：「尼古拉大門已經打開！」

「西部牛仔畫家，牛！」群裡又是一片按讚。

誰都想不到，張翔去美國不久，竟畫起了美國牛仔，且越畫越「牛」，比美國人畫的牛仔還地道。

「嘟——嘟——嘟——」應大家的要求，張翔又發出了一連串牛仔油畫，各個場面宏大，生氣勃勃。張翔以潑辣無忌的筆觸和強烈耀目的光色，把美國牛仔的精神和氣度表現得淋漓盡致。

張翔在德州的鄉間大宅，甚為老同學們津津樂道，更有好幾個同學慕名登門造訪：美國的揭湘沅、朱小岡，英國的吳平，法國的袁慶一，還有當年的青年教師姜國芳，都先後在畫室中留下了足跡和身影，令馬大文十分羨慕。

幾次與張翔煲過電話粥後，馬大文問：「聽說你在鄉間畫室畫畫兒安逸得很，樂不思蜀喔！」

張翔說：「對頭！老馬有空過來耍耍，擺擺龍門陣？」

一年前的夏末秋初，馬大文駕著他的暗藍色「透悠踏」，從印第安納來到了中西部農業大州內布拉斯加，發現從那兒再駕車去張翔的牧場，也不過是九個鐘頭的路程，於是計劃了一番，打算在聖誕節前後過去轉轉。

張翔夫婦那邊也高高興興，將床鋪鋪好，屋裡屋外打掃乾淨，兩個大冰箱中，更塞滿了老乾媽香辣醬、老乾媽風味豆豉、老乾媽辣子雞油辣椒，以及其它川湘京粵美食系列一應俱全，大有和老同學老室友熱鬧一番的架勢。不料馬大文那邊臨時有事，德州牧場之旅並未成行，弄得張翔的一堆辣椒食品至今還擠在冰箱裡。

「老張你是不是把我也當成了四川人？」馬大文在電話中問。

「知道你不是。但你時不時地說上幾句四川話，給人一種能吃辣的印象！」張翔那邊聲音宏亮。

在內布拉斯加做了一年，馬大文就對中西部的農業大州失去了興趣。他決定辭職，回香港休息一年再另找出路。

那是公元二〇〇七年夏初，馬大文開始了另一次大遷徙。

「咱宿舍的你老張，老吳和我都屬馬，不但具備龍馬精神，還敢於冒險和折騰。」馬大文在電話中這樣和張翔說。

馬大文把幾年來積攢下的東西丟的丟、送的送、賣的賣，保留下大小紙箱十幾件運到北京，惟剩下一輛豐田車找不到地方存放，便又一次撥通了張翔的電話求助。張翔在那邊的電話中慷慨地說：「那就先停在我這兒吧！」

於是，在一個夏末的絕早，馬大文最後巡視一遍寓居了一年，已打掃乾淨的住所，關燈鎖門，把鑰匙投進管理處的信箱，駕著他的豐田上路了。

從內布拉斯加下端，橫穿堪薩斯和俄克拉荷馬州，越過一望無際的大平原和玉米地，一路上聽了十個CD，從斯特勞斯到柴可夫斯基，從克里特曼到鄧麗君，也同樣地遼闊而曠遠……想著即將見到老同學老室友，禁不住湧起一陣興奮和激動。

九個小時後拐進一條狹窄泥濘的小路，繞開前面一輛正在修路的推土機，見到路邊的信箱上標出「老騷斯美德路5251號」，知道張翔的牧場到了，便關掉音樂，舒了口氣，自語道：「Arrived，到了。」

向右望去，一扇暗綠色鐵管大門已經打開，心想：「這就是電話中提到的尼古拉大門吧？」張翔在電話中說過幾次：「到時候我先把大門打開。」什麼樣的大門呢？馬大文腦中閃現出的是電影《列寧在一九一八》中的「尼古拉大門」。電影中，反革命分子用兩百萬盧布收買克里姆林宮衛隊長馬特維耶夫，要他在暴亂時打開克里姆林宮大門做內應。馬特維耶夫佯裝同意，為了裝得更積極，把籌碼加到二百五十萬，還追問對方：「尼古拉大門也要打開嗎？」一邊做了個「蛇行手勢」。

電話這邊的馬大文脫口說出：「老張，尼古拉大門也要打開。」同時，也做了個蛇行手勢。電話那邊的張翔見不到馬大文的手勢，卻大笑說：「對頭，尼古拉大門一定要打開！」

像當年柬埔寨西哈努克親王坐「紅旗」那樣，馬大文駕著豐田，緩速彎進牧場深處，眼前赫然見到一棟大宅。

一隻黑狗興沖沖地跑了過來，「汪汪汪」叫個不停。一隻白貓也興沖沖地跑了過來，「喵喵喵」叫個不停。馬大文想起當年的少先隊員們，在燦爛陽光下手持鮮花紅旗熱烈高呼：「歡迎歡迎，熱烈歡迎！」黑狗和白貓的語言大概也是這樣。但他知道自己逗狗逗貓乏術，只好按了幾聲喇叭：「嘀嘀——」

大屋中走出已穿戴整齊的西部牛仔畫家張翔，朝著車這邊連連招手微笑。張翔高個兒，小眼睛，單眼皮，不胖不瘦，短髮烏黑發亮，仍舊是兩年前去香港時的模樣。

搖下半面車窗，馬大文顧不上說聲「嗨，好啊悠」，便急忙請張翔看住黑狗。

「狗我不會逗，貓我倒不怕！」馬大文說。

張翔給他們做了引見，說：「不要怕，這位是Maggie，牠是在以狗類的方式向你致意呢。」

馬大文象徵性地說了句：「嗨，Maggie！」

張翔又說：「Maggie是人來瘋，最好的辦法就是不理會牠。」

馬大文聽從了張翔的指導，裝出一副當年周恩來會見尼克森時的樣子，對Maggie也採用了「不冷不熱，不卑不亢」的態度，腳下卻有點亂了步伐。但這辦法果真靈驗，Maggie悻悻地搖了搖尾巴，轉了一圈走開了。

張翔又指著白貓說：「這位是Happy，但常受Maggie的欺負，所以也常常不怎麼Happy。」

放下行李，張翔從冰箱裡遞過一瓶礦泉水「依雲」，說：「喝依雲還是喝啤酒？」

馬大文說：「啤酒等著吃飯時再喝。」就咕嚕嚕喝下半瓶清涼甘甜的「依雲」，頓覺舒暢了許多。

張翔說：「為了給你騰停車位，得搬走乒乓球臺，不料捅了馬蜂窩，一群馬峰忽地圍上來進行自衛反擊戰，手腳頓時被叮了幾個大包。腫起好幾大塊。幸虧我急中生智，翻查《家庭醫生百科大全》，塗了食用醋，才止了癢！」

見到路邊的馬蜂窩空巢，馬大文不禁為張翔叫苦，說：「多謝多謝，怎麼也得請你吃飯壓驚啊！」

「哪裡哪裡，有朋自遠方來，實在是不亦樂乎！」張翔說，「可惜當年沒有這食用醋，給臭蟲咬得渾身是包，奇癢無比！」

他們說起了二十九年前入學時，宿舍３０４房間住進了新生張翔吳平司子傑和馬大文。晚上打開行李鋪好床，睡下沒多久，就被蝨子咬醒。

「掀開草墊子一看，一片臭蟲！」張翔說，看著那個馬蜂窩。

「全樓的人都給咬醒了！」馬大文說。

「對門兒的老滕舉起個拖把去打，咚咚咚咚響了一陣，也沒打中一個臭蟲！」張翔說。最後，他們扔掉了那藏滿了臭蟲的草墊子，就在光禿禿的木板床上鋪起了被褥。

「劉莉還特地準備了驅蚊藥，囑咐讓老馬去院子前先噴點兒。」張翔說。張翔夫人劉莉回北京了。

「尊夫人常回去吧？」馬大文問。

「嗯。說也奇了，我這兒這麼安靜，劉莉卻常常失眠。一回到北京，樓道和窗外吵吵鬧鬧，反倒沒事兒了，睡得香著呢！」張翔說，「不過，想來也是，這麼大個牧場，不算Maggie和Happy，平時也就我們兩口，我又整天在畫室畫畫兒，忙起來倆人一天也說不上幾句話。今天，若不是你老馬來，我全天就只能對狗兒貓兒喊幾嗓子。嗯，還有，可能會打兩個電話！」

「說得對頭。聽幾個同學說，你老張一來電話，人家就得準備出一個鐘頭跟你聊跟你侃啊，叫擺龍門陣！」馬大文說。

「平時大家都忙，見面機會不多啊！」張翔說。

「咱們同學雖然畢業了這麼多年，似乎都沒什麼變化。張翔你也沒什麼變化！」馬大文說。

「變化還是有的！你再琢磨琢磨。」張翔說。

「嗯……眉間的黑痣？」

「對頭！Removed，去掉了！」張翔說。

果然，張翔那顆記憶中的黑痣已經不見。在學校時，大家說老張令人想起樂山大佛，不愧是從四川來的。不久後，導演系學生謝洪的電影劇本《神祕的大佛》上映了，大家還開玩笑，說是不是以張翔作模特兒呢？

張翔說，不久前去新疆旅行，見到在烏魯木齊的老同學「奶酪」郭志清。郭志清不見了張翔的黑痣，問：「你……是真張翔？還是冒充的假張翔？」

這些年，國內的人都被層出不窮漫山遍野的假冒偽劣山寨品嚇壞了。

「是個真假古蘭丹姆的問題呀！」馬大文說。

誰都看過電影《冰山上的來客》，都知道假古蘭丹姆是特務，兩人笑了一陣。

……

張翔的牧場果然很大：草地、樹林、小溪、池塘、湖水……在炎炎烈日下，安靜得像在午睡。

「放在二十九年前在學校那會兒，你這兒肯定是首選的寫生基地了！」馬大文讚嘆道。

「都是原生態。」張翔說。

「像列維坦的風景！」馬大文說。

「這裡野生動物也不少：小熊小狼穿山甲，蠍子水蛇長腳鷹，還有野鴨松鼠大螞蟻，蝴蝶蜻蜓蚊子蝌蚪蜘蛛螞蚱更不在話下。對了，再加上一群大馬蜂！」

「喔？沒見到，牠們這會兒也在午睡？」
「嗯，牠們和我一樣，不坐班，更不受作息時間的限制。」
「這最好，不像我，上課、輔導、開會、演出，全按時間表走，分秒不差。」
「這裡的居民都和我一樣，是Freelance，自由職業。」
「園子裡的剪草、修枝、澆水、施肥、摟樹葉，這些活兒不少吧？」
「活兒多得很！光剪草一項就得一整天。老吳吳平來時，草地還挺像樣，後來忙著畫畫，就顧不上這些了。」
「我們這些人，哪兒顧得上幹這麼多家務？」
「沒錯。我說我想把這牧場賣了，搬回城裡去住。老吳說，張翔你先別急著賣，我明年帶學生考察考察再說，你這兒算作我們的一個基地！」
「吳平學的是景觀設計，請他來幫你規劃一番吧！」
見到天空出現一片雲，他們說：「Look，老吳的雲也出來了！」
「老吳那時從愛丁堡過來，在院子裡轉了一圈，說：風水很好！唯一的遺憾是少了座古堡！看到我車庫旁的一道磚牆壞了，我正要說抽空修修，老吳說，No no no，不可不可，這是景觀設計中的殘缺美呀。」
「吳平的博士論文寫的就是有關殘缺美。」
「嗯，上次來時給我看了，磚頭一樣厚，叫《西方景觀文化中的殘缺美》。」
「只是你這豪宅太新，沒有殘缺美的跡象！」馬大文回頭看著張翔的大房子。
「No no no，比起真正的豪宅，我的就是一座房子，明天帶你到富人區轉轉，見識見識真正的豪宅！」張翔說。

前面又見到一棟暗紅色的大房，遠看像一座巨大的穀倉，正是那座著名的大畫室。張翔那一幅幅精彩的油畫牛仔系列，就是在這間畫室裡完成的。

「沒有天窗？」馬大文說，想起在學校時那間有天窗的畫室。

「剛搬進來時本想開個天窗，後來覺得現有的採光已經相當理想，就不需要天窗了。」張翔說。

「這是天窗外的畫室！」馬大文說。

「唯一缺少的就是鴿子和鴿哨聲！」張翔說。

畫室裡堆滿了大捆的畫布、大摞的畫框、大堆的顏料、大把的畫筆。完成了的作品，牆上的、地上的、畫架上的，仍然是永遠的牛仔系列。畫面上，牛仔們或駕著凌空躍起的駿馬，揚起一片片塵土，或為駿馬打燙火印，或工間休憩，架起篝火烹燒湯茶。

「筆觸潑辣，光色強烈，閃爍著薩金特和索洛利亞的靈光！」馬大文說。美國畫家薩金特和西班牙畫家索洛利亞都是他們崇拜的大師。

「過獎了。不過，畫就得畫個痛快！要讓我細描細摳可受不了。」張翔說。

牆上還掛了張翔的素描，是二十幾年前的課堂作業。那時的張翔捏了枝2B鉛筆，一邊響亮地吹著口哨，一邊從容地把一片片深淺線條掃在紙面上，優雅、斯文。而那幾張小幅水彩，則細緻，古典，彷若印刷精美的迷你年曆片。

「老張的畫兒真是鬼斧神工！」

「哪裡哪裡，如今眼力不如從前，這樣的畫兒畫不出來了。」

畫架前一幅新近完成的巨幅油畫上，一群穿皮護膝戴毛氈帽的牛仔，英姿勃勃地騎在馬背上，風馳電掣，又蕩起一片塵土。

「壯觀！」馬大文說，「得和畫家在大作前合影留念啊！」

畫架前的平臺上，他們伸出手臂，擺出個造型，一邊說：「英雄傻帽不減當年勇！」

前面三角架上，相機自拍器「滴滴滴滴——啪」一聲響，定格了這一瞬間：二〇〇七年八月二十九日，9:45am。

見到張翔門外的「小耳朵」，馬大文說：「我十幾年前在北卡時曾裝過這個，效果不好。」

「現在的科技進步了，啥子都看得到！」張翔得意地說。

「那老張都看些啥子呢？」

「不久前看了《親兄熱弟》，張國立陳建斌把一撥市井小民演得熱熱鬧鬧，還真像那麼回事兒！對了，陳建斌還是咱們的學弟呢！」

見到茶几上的光盤ＤＶＤ，馬大文說：「原來老張也是『帝為帝』愛好者！」又指了指車庫裡的一個旅行包說：「我那個包裡有些連續劇光盤，你若有興趣就自己拿出來瞧，別耽擱畫畫就行！」

「老街推薦王志文劉佩琦主演的《無悔追蹤》也很好看！」

「帝為帝這玩意兒看起來還真上癮，停不下來！」

「聽說老街老滕都在看這玩意兒。」

「都是帝為帝大王，通宵達旦地看，還互相交換著看！」

「什麼時候我要停工下崗一個月，放開量猛看帝為帝連續劇和小耳朵！」

「二十九年前《大西洋來的人》到現在還沒看完呢！」

「是啊，看了一半，電視機就被偷了，電視房關了，陳琳的電視英語也學不成了。」

「現在想想，那電視機肯定是內部人偷的！」

「這事兒我打聽過，專案組是保衛科司雨堂負責，可案子至今沒破，最後成了跨世紀懸案！」

「不過，我還真去Blockbuster找過這片子，想找回當年的感覺，結果人家說這片子聽都沒聽說過！」

「《加里森敢死隊》也沒放完，據說屬於精神汙染，叫停了！」

「後來你老馬先顛兒了去美國，剩下的同學都看了《勝利大逃亡》，也一個個呼嚕呼嚕地跟著顛兒了！」

「不過在外面待久了，還是覺著在學校那會兒好。」

「那會兒，雖然很窮，卻年輕，過得也開心。」張翔說。

「沒想到時間就這麼一下子過去了！」馬大文說。

「我寧可出一百萬買回十年。」

「老馬你看今晚想吃『巴呋』還是吃點菜？想吃中餐美餐或墨西哥餐？」

「嗯，吃『巴呋』容易可勁吃，撐大了肚子。」

「對頭。不過，上次老吳來，『巴呋』吃得可十分過癮，說這美國人可真是慷慨大方啊！」

「老吳在愛丁堡時給餓壞了。」

「老街才有意思呢，上次到我這兒來，早飯不吃牛奶泡燕麥片葡萄乾核桃仁，卻要吃打滷麵，真是性情中人啊！」

「吃餃子也不錯。那時在學校食堂，一個月吃上一頓餃子，早早就去排隊還不一定排得到。」

「那會兒二班的王猛排隊時加塞兒，喊司子傑：司雨堂，你他媽的幫我帶八兩餃子一頭蒜！不料真司雨堂來了，把他倆訓誡了一頓。」

真司雨堂本是學校保衛科的幹事，因為有幾個二班的同學覺得「司雨堂」這三個字充滿了詩意，又朗朗上口，便常常把這名字當作一個不錯的綽號，強加在司子傑身上。

「等你上飛機前給你煮餃子餞行！」張翔說。

「要得！幾年前我還吃過四十五個水餃呢，但我認識一個老兄吃餃子大賽時吃到一百零八個，後來得了綽號叫一零八。」

「冰箱裡的不夠一百零八，四十五個還差不多。」張翔說。

「我現在只能吃十五個，最多二十。餃子是自己包的？」馬大文問。

「Of course，當然。外邊的凍餃子又貴又難吃。」

「自己動手，豐衣足食，延安精神大發揚啊。」

「對頭！剛來美國不久，中秋節想吃月餅，亞洲店賣八美元一塊！沒買。回來後自己琢磨琢磨，試著做了幾次，終於研製成功。後來從國內帶回了模子，月餅上有花有字，自製的月餅就跟真的一樣了！」

「我那兒有中國來的留學生，在公寓的陽臺上，用花盆種西紅柿，結出了真正的綠色食品。」

「聽說朱小岡更厲害，自己修車換屋頂，支千斤頂立大樹，買了發麵機蒸饅頭炸油條！」

「真是大生產運動，就差沒種鴉片了！」

第二天，張翔駕車帶馬大文轉了轉達拉斯的富人區。傳說中的豪宅果然美輪美奐：獨棟莊園式別墅、城堡式豪華莊園、地中海風情豪華大宅、英國風情豪華別墅、西班牙豪華雙層大宅，大多有游泳池和噴泉，房價在六百七十五萬到一千四百五十萬美元，張翔如數家珍般地逐一介紹，又說：「這套給老馬，這套給老吳，這套給老司，還有老街老滕慶一小岡孫路，同班同學每人一套，最後輪到自己。」

「雖然是空頭支票，但意思到了！」馬大文一邊說，一邊拍照。

「其實，這些豪宅的大半都被老中買了。老中，也就是華人，中國人，準確說是大陸的貪官和土豪，還有他們的情婦和小三。」張翔說。

「嗯，還有官二代官三代！」

「不止，龜兒子官四代官五代的銀子也貪到手了。」

「不見得。人說富不過三代，哪兒有什麼富過千秋萬代啊！」

「聽說國內的房地產也風生水起，北上廣深房價暴漲暴炒黑箱作業汙敗不堪。」

「而且包裝豪華名目繁多，諸如凌霄寶閣、槃絲洞府、香榭麗舍、羅馬花園、百萬豪庭……不一而足。真是五花八門，氣吞山河。」

「還有至尊皇宇、白金漢宮、百弗利山莊、楓丹白露臺、雅典森林軒……實在是霸氣逼人，血色刀光。」

張翔的車技很好，單手扶方向盤，不時把左手伸向窗外，一邊侃侃而談擺大龍門陣，說國內人人忙著賺錢發財包裝自我；忙著玩手機發短信發段子精妙絕倫；段子手才華橫溢真會逗悶子，已形成了一種文化一道風景；又說他原來工作過的歌舞團現在改名叫「歌舞劇院」，過去的那些哥們兒都在忙著開「部落閣」發帖子，八卦某男某女有風流韻事婚外戀情……

回到牧場後又繼續大擺龍門陣，話題雜亂無章，忽東忽西，天馬行空：

說國內畫家如今把滿口粗話當作時尚，這年頭評職稱分一級畫師二級畫家三級畫匠，關鍵是要入美協拿國家津貼享受公費醫療，賣畫賺錢才是硬道理；說不久前中方人士去布拉格參加「舞美四年展」，因某種外交原因拂袖而去，作品原封不動哪兒來運回哪兒去；說老同學吳平在威海搞環保教學小品行為藝術《搬紙箱》；說老同學袁慶一畢業後畫〈春天來了〉，去日本又去法國畫風現代；說那時給表演系學生上課，教室裡濟濟一堂靚麗女生十分養眼；說起老滕滕沛然把舊車「透悠踏砍魔銳」換成了「臥而臥」；說今天是不是中秋節？看這一輪明月照在當空……

說著說著，一看鐘，已近半夜，張翔說：「咱們明兒一早三點半就得上路去機場，現在得睡覺嘍！」

「明兒」的三點許，馬大文被鬧鐘叫醒。拉開窗簾，見萬籟俱寂的夜色中，一輪明月高懸在「謝爾曼郡」的上空。原來這一覺睡得不錯，於是對張翔說：「歷經兩個禮拜的折騰，我的時差終於倒過來了！」

月光下，「尼古拉大門」再次打開又關上，他們上路了。

巨大的達拉斯沃斯堡國際機場還未睡醒，機場中見到的美國人更是睡眼惺忪。

馬大文在聯合航空公司的櫃檯前托運了行李出了機票，捏緊了護照挎上雙肩包，心想這下又要開始下一輪倒時差和江湖上的飄流了，便和張翔互道珍重。

「老馬你給人的印象是一直在搬家，打一槍換一個地方！」

「你我和吳平都屬馬，馬不停蹄。」

「我們班還有第四匹馬，那就是古阿姆，可惜失聯多年了。」

「也許會有一天在哪裡見到這第四匹馬的！」

「老馬這次來訪時間太短，留下兩大遺憾：一是沒能帶你去牧場見見真正的牛仔，二是沒能讓你試試我的手槍。」張翔說。

沒去上牧場見到牛仔是很遺憾，對於槍械馬大文卻一向發怵，但嘴上還是說：「下次吧！」

沒說Take care「多保重」之類的官話套話空話，這次道別，馬大文引用的是大偵探赫秋里・波羅在電影《尼羅河上的慘案》末了時的一句臺詞。波羅冷眼看過了尼羅河上的一幕幕，像是在祝福別人，也像是在祝福自己：「Take it easy，悠著點兒。」

18 小路 A Long and Winding Path

公元一九七八年夏

儘管生活在恐懼與戰慄之中，儘管人們期待的春天姍姍來遲又匆匆而去，時間還是一天天地過去。已經是二〇二〇年五月的第三個星期了。「我們是一群好爽兵」微信群裡，突然飛出一張圖片：黑乎乎的背景上，亮著些鬼火般的光斑，卻絕不是平時看到的萬家燈火和耀目霓虹。

接著，飛出一段視頻，是同一幅景象：漆黑如墨，暴雨如注，電閃雷鳴……

「這是神馬東東？」大家說的是網絡用語，問這是什麼東西。

「這是北京呀，就在此刻！」有人接話。

「神馬？此刻？有沒有搞錯？這可是下午三點！」有人問。

「本人此刻就在京城，正是親眼所見！」有身在北京的同學立即回答。

又飛出一段視頻，再一段視頻……

「Oh！My God！上帝啊！」有人驚呼了起來。

黑色的視頻如黑色的雪片，一片片飛出，是一幅幅駭人的畫面，見所未見，聞所未聞：一場滂沱大雨自西北而來，正橫掃襲擊著京城！下午三點剛過的北京，驟然間暗如黑夜。天安門城樓、故宮角樓、國貿大廈以及所有的高樓大廈都失去了顏色，只有輪廓隱約可辨。

四點整，天地就完全黑了下來，霹靂閃電，猶如千萬條金蛇狂舞，伴隨著傾盆暴雨，又直劈而下，似乎要把天地炸裂開一樣。人類和宇宙，彷彿被拋進了無底的深淵。

「太黑暗了，黑得伸手不見五指，恐怖至極！」

「我這會兒在京郊，天地更加黑暗，勝過黑夜！」

「肺炎、洪水、地震、蝗災、鼠疫……禍不單行，猶如世界末日！」

「這種場面，這輩子都沒見過！」

「庚子之年，果然是多事之秋！」

「嘟——」

「嘟——」

「嘟——」

接連飛出的表情符號是驚愕、無奈呀和淚崩。

他們說起了庚子之年。

「庚子之年伊始，就從未風調雨順過！」

「太邪門兒了吧！」

三月十八日傍晚，京津冀一帶突然莫名地爆發大火，在十餘地區同時燃燒。而在河北廊坊，大火竟燒了九個小時。與此同時，北京與河北地區，又突然莫名地刮起罕見的大風，風力達十級至十一級。雜物被吹到半空，樓房被損壞，屋頂被掀起，行人被擊倒，天空變成了泥黃色。在頤和園的昆明湖，狂風掀起滔天巨浪，砸向岸邊的遊人和樹木，透出一股蕭殺之意。有人說這是自從慈禧太后建園以來，第四次出現如此詭譎的異象……

「帝都的大風刮出了《聊齋》的水平！」

「南方黑雲壓城，北方莫名大火，叫人瘮得慌[46]！」

「有人說這是天火！」

「天降異象，令人毛骨悚然！」

四月底的東北，本已臨近立夏時分，卻突然降下一場三十年未見的暴雪，一米、兩米，埋沒了道路、車輛，甚至民居，家門被堵住，只好翻窗而出……

五月十七日，同樣在河北，上午還陽光明媚，下午卻突然天空變色。隨之，一陣隕石般的冰雹劈天蓋地砸了下來，小的大過雞蛋，大的大過拳頭，砸爛了莊稼，砸爛了汽車車窗……

「是不是上帝覺得人類已經作孽太多，氣數用盡，該收了吧？」

「今年是個什麼開年啊，太嚇人了！」

「白晝黑夜，令人寒毛直豎。這個世界，更是危機四伏、多災多難！」

「這難道是上帝的震怒？」

敬畏之心，不禁令人油然升起……

馬大文推開了書桌邊的窗，卻沒有一絲風進來。五月二十五日香港的早晨黑雲壓頂，霧鎖香江，悶熱難當。

打開電腦桌面上的文檔《天窗外的畫室》，加進剛剛在手機上寫出的片段，見已經寫出十四萬餘字，該收尾了。寫字，竟成了疫情中的鎮靜劑，一種Medication和Meditation——藥物和冥想。

---

46 叫人害怕。

他忽然想起，要在書中記下孫紅芬後來的故事。

「紅芬到底是怎樣的一個女孩兒？」馬大文在「爽兵」群裡發出了一條微信。

「紅芬啊，這麼多年已經成了我們青年時代的集體回憶，抽象而又模糊。」有人回覆。

紅芬就是他們入學第一年，去京郊門頭溝寫生時認識的農村少女。時隔四十二年，他們對紅芬的印象已經漸漸模糊，最後被「文學的記憶」所替代。

「時隔太久，連二班和燈光班是不是也去了門頭溝隴駕莊，我都記不清了。」馬大文說。

「怎麼老馬不識途了？當然是三個班一起去的！我還記得你丟了自己的速寫本，一本精采的速寫，你那時很心疼。」趙國宏回覆道，「還有，我那時還向你要過一張在隴駕莊畫的小風景呢。」

「喔？這事兒你也記得？那速寫本上記錄了不少珍貴的鏡頭，有我們住過的大炕、幹過活兒的場院、打過水的自來水龍頭……丟了實在太可惜了！」馬大文說。

「嘟——」

「嘟——」

「嘟——」

接連飛出的幾張照片，是趙國宏的隴駕莊油畫風景寫生。

「哇塞！彩色的，這也太牛了！」有人喊了起來。

「牛就牛在沒有過多的主觀成分，而真實地記錄了歷史。難得！」馬大文說，「可惜我那時的隴駕莊油畫寫生一張都不見了。」馬大文說。

自一九八二年年初，馬大文從北京去了美國，又回到北京，再去了美國，從美國去了香港，從香港又去了美國，從美國又去了新加坡，從新加坡又去了香港，一路馬不停蹄地奔跑，自然丟掉了不少東西。真不愧姓馬又屬馬，大家都這麼說。

在趙國宏的油畫風景寫生上，見到那時隴駕莊的石板路面、石頭房屋、石頭院牆……一隻黑色的雞和一隻白色的雞在路旁啄食，天空沒有汙染，樹木鬱鬱蔥蔥。

「令人身臨其境，彷彿就行走在那條小路上！」

「一條小路曲曲彎彎細又長，一直通往迷霧的遠方……」馬大文飛快地在手機上打出蘇聯民歌〈小路〉的歌詞，是對趙國宏風景寫生的文字註解。那時，他們受俄羅斯畫家列維坦的影響，熱衷於畫小路，特別是「黃昏的小路」。

「下數第三張是我們住的老鄉家。」趙國宏說，「兩隻雞前面還有一條垂直的街，比這條街寬些，東西走向。」

「真實！」

「親切！」

「那時我們每天走在這條小路上。」

「紅芬每天也走在這條小路上。」

「我們離開的那天，背著行李，拎著畫箱從這兒出發，走了半小時的山路，才上了大客車。紅芬和一群孩子跟著我們，直到我們上了車，車開了，還跟著車跑了一陣！」

與其說紅芬是他們青年時代的集體回憶，不如說紅芬是他們青年時代的初戀情人，就像他們當年的理想、希望和憧憬一樣，還保留在他們那時看過的電影裡，聽過的音樂中，畫過的畫布上。那時的電影仍能找到，已經變得模糊而失真；那時的音樂卻依然典雅而悠揚；那時的畫作，大多都保存得完好如初，生動而鮮明，像當年剛剛完成時一樣。

「不知紅芬如今在哪兒？」

「這事兒得問老司！」馬大文說著，特意「@」了司子傑，留了條語音，「老司，我突然想起了孫紅芬。記得你說過，好像和紅芬通過電話，還是你後來見過她？」

那時，紅芬在早晨上學和下午放學的路上，常常駐足看大家畫畫，特別注意看司子傑「司大哥」畫畫。六個星期後，在他們離開那天，紅芬和一群孩子奔跑著，追著大客車，翻過那個五、六百米的小山坡，一路塵土飛揚……那個畫面，如今彷彿還在眼前。

「那時的紅芬穿了件水紅色的布褂和藍綠色的長褲，齊胸的辮子，映襯著頸上綠色的圍巾，遠看像一片嫩葉襯托著一個沒熟透的蘋果。」馬大文說。

很快，就聽到了司子傑的回音。

「老班長，我剛剛聽到。嗯，那時的紅芬，紅衣藍褲綠圍巾……也許是大家文學的記憶。」司子傑說，「那時的紅芬，十五、六歲的樣子，但是在那群孩子中顯得高瘦，苗條，略微有點黑，是農村少女的膚色。不過，連我自己都開始相信，紅芬就是你描寫的樣子，把你的記憶融進我的記憶中了。」

「那你後來見過紅芬嗎？」

「我和紅芬確實聯繫過，但只是通了電話而已，並沒再見過面。」

「喔，沒見過面？」這邊的馬大文有點失望。

接著，司子傑講起了那段故事。

「這話說起來，應該是十二、三年前的事了。那天我去妙峰山辦事，先坐地鐵到蘋果園，下車後租了輛黑車，就是農民沒照的出租車，直奔妙峰山。見那司機挺愛說話，我們就聊了起來。沿途正好路過咱們當年畫畫兒的隴駕莊，最巧得是，司機就是隴駕莊人。」

於是，司子傑就向司機問起了孫紅芬。

「孫紅芬？我認識啊！我們住得不遠，算是鄰居吧。你怎麼會認識孫紅芬？」司機有些詫異。

司子傑就把二十九年前去隴駕莊寫生的事說了。司機居然還模糊地記得，多少年前，確實有一幫學生來這兒畫過畫。

「我那時還是個娃娃，說不定還追過你們的汽車呢！」司機說。

「喔？那紅芬現在怎麼樣呢？」司子傑說。

「她挺好的，現在都已經當奶奶了！」司機說。

「喔？她怎麼這麼年輕就當了奶奶？」

「她可不年輕了，都快五十了吧？您知道，我們農村人都結婚早，她的兒子都給她生孫子了！」司機說，找到了孫紅芬的電話號，「這是電話號，您撥一下試試？」

待司子傑從妙峰山下來，已經是傍晚五點左右，回程還是路過隴駕莊。

「我給紅芬打了電話，報了我的名，那邊的紅芬馬上就反應過來，說喔司老師，我知道我知道……」司子傑說。

「司老師？怎麼叫起老師來？聽起來有點兒彆扭，像叫了聲書記或主任一樣。小時候，紅芬可是叫你司大哥的呀！」馬大文說。

「時過境遷，再也回不到那個時候了。」司子傑說。

「你那次路過隴駕莊時，下車見一次紅芬就好了。」馬大文說。

「沒呀！電話裡寒暄了幾句，我說要趕著回去，這次就不能去妳家了。不過，咱們後會有期。就這樣，我就在蘋果園坐地鐵回城了。」司子傑說。

「電話裡沒說說當年追汽車的事兒？」馬大文問。

「說了。紅芬那時很羡慕我們這些大學生，說恨不得跟著我們去北京城，和我們做同班同學呢。」

「紅芬那時還是個小女孩。如今不知是什麼樣了。」

「後來還聯繫過嗎？」馬大文期待著有些「下面的故事」，然而卻沒有。

「只通過那麼兩次電話，不過大致內容就是寒暄。可是不寒暄，又能講些什麼呢？講她院子裡的雞鴨鵝狗？講股票大起大落？還是講列維坦或畢沙羅？那時還沒有智能電話，所以發不了照片，而且，現在的電話號應該也換了吧。」

「按時下的說法：時間哪兒去了？紅芬哪兒去了？」

「就這樣，十幾年的時間又過去了，一直到今天，俺就再也沒跟孫紅芬聯繫過。」司子傑說。

「沒見到也好，這樣，就永遠留住了那時的記憶！」

遺憾的是，那時並沒有給紅芬畫過肖像，更沒有她的照片。唯一出現過紅芬身影的，是司子傑的一張風景寫生。那天在村頭，司子傑剛剛畫完〈通往黃昏迷霧的小路〉，背景是紅芬家的院子，旁邊的一條小路曲曲彎彎，向遠方伸去。忽然，後面傳來一串銀鈴般的笑聲，原來是剛剛放學回家的少女孫紅芬。

司子傑的畫筆在調色板上戳了顏色，畫面上輕輕點了幾下，院子裡遂出現了一個紅衣藍褲綠圍巾的女孩兒，和眼前的紅芬一模一樣。紅芬認出了自己，興奮得拍起手來，發出一連串銀鈴般的笑聲。

「真想再回到隴駕莊畫上一批風景，再見到當年的紅芬和那些孩子！」馬大文在微信群裡說。

「不知道紅芬除了司子傑，會不會也記得我們，像我們一直記得她一樣？」有人說。

馬大文忽然想起無所不能的互聯網，他曾在網上找到過去的室友們的下落：陳佳璧、胡傳武、老徐、吳玲、張昕、大龍……雖然資料不多，卻都有些許線索。於是，馬大文在「搜索」窗口打出「隴駕莊孫紅芬」幾個字。

「隴駕莊」有，卻已經面目全非；「孫紅芬」也有，卻不是「隴駕莊的孫紅芬」。網上最多的是「門頭溝隴駕莊倍兒火[47]的熱燒餅夾肘子」，是如今隴駕莊的著名美食，很像麥當勞的巨無霸。

「當年哪兒有這樣的美食？隴駕莊人的想像力也挺豐富！」馬大文想。

「隴駕莊的孫紅芬」既沒成為名人，也沒成為幹部，也就自然網上無名。她只是一個普通的農村少女，默默無聞地在那座石頭院子裡長大。但是，她有了兒子，兒子又有了兒子，石頭房子應該換成了小樓，門前曲曲彎彎的小路應該已經鋪了柏油，她的兒子和孫子都沿著這條路去上學，若再有出息，也許會去北京上大學，再出國留學，最後再回到這條路上，找尋小時候留下的足跡。

……

在香港的狹小書房裡，馬大文完成了新書的最後一章：小路。

窗外，太陽終於從烏雲後鑽了出來，露了一下臉兒，照亮了遠處的摩天大樓，染紅了天邊的雲彩，但是，沒過幾分鐘，就又被烏雲遮蔽了。

到了傍晚，天氣非但沒有絲毫的涼意，反而變得悶熱無比，甚至令人透不過氣來。那些摩天大樓和遠山變得模糊，彷彿是一張沒有完成的油畫寫生，彷彿是四十二年前的門頭溝妙峰山隴駕莊。年輕的馬大文和他的同學們穿著破舊的衣服，躬著腰坐在摺凳「馬扎」上，正在畫著村頭的一條小路。

---

47 火紅、熱門。北京話，倍兒即「相當」的意思。

小路上跑過來一群孩子。其間有集體記憶中的孫紅芬，是個十五、六歲的少女，穿了那件水紅色的布褂和藍綠色的長褲，有些褪色，卻洗得非常乾淨。她齊胸的辮子，辮梢繫了一堆綠頭繩，線頭散開著，映襯著頸上綠色的圍巾，遠看像一片嫩葉襯托著一個還沒成熟的蘋果。她和那群孩子，正奔跑在那條曲曲彎彎的小路上。

尾聲：春天終於來了 Finally, Spring Cometh

公元二〇二×年春

終於，「疫情」，這個夢魘般的字眼，在這個停擺了許久的世界漸漸淡去，變成了過去式。雖然偶爾也有「新增病例」，人類卻已經習慣了與之和平共處，就像習慣了和蒼蠅蚊子臭蟲蟑螂共處一樣。

舞臺美術系77級三個班的同學終於又回到母校，聚集在校門口的收發室前。他們原訂於二〇二〇年二月底開幕的展覽——《我們的１９７７——中央戲劇學院舞臺美術系77級回顧紀念展》，因冠狀病毒的肆虐而延遲了數年之後，終於將在這個春天的早晨開幕了。

但是，那個難忘的庚子之年，二〇二〇年，已經成為歷史的分水嶺。那一年發生了太多太多的事情。那一年的事情改變了世界，改變了人類，也改變了77級的同學們。自文革結束後的四十四年間，他們還從未經歷過那樣深重的曠世災難。

更不可思議的是，那場災難也改變了他們的母校和母校的畫室。

在他們畢業後，校園裡發生了不多不少的變化：操場上立起了一排旗桿，飄起了彩旗；宿舍樓的牆壁上垂掛了鮮紅的應景標語；校門口搭建了一座中式大門，像電視劇裡的「大宅門」，門上掛了大紅燈籠，像電影裡的「大紅燈籠高高掛」。穿制服的警衛，遙控電動大鐵門，門兩旁的石頭門墩和小花盆，還有那座翻蓋過的畫室……都令人感到陌生和遙遠。

如今，那些五光十色的裝飾都被撤掉，連同他們有天窗的畫室，都奇蹟般地恢復了原貌。

回顧展設在77級當年的畫室和迴廊，作品除了繪畫、舞臺設計，還有主題公園設計、影視及晚會美術設計、時裝設計、動畫背景設計、室內設計、插畫、裝置藝術、行為藝術……是他們畢業後三十八年間藝術歷程的縮影。

開幕式定在十點半，他們老早就趕來了，為的是重履斯土，舊地重遊。

「那個大木頭門、大紅燈籠、石頭門墩、小花盆、大標語，還有穿制服的警衛去掉就好多了！」

「這樣就親切舒服多了！」

「哇噻！彷彿一切又回到了四十二年前！」

「我們這是在穿越時空吧？」

「或是走進了電腦合成的3D立體動畫，虛擬浮懸立體影像？」

「也許只是老班長在書中天馬行空的故事新編？」

「Mmm……總之，我們都走過了二〇二〇，回顧展終於要開幕了！」

說起當下一些藝術院校的狀況，大家也深有感慨。

「可惜，現如今的藝術教育令人不敢恭維，許多院校搞得華而不實，好高騖遠。」

「整個社會變成了名利場！」

「這也不奇怪，大環境變了。」

他們唯一從前沒見過的，是佇立在校門兩旁的彩繪「兵馬俑」。這是二班劉Good劉楓華的新作：〈作品No.1977〉，風格和大英博物館收藏的那件炯然不同。〈作品〉上，手繪的舞美系77級老照片，記錄了他們四年校園生活的點滴。大家尋找著〈作品〉中泛黃的自己，一邊感嘆著流去的歲月和逝去的光陰。

令人詫異的是，「兵馬俑」的臉上，也無一倖免地留下了口罩的印痕。

「這是時代留下的印痕！」大家說。

收發室的窗口又出現了門衛張師傅的身影。四十二年前，77級新生入學一進大門，見到的第一個人就是張師傅。張師傅光頭，有點胖，笑咪咪的。

那時，他們出示了自己的錄取通知，張師傅讀出新生的名字，笑咪咪地點點頭。

雖然四十二年過去，張師傅身上的灰棉襖換成了棉線運動夾克外加羽絨背心，光頭上戴了頂藍色的棒球帽。除此之外，張師傅還是當年的模樣。

「還有一個不同，就是長期戴口罩臉上的印痕！」大家又互相看了看，每個人的臉上都留下了印痕。

「據說四川的樂山大佛，盧浮宮的蒙娜・麗莎，臉上都留下了口罩的印痕！」大家說。

張師傅笑咪咪地向大家點著頭，打著招呼，竟然叫出了每個人的名字，一口地道的京腔：

「你，揭湘沅，你們班上年齡最大的，看起來卻是最年輕的……之一！滕沛然，除了頭髮白點兒，沒什麼變化！袁慶一，打籃球的那位，也沒什麼變化，還是一米八厄厄！就是發福了點兒。」

「張師傅還記得這個！」大家記得袁慶一說起自己的身高時，把「二二」說成「厄厄」。

「一米八厄厄……」袁慶一又說了一遍，「練了四十多年，這回對了吧？」

「哈哈哈哈哈哈哈……」這回，周圍的人都發出一連串的大笑。

「這福藍話就是這麼說的勒！」袁慶一說。「福藍」就是湖南。

「這位是？」張師傅轉向張翔。

張翔摘下牛仔帽，說：「張師傅，我是張翔喔！」

「張翔，當然記得，口哨吹得響，大老遠的就聽得到！還拉大提琴。可是你這頂帽子……我還以為是電影裡的牛仔來了呢！還有，你眉宇間的黑痣怎麼沒了？」

「謝謝張師傅還記得我！那黑痣……下回來時我再把它Ｐ上！」張翔說。

「Ｐ這個意思我懂，現而今什麼都得靠Ｐ！」張師傅說。

「俺呢？」司子說。

「你是司子傑！哈哈，就憑你這一句山東話，俺閉著眼睛都能聽出來！你還是那樣：波浪式捲髮，皮鞋擦得光亮亮！就是那紅喇叭褲沒了！」

大家都說張師傅服了您了。

「這位是馬的文，綽號老班長！太記得了！當年瘦得，腰帶都鬆鬆垮垮的。現在也有點兒肚子了！」張師傅果然是老北京，把「馬大文」說成「馬的文」，「的」字兒是吞音，令人想起北京人藝話劇《茶館》裡的臺詞。

張師傅發現馬大文戴著耳機，又說：「還是當年的你！不過記得你那時的是單耳機。喔對了，現在是手機的耳機！還聽英語呢？」

馬大文當年背著「熊貓」半導體收音機聽英語，連張師傅都有印象。

「不聽英語了，改聽喜馬拉雅的有聲讀物了！」說著，摘下一隻耳機湊近張師傅的耳朵，「在聽我自己的小說，我的有聲書，叫《天窗外的畫室》，把張師傅您也寫進去了。」

「喔！我待會下載個ＡＰＰ，慢慢聽。」張師傅說著，揚起了手中的「蘋果」。

「哇噻！張師傅也用智能手機了！」朱小岡感到十分驚訝。

「嘿嘿，叫外賣，用支付寶就付了錢。」又說，「這位是朱小岡！你們班最小的吧？我更記得，那會兒蔫不拉嘰[48]的，穿了件軍大衣，跟在揭湘沅滕沛然後頭打飯！如今還是那樣！」

「對，我那會兒太小，老跟著他們，嘿嘿！」朱小岡說。

「張師傅，您看看這位是誰？」馬大文說，轉向班裡唯一的女生孫路。

「這我怎麼不記得？這是孫路啊！一點兒沒變！還是當年高中生的樣兒！聽說妳到法國去了？」

「張師傅的消息可真靈通！」孫路十分驚訝。

「那還用說？我這收發室窗外人來人往，哪一樣都看在眼裡。你們這些人畢業後的去向，我這兒也了如指掌，都在這信息庫中！」張師傅說著，指了指自己的帽子。

「厲害了，張師傅！您這帽子比大數據還厲害。看來得老實點兒，俺四十年前偷用電爐子的事兒不能再幹了！」司子傑說。

「列寧……已經不咳嗽了。他自己感覺也好多了！」滕沛然說了句電影《列寧在一九一八》裡的臺詞。

「可惜你們班的另一個女生袁明不在了。」張師傅說，「畢業後，袁明還來過學校好幾次呢。」

「袁明說話的聲音彷彿還在耳旁！」

「歐哈腰夠咋一馬斯！初次見面，請多關照……」大家彷彿聽到了袁明的聲音。那時袁明在學日語，每次和人見面都用這句話打招呼，結果人人都會說了。

「還有王猛、黃巨年，他們英年早逝，作品卻仍然留在我們中間。」

「四個留學生仍然聯繫不到。我曾給古阿姆寫過信，寄到雅溫得大學，但至今不見回音。」馬大

48 這裡指「不怎麼說話」。

文說。

「古阿姆畢業後又返校讀研究生，每次路過窗口都和我打招呼。」

大家說，怎麼多年，還從來沒和張師傅說過這麼多話呢。

「我這不起眼的收發室，幾十年中迎來送往，見證了學校的歷史呀。」

大家注意到收發室門口的小黑板，上面還有些模糊的粉筆字跡：「×××匯款到了……」那時班上帶工資上學的同學，他們的匯款一到，張師傅就用粉筆寫在這塊黑板上。

「我保留了這塊小黑板，算是留個念想。」張師傅說。

「我們班三個帶工資的同學：老馬、老張、老滕，一到月底就榜上有名。」

「把我們這些沒匯款的眼饞死了！」

「後來，有了不少先富起來的，都是表演系的同學，出了許多萬元戶！」

「表演系中升起一顆顆明星，我們舞美系的就黯然失色了。」

「張師傅，您看看這位是誰？」馬大文說，又轉向身邊的吳平，「The last but not the least——最後的卻不是最小的。」

「你得把帽子摘了。」張師傅換了副眼鏡，「嗬！你是吳平啊！一天到晚Hello Guy不離口，還丟三拉四，就你那畫兒不丟！」

「哈哈哈哈！有人給拎包就行！」大家都記得入學時，給吳平拎包的女青年，後來成了吳平的夫人。

吳平的八字眉揚了揚，咧開嘴笑了：「畫兒是不能丟，三十年前的舊畫都找回來了。這不，我正在修復這張，叫〈古牆後面的雲〉，一九八七年現場拍攝取景的古北口長城。」

果然，吳平的手裡拿了一捲東西，牛皮紙上又包了保鮮膜，還貼了標籤畫了高腳杯：「小心輕放，請勿倒置。」

「請勿倒置？我說吳平啊，你手裡這捲〈雲〉，來回這麼一晃悠，那不就是倒置了嗎？」張師傅說。

「哈哈哈哈哈哈哈哈！」揭湘沅一連笑出了八個「哈」，「Hello Guy Wu，老吳逗霸，個真滴笑死個人噠！應該說請勿晃悠才對！」

吳平停止了晃悠，說：「我這兒又找出幾張隴駕莊的油畫小風景。」他打開肩上的書包，小心地取出信封裡的風景，都是畫在書本大小的紙板上，又抽出一隻軟毛刷子，說，「我要將它們油浸軟化了半年後再修復細節，最後把它們罩一層上光油，起到保護作用。」

大家湊上前去，見到吳平四十二年前的隴駕莊寫生還保存著，遂連連稱奇。

「這些畫兒看起來不起眼兒，卻都傾注了我們青春的記憶，如今是越來越珍貴了。這個也就只有同學們才懂得。」

「我深深地對不起你，讓你被遺忘在黑暗角落，蜷縮了三十年……」馬大文在微信裡找出了吳平在「朋友圈」上發表的小詩，配在這些畫的下面。

「我看也是挺樸實的！現在一些畫畫的，只會畫照片。」張師傅說。

張師傅說出如此專業的話來，大家並不感到驚奇。據說張師傅當年曾經是舞美系的學生，因為身體原因就停學了很久，最後做了門衛。

「等下，我也去參加你們的開幕式！」張師傅說。

幾天前，吳平曾在微信群裡發了這幾張寫生。

「那時，我們班的老司應該是領頭人之一，經常受到張重慶老師的誇獎。而我屬於經常挨批的那幾個，所以這兩幅都有受老司影響的痕跡。」吳平說，「老司那會兒的綽號是司維坦，因崇拜列維坦而得名。這第一張畫的是隴駕莊，就有明顯的司維坦痕跡。第二張上的房頂是紅瓦的，覺得應該是大漁島。」

吳平說著，一邊用手中的刷子輕輕地來回掃在畫面上，像是一個守財奴在擦拭他的銅錢。

「第二張好像也是隴駕莊，我有點印象。」馬大文說。

「Mmm……我還是不能肯定，這恐怕得史學家來考證。」吳平說。

「咯咯咯咯咯……」身後傳來一陣銀鈴般的笑聲，「我就是史學家！這就是我們的隴駕莊啊，沒錯兒啊！我那時每天早上都沿著這條小路上學去。不過，現在已經修成了２０９號公路，通車後，坐到門頭溝，就可以到蘋果園換地鐵了！」

大家回頭望去，見到一個女孩，穿了件水紅色的布褂和藍綠色的長褲，齊胸的辮子，辮梢繫了一堆綠頭繩，綠頭散開著，映襯著頸上綠色的圍巾，像一片嫩葉襯托著一個還沒熟透的蘋果……

「紅芬?!」司子傑喊了出來。

「記憶中的孫紅芬?!」大家也喊了出來。

果然，眼前的正是妙峰山隴駕莊四隊的少女孫紅芬！

太不可思議了！離開隴駕莊四十二年後，竟然能再次見到紅芬，而且沒有一點兒變化。

「你們也沒有變化呀！就是……胖了點兒，一點點兒。司大哥的鬢角稍微……白了點兒。」紅芬說。像當年一樣，她寶石般的臉頰透出淡淡的紅暈，像是被加了一筆透明的永固紅一般明亮。

四十二年前，紅芬和一群孩子跟著他們的大客車奔跑的畫面重現在眼前。

「紅粉，俺……簡直不敢相信俺的眼睛！妳是怎麼趕來的？」司子傑改用了山東腔，彷彿遇到了山東老鄉。

「咯咯咯咯咯……司大哥，我聽說了你們這個畫展，就過來了。現在不比從前，我打了輛黑車到地鐵蘋果園，一路坐到鑼鼓巷，沒費勁兒就找到了！」又說，「司大哥，你那年打了兩次電話給我，就再也沒聽到你的聲音了！你的手機老是打不通！」

「就是嘛，我們那時也找不到他。老司的手機要嘛忘記充電，要嘛忘了開機！」馬大文說。

「嗯，那倒是真的。後來換了智能手機，電話號也換了。本來還想著再去妙峰山呢！」司子傑說。

「我們也想再回去看看當年畫過的那些風景！」大家有些激動。

「我在那兒還丟了個速寫本呢，太可惜了！」馬大文說。

「速寫本？是這本吧，老班長？」紅芬說著，從布袋裡取出一個紙包，打開一看，正是那本丟失了四十二年的速寫本。

馬大文粗略地翻看了一遍，驚訝得差點把眼鏡跌下來：「哇噻，這簡直太不可思議了！紅芬妳是怎麼發現的？」

速寫是用鉛筆畫的，清楚地記錄了隴駕莊的樣貌：隴四隊倉庫、隴四隊辦公室、離心式清水泵、住過的大炕通鋪、住處的門口、用過的自來水龍頭、去伙房的小門、泡桐樹、不上油漆的木格子門窗。還有些速寫，抄下了村子裡的大標語：學校新憲法、備戰備荒為人民、千萬不要忘記階級鬥爭、走大寨路……如實地記錄了那個時代的特徵。

「是你們那次在我家避雨時忘在那兒的！」紅芬說。

紅芬說起那次他們在村頭寫生，突然下起瓢潑大雨，跑進紅芬家避雨時，還吃了熱氣騰騰的蒸白薯。馬大文順手把速寫本放在箱子蓋上。

「後來不知道怎麼，這本子又被裝進籃子裡，籃子裡又裝了老玉米，掛在房樑上，多少年都沒人動過。還不知道這是老班長的呢！」紅芬一口氣說出經過，大家不禁嘖嘖稱奇。

「你看！我的記憶沒錯吧？」說話的是燈光班的趙國宏。

幾天前，他們在微信群裡集體回憶隴駕莊的往事，還說到馬大文丟速寫本的事呢。

「Wow，老馬真有存貨！」很少出聲的朱小岡說。

「珍貴！留下了歷史的痕跡！」

「起到了相機的作用！」

「可惜我當時沒帶相機。那時135相機是非常奢侈的物件兒。我家有一臺爺爺在民國時買的『萊卡』，效果極差，算是古董了。我直到多少年後才買了臺單反。」朱小岡說。

「注意大炕那張：牆上掛著日曆，標著15號，也就是一九七八年五月十五號，那是我們到隴駕莊的第一天。還有，那個灶坑、炕上的鋪蓋捲兒、牆邊的笤帚和地上的涼鞋！」馬大文說。

「說不定其中的一雙是我的呢！」朱小岡說。

「涼鞋是黑塑料的，式樣……現在看來有點兒怪怪的！」馬大文說。

「我只模模糊糊地記得，我們收工回來後把畫靠在牆邊，互相點評，就在這間屋裡！」朱小岡說。

「你那時跟在老街老司後邊畫畫是確有其事。」馬大文說。

「對，想偷藝。那段時間很苦惱。」朱小岡說。

「苦惱？最不該苦惱的就是你呀，你那時十八歲！」

朱小岡那年才十八歲，是班上最小的。

「感謝老馬，留下了這些速寫，對我這類健忘的人來說，這更有意義！」朱小岡「抱」了下拳。經過了二〇二〇年那場瘟疫後，就沒有人再握手了。

「這張去伙房的小門兒我有印象。咱們每次進門都敲著飯盆，村裡的小孩兒圍著咱們看。」

「吃的是窩頭饅頭白菜湯，偶爾學校在外邊買點豬肉，算是改善伙食。」

「開飯時，我們幾個女生常常遲到，菜湯裡的幾片肉已經被撈光了。」一班的女生孫路說。

「不過，妳們幾個女生好像並不以為然。」

「哈哈，我們跟房東拿糧票換土雞蛋，四斤糧票換一斤，煮了吃特別香，是自我改善伙食。」孫路說，加了個笑臉。

「啊？有這事兒？怪不得老見到妳們幾個女生偷偷笑呢！」

「怪不得妳們幾個女生都臉紅得精神煥發，而我們男生都臉黃得像防冷塗的蠟！」有人說了句《智取威虎山》裡的臺詞，「精神煥發」和「防冷塗的蠟」是土匪黑話。

「老馬把這個場院也記錄下來了，牛啊！」趙國宏說。

「還記得當年學校請宋大爺宋鳳山講村史憶苦思甜，就在這個場院。記得那天快下雨了，有點煙塵暴土的。結果宋大爺卻憶起了甜，思起了苦，得意地說他為地主趕大車跑運輸，活兒幹得利索，東家大喜，送他媳婦一雙絲襪子。秋收時節東家請他和幫工們天天吃肉！又說瞧現在的農民，沒了地主，也就沒肉可吃了！」張翔說。

「這事兒我記得！當時旁邊的一個老鄉插嘴說：啥他媽周扒皮半夜雞叫，都是瞎編的。我看現在的村幹部才是真正的周扒皮呢！」馬大文補充道。

「對頭，俺也記得這事兒。那老鄉剛說完，帶隊的霍老師就打岔給止住了，怕影響不好啊！」張翔說。

「在這個場院，我們還看過一場電影，叫《年輕人》，故事情節倒是記不起來了。」馬大文說。

趙國宏又發出一張隴駕莊場院的寫生，畫的是一座石頭小屋和停在前景的拖拉機。

「拖拉機是鐵牛，鐵牛也是牛！」馬大文說。

「趙國宏我也記得，是燈光班班長吧！好像是當過傘兵。」張師傅插了進來。

「張師傅擁有全院最強的大腦！」大家說。

「紅粉妳的家人都好吧？」司子傑的潛臺詞是，「聽說妳都當奶奶了？」卻沒說出口。眼前的紅芬明明是追汽車的那個女孩。

「奶奶已經過世了，爸爸媽媽還都好！」紅芬說。

當年的奶奶給司子傑相面的事彷彿又出現在大家的眼前。

「那天我們就是在這條路上跑著，追趕你們的汽車！」紅粉指著吳平畫上的小路說，「後來我和大妞二妞都哭了好一會兒呢！」

「現在想起來了，那年秋天，紅芬還來找過你們！」張師傅說，「不巧你們那時又去寫生了。」

「那年秋天……我們去的是河南輝縣上八里！」馬大文說，「具體時間是一九七八年十月九日，火車十一點半開車。」

馬大文無意間發現了那一年的流水日記，寫得很短，卻把那一年間每天的活動都記下了。大家驚奇地發現，日記上竟然記下：

5月1日，首都體育館，見到華國鋒、鄧小平。

……

8月1日，在首都體育館第二次見到華國峰。

……

「貴日記牛！我怎麼不記得受領袖接見的事兒？」趙國宏說。

「我自己也不記得了。不過日記不能有錯呀！」馬大文說。

大家又湊過來看馬大文的速寫本。重拾過去的記憶，大家更加嘖嘖稱奇……

「這簡直就是個時間膠囊，Time capsule！」說話的是原燈光班的于海勃。

「于的師和各位師到了！」大家回頭一看，布景二班和燈光班的同學們也都從全國各地世界各地趕來了：劉Good劉楓華、奶酪郭志清、「祝爺」祝明、「蓉點兒」蔡蓉，還有張冬彧、呂虹……除了身上的衣服不再是地攤上的水貨，他們都是當年的模樣。

「滿校園都是我們的人！」

「校園好像被舞美系佔據了似的！」

「表演系的學生都在忙著拍電影電視劇悶聲發大財呢！」

「大多是抗戰神劇、宮廷內鬥劇、國共諜戰劇和挖墳盜墓劇！」

「專業不同，分工不同，呵呵！」張師傅微笑著說，眨了眨眼，似乎有點意味深長。

陸續有幾個人騎著自行車相繼進到大門。

「Teacher Qin！秦學惠老師！」

「李暢老師！」

「張重慶老師！」

大家喊了出來。這些都是他們當年的老師：秦老師是班主任，李老師教設計，張老師教繪畫。

「來參加你們的回顧展啦！」幾位老師說。

老師們居然都是當年的模樣：秦老師還是戴著鴨舌帽，李老師還是留著小平頭，張老師的頭髮還是向後梳理得一絲不苟。唯一的變化，就是臉上的口罩印痕。

「幾位老師都是騎車來的！真是寶刀不老！」大家圍著幾位老師，深受感動。

「我們都搬回了原來的老房，你們都去過的，路不遠！」幾位老師說，聲音仍和當年一樣宏亮。

幾位老師的家的確不遠，他們都去過N次。特別是秦老師的華豐胡同9號小院，他們曾無數次受到老師和師母的款待，留下了珍貴的記憶。

「還是老房子接地氣！」秦老師說。

「還是老校園有感覺！」李老師說。

「那些老畫室，都是有天窗的，自然光！」張老師說。

「遠中近、黑白灰、天地景看得分明！」大家說，是張老師當年的語氣。

正說話間，又有幾位老師趕了過來：設計課老師齊牧冬、繪畫課老師周祖泰，還有二班的班主任王韌、設計課老師邢大倫、繪畫課老師周路石、燈光班的班主任慕百鎖、設計課老師黃風、繪畫課老師何韻蘭、馬承祥、繪景課老師孫家銓、王振山、青年教師姜國芳、吳銀山……他們或騎車，或走路，都陸續趕到，連龐均老師也從臺北趕來了。

當年的師生們互相打著招呼，那感覺就像是回到了當年。

紅芬驚訝地看著眼前的畫面，對司子傑說：「司大哥，這些人和我想像中的一模一樣！」又對周圍的同學們說，「俺還給你們帶來不少榛子呢！」說著，瞥向收發室門口的拉桿箱。

「榛子是好東西，可惜這牙……」有人為難地說。

「沒關係的，我帶來了胡桃夾子，專門為老……」紅芬沒說完就停了。

「待開幕式結束後，和我們一起吃午飯！我們去馬凱。」大家對紅芬說。

「司大哥還欠俺一頓疙瘩湯和方便麵呢！咯咯咯咯……」紅芬說。

有幾輛老式轎車從棉花胡同慢慢拐了進來，大家急忙讓開。車門開處，下來的是當年的老院長和老前輩戲劇家們：歐陽予倩、余上沅、曹禺、金山、孫家琇、何之安……他們都是棕色照片中紳士淑女的打扮，穿著舉止和當下格格不入：雙排扣洋服、金絲腳眼鏡、黑呢禮帽、陰丹士林布旗袍、開襟毛衣，頸上鬆散地圍了絲巾。他們正值「國立劇專」的黃金時代，風華正茂，溫文爾雅，彬彬有禮，氣度不凡。還有，他們的臉上沒有口罩的印痕，余上沅、歐陽予倩和曹禺的手中並沒有文明棍「士的」……

「老傢伙們都趕來參加我們的開幕式了！這簡直是穿越啊！」同學們激動地說。他們不敢相信自己的眼睛，遂整理了一下各自的衣帽。他們在說「老傢伙們」幾個字時，是帶著由衷的敬意。

門口又湧進了一群人，是同學們的親友們，他們大多是從美國、加拿大、英國、法國、日本和臺灣趕來，有的手裡還拉著行李呢。

馬大文在人群中看到他P城時的朋友們：金順德、黃國平、張林、王嘉國、洪麗雅、諾爾曼、吉布森夫婦……他們的臉上都或多或少地留下了口罩的印痕，記錄了他們經歷過的那場曠世瘟疫——Covid-19。

還有那時的老師弗雷德、芭芭拉、克利特斯、梅爾、白絲……本來就狹小的校園，一下子被人群充滿。令人驚訝的是，他們竟都穿著古希臘人的衣服。

「哇！他們穿的是Himation和Doric chiton！」馬大文叫了起來。「希梅申」和「多立克旗儻」都是古希臘常見的服裝。當年學服裝史時，他費力記下來這些生僻的單詞，如今想忘都忘不掉了。

他們大概是為了紀念馬大文當年設計的《希臘人》，才換上了舞臺服裝吧？可是仔細看那質料和做工，都是貨真價實的公元前的原件，用整塊毛料製成，墜下長長的褶皺，顯得優雅、瀟灑又充滿思想。

弗雷德的女兒瑞琪爾也從紐約趕來了。馬大文在Google上找到了她的電郵地址，但三十年沒聯繫，不肯定這個瑞琪爾就是那個瑞琪爾，於是就發了封電郵。很快，他收到了回信，果然，就是那個瑞琪爾。瑞琪爾・尤恩斯如今已是活躍在紐約的畫家、雕塑家和教授了。

他們是第一次來到中國，都覺得十分新奇。見到他們抬頭注視著沒有霧霾的天空，臉上露出詫異，馬大文大聲地向他們解釋：「由於世界的停擺，海洋變得蔚藍了，江河變得清澈了，群山變得蒼翠了，天空變得明朗了！」

他們激動地擁抱著，熱烈的問候被喧鬧聲吞沒。

「校園又回到了那個非急功近利的年代！」有人說。

「南南的天……春天終於回來了！」時隔四十餘年，袁慶一仍然把「藍」說成「南」。

「牛奶和麵包又回到了餐桌上！」馬大文說。

「大家弦歌不輟，理想不滅，永遠在澆灌自己的葡萄園。」

「都變成詩人和文藝青年了！」大家說。

眼前又見到了他們魂牽夢縈的宿舍樓和畫室：爬山虎、樓梯、醫務室、電視房、水房、蜂窩煤、舊三角鋼琴、迴廊、拉門、天窗……完全是四十二年前他們第一次見到時的模樣。

畫室對面的琴房裡傳來一陣輕快的鋼琴練習曲，是車尼的作品299號，和四十二年前的琴聲一樣。

像浴火重生的鳳凰一般，久違的鴿子也飛回來了。

一群白色的鴿子，又盤旋在校園的上空，牠們飛過操場，飛過宿舍樓，飛過有天窗的畫室，忽高忽低，忽遠忽近，發出一陣陣久違了的鴿哨聲，和琴聲交響在一起，令人分不清是身在現實還是生出的時光倒流的錯覺，卻像當年一樣和諧，悅耳，悠揚。

釀小說116　PG2485

天窗外的畫室：
大時代的大城小事 1982-2020

作　　者　馬文海
責任編輯　姚芳慈
圖文排版　楊家齊
封面設計　馬文海
封面完稿　劉肇昇

出版策劃　釀出版
製作發行　秀威資訊科技股份有限公司
114 台北市內湖區瑞光路76巷65號1樓
電話：+886-2-2796-3638　傳真：+886-2-2796-1377
服務信箱：service@showwe.com.tw
http://www.showwe.com.tw
郵政劃撥　19563868　戶名：秀威資訊科技股份有限公司
展售門市　國家書店【松江門市】
104 台北市中山區松江路209號1樓
電話：+886-2-2518-0207　傳真：+886-2-2518-0778
網路訂購　秀威網路書店：https://store.showwe.tw
國家網路書店：https://www.govbooks.com.tw
法律顧問　毛國樑　律師
總 經 銷　聯合發行股份有限公司
231新北市新店區寶橋路235巷6弄6號4F
電話：+886-2-2917-8022　傳真：+886-2-2915-6275

出版日期　2021年3月　BOD一版
定　　價　390元

國家圖書館出版品預行編目

天窗外的畫室：大時代的大城小事 1982-2020 / 馬文海著.
-- 一版. -- 臺北市：釀出版, 2021.03
面；　公分. -- (釀小說；116)
BOD版
ISBN 978-986-445-443-3(平裝)

857.7　　109022343

讀者回函卡

感謝您購買本書，為提升服務品質，請填妥以下資料，將讀者回函卡直接寄回或傳真本公司，收到您的寶貴意見後，我們會收藏記錄及檢討，謝謝！如您需要了解本公司最新出版書目、購書優惠或企劃活動，歡迎您上網查詢或下載相關資料：http:// www.showwe.com.tw

您購買的書名：＿＿＿＿＿＿＿＿＿＿＿＿＿＿＿＿＿＿＿＿＿＿

出生日期：＿＿＿＿年＿＿＿＿月＿＿＿＿日

學歷：□高中(含)以下　□大專　□研究所(含)以上

職業：□製造業　□金融業　□資訊業　□軍警　□傳播業　□自由業
□服務業　□公務員　□教職　□學生　□家管　□其它＿＿＿

購書地點：□網路書店　□實體書店　□書展　□郵購　□贈閱　□其他

您從何得知本書的消息？

□網路書店　□實體書店　□網路搜尋　□電子報　□書訊　□雜誌
□傳播媒體　□親友推薦　□網站推薦　□部落格　□其他＿＿＿＿＿

您對本書的評價：（請填代號　1.非常滿意　2.滿意　3.尚可　4.再改進）

封面設計＿＿　版面編排＿＿　內容＿＿　文／譯筆＿＿　價格＿＿

讀完書後您覺得：

□很有收穫　□有收穫　□收穫不多　□沒收穫

對我們的建議：＿＿＿＿＿＿＿＿＿＿＿＿＿＿＿＿＿＿＿＿＿＿

＿＿＿＿＿＿＿＿＿＿＿＿＿＿＿＿＿＿＿＿＿＿＿＿＿＿＿＿＿

＿＿＿＿＿＿＿＿＿＿＿＿＿＿＿＿＿＿＿＿＿＿＿＿＿＿＿＿＿

＿＿＿＿＿＿＿＿＿＿＿＿＿＿＿＿＿＿＿＿＿＿＿＿＿＿＿＿＿

請貼
郵票

11466
台北市內湖區瑞光路 76 巷 65 號 1 樓
秀威資訊科技股份有限公司 收
BOD 數位出版事業部

(請沿線對折寄回，謝謝！)

姓　　名：＿＿＿＿＿＿＿＿　年齡：＿＿＿＿　性別：□女　□男

郵遞區號：□□□□□

地　　址：＿＿＿＿＿＿＿＿＿＿＿＿＿＿＿＿＿＿＿＿

聯絡電話：(日)＿＿＿＿＿＿＿＿＿＿＿(夜)＿＿＿＿＿＿＿＿＿＿＿

E-mail：＿＿＿＿＿＿＿＿＿＿＿＿＿＿＿＿＿＿＿＿